舌出し天使・遁《とん》走《そう》

ShOTarO
YaSuoka

安岡章太郎

P+D BOOKS
小学館

目次

舌出し天使

いま昭和三十年三月十四日の夜半である。時計がないので何時だかわからない。とおくを走っている電車の音がきこえるから、まだそれほどの時刻ではないのかもしれないが、夜どおし通っている荷物電車なのかもしれない。どっちにしても終電車がずいぶん遅くまで動いていることとか、電車の駅と駅との距離が近すぎるとか、そんな極くつまらないことが、へんに僕を不安にする。……けれども、この種の不安や、ちょっとしたアテはずれが、これから新しい生活をはじめようとするときの手ごたえにもなってくれるだろうか。

ひさしぶりの東京——それを僕は何かにつけて想いだす。これまで住んでいたK海岸の町は国鉄の電車で東京から一時間あまりの距離にすぎないところだし、週に一二度は東京へ出てくる用事があった。しかし、同じ街を同じように歩きながら、東京に住居があるのとないのとでは何というちがいだろう。ちょうど軍隊にいたときの「公用」腕章をつけた外出と休暇の外出ぐらいのちがいがある。……僕は小さなタバコ屋の店を見ても、横丁の狭い道路いっぱいに籠を積み上げた青物屋を見ても、ははアこれが「東京」だったのだな、といまさらのように感心する。

それにしても、復員以来これまでの十年間ちかくをすごしてきたK海岸というところは、ずいぶん奇妙な町だった。そこは東京の一部分のようにも考えられているし、事実、住民の何パーセントかは東京に住む人たちよりも、もっと東京的な人間だろう。いわゆる別荘ぐらしの人びと——日本橋のご隠居さんや、外交官の古手や、自由業者や——が、東京から吹きつけてくる風の「吹き溜まり」みたいに集ってくらしている。そういった人たちに巻きこまれて、地元の小学校の先生だの、医者だの、按摩だの、はては床屋や魚屋までが、いっぱし「文化人」気取りだし、道で行き合うと、

「ご機嫌よ」

などと学習院の生徒みたいな挨拶を交している。そういう僕自身だって、女房だった女（僕はたったいま、その女のところから逃げ出してきたばかりだ）だって、ここの土地へくるまで決して使ったこともない「ご機嫌よ」式の言葉で、トウフ屋にガンモドキやオカラをくれと云ったりしていたのだ。……けれども地金は争えない。床屋や按摩の先生がどこまで行っても按摩や床屋であるように、K海岸は都会風の町なのであって都会そのものではない。そこには半時間も平気で人を待たせるバスや、ハンドル附きの電話で呼びよせなくてはやってこないタクシーしかない。それにもましてわずらわしい近所づきあいや、人種の差別——これはちょっと異様に聞えるかもしれないが、「ご機嫌よ」式言語の普及にもかかわらず、「お別荘」、「疎開のい」、「疎開のし」、「土地のもん」、と厳然たる階級は敗戦後十年たった現在も存在しており、疎開したまま居ついた者には魚屋も東京で配給になる程度のものしか売らないし、夏になって海岸に溺死者が出たという情報がつたわると、まず彼らの口をついて出る言葉は「土地のもんじゃあんめ

え」である——。近所のウワサをしあう点では、お別荘の人たちゃ、僕らのように東京から流れてきたものも、漁師や百姓を見習う。松林をへだててそびえて見える西洋館づくりの二階家の主人のフサフサとした髪の毛は実はカツラであるとか、裏の家の奥さんがこんど金歯を何本入れた、などという話が極く自然に耳に入ってくると同時に、こちらの家の内情も洗いざらい町じゅうにひろまってしまう。早いはなしが僕の今回の「家出」——というか旅立ちというか——は、一昨昨日の晩から次の日の朝にかけてのことなのだが、もう昨日の夕方ごろにはバスの停留所を軸として、我が家とは最も遠い家でも、晩飯時の話題として、さまざまの註釈つきで語られているにちがいない。そうでなくとも兼子と僕との間のことは、ことのはじめからしばしばスキァンダルとして、近所となりの耳をそば立たせたり、騒がせたり、あるときはまた逆の意味での貴重な教訓となって、あたり一帯の夫婦の和合に役立ったりもしていたのだから……。しかし、そんなことも、もはや一昨日までのことだ、僕には不必要な過去である。

ここには、このドイツ人、ハイデッケ氏の家の中にはK海岸にあったような悪さが一つもない。大森の高台の袋路の奥にあるこの家は一見、何の変哲もない古びたペンキ塗りの安普請で、中には第一次世界大戦のとき青島で俘虜になって日本へつれてこられたまま居ついてしまったという主人と、黒い髪をひっつめに結った日本人の夫人、それに止宿人が二三人、それぞれ鍵のかかる部屋に一人ずつ住んでいる。他の止宿人とは、バスと腰掛け便器の並んだトイレットにかようときに顔を合せることがあるだけで、それもちょっと会釈すればそれでいい。部屋の案内をしてくれた夫人は、それでも同宿の人たちの名前と職業を簡単に紹介しながら、

「この家にいらっしゃるのは、あなたの他は女性の方ばかり、それもみんなあたしと同じで美人ぞろいなんですよ」

と、ちょっと返答にマゴつくような冗談を云ったが、ハイデッケ氏の方は一切、無駄な口をきかない。夜おそくまで玄関わきの小さな室で、古びた安楽椅子に腰を下ろし、白い大きな帳簿をテーブルの上にひろげて、ときどき咳きこみながら仕事をしている。橙色のうす暗い電燈をあびた彫りの深いこの老人の横顔がふと僕に、歳月のながれや、深い疲労感や、あきらめや、そういった人生の長い旅路をおもわせるイメージとともに、この家の性格を無言で語りかけているような気を起させる。

白い壁にかこまれた六畳敷ほどのこの部屋は、まだ完全に僕の気持にシックリするというわけには行かないけれど、行き当りばったりの周旋屋に案内をたのんだにしては、この部屋を選んだことは成功だったと思う。暗い窓の外には瘦せたヒバの垣根が見えるだけだし、ベッドや押入はカビ臭い。けれども僕はここで完全に一人だ。誰からも自分の内側を覗きこまれる心配はない。

連日、世田谷の兄の家、日本橋の牛山の家、田園調布の奥村氏の家と、引っ越しの挨拶や金の工面や仕事の連絡などに歩きまわったせいか、ひどく疲れた。時計を買ったので時間だけはわかるが、夜中に眼をさまして電車の走る音をきくと、やっぱり妙に不安な気になる。ことによると、この部屋の壁の白さがいけないのだろうか？　これは眼の錯覚にちがいないのだが、漆喰い塗りの白い天井が一ミリ二ミリぐらいずつ下へおりてくるように見える。それに同宿の人に廊下で顔を合せても他人行儀の挨拶だけですませられるということは、非常によいことだが何かと不便な面もある。きのうも銭湯へ行く途を教えてもらいたいと思ったが、そんなことを訊くためにドアをノックするということが何となく気兼ねで、ついそのままタオルと石鹸をもって外へ出た。高い煙突を目指して行けばわかると思ったとおり、十分たらず歩いただけで簡単に風呂屋は見つかった。東京の風呂は広くて清潔で気持がいい、などと思いながらサッパリした気分で帰りかけると雨がふり出した。あわてて駆け出すうちに、来たときに足まかせに歩いた途を忘れてしまった。日は暮れてあたりは真暗になるし、ぬかるみに足をとられて下駄のハナオが切れて、はだしになるより仕方がない。僕はいまさらのように、K海岸の町にはヌカルミというものが一つもないことを想い出した。気温があたたかいので冬も霜柱は立たないし、どんなに雨がふっても砂地の地面は水をすぐ吸いとってしまうからだ。……道をさがしながら、やっとハイデッケ氏の家まで帰りついたときは、泥だらけの足は感覚がなくなるほど冷えており、雨は下着のシャツまでしみとおっていた。

おそらく、こんなことが僕の気を弱くしているのかもしれない。正直のところ、片手に汚れた下駄をさげ、片手でズボンのすそをたくし上げながら、暗闇の中を歩いたときは、(こんなにまでして、あの女と別れてこなくてはならなかったのか)という思いがしきりに起った。たかだか雨に降られたぐらいのことで、こんなことを想うのはわれながら情ないことにはちがいないが、実際、考えれば考えるほど兼子のどこがイヤなのか、どういう点が悪かったのか、わからなくなってしまうのだ。

一つ、彼女は嫉妬ぶかくて、おれの魂の自由まで奪いとってしまう。

一つ、彼女はあまりにも世話を焼きたがって、何にでも口を出しすぎる。

一つ、彼女は(とくに最近)肥りすぎた。

一つ、彼女は……。

僕は室内のガス・ストーヴの火で濡れた下着を乾かしながら、そんな風に一つ一つ彼女の欠点とおもわれるものを数え上げてみた。しかし、そう思うはたから、今夜これから夕食をとるために、もう一度この雨のなかを街まで出て行かなければならないといった一層身近な現実的な観念の方が頭にさきに来てしまうのだ。

——いっそ、このまま何も彼も放り出してKへもどってやろうか？　もともと、おれは怠惰な男だ。何もしないでいる方がいい。

僕はそんなことをツブやいて、ふと、あの丘の上の毀れた柵にかこまれた家へ、いきなり前ぶれもなしに戻って行く自分の姿を想像する。彼女はまちがいなく喜んで僕を迎え入れるだろう。……ルンペン・ストーヴにありったけの薪をほうりこんで、僕の濡れた衣服を片っぱしから剝ぎとりながら部屋中はりめぐらしたロープに吊るして、それから大急ぎでお湯を沸かして、紅茶か、くず湯か、あるいは玉子酒なんかをつくるだろう。

しかし、僕はそんな光景を、ちょっとばかり芝居でもながめるように空想してみただけだ。そして、こんな空想をはたらかせてみるのも自分の決心がどれほど強いかを試してみるためだ、と、自身に向って弁解した。

こんな芝居ッ気は、満でもう三十一にもなる男にしては子供ッぽすぎるだろうか？

若いころ、僕はみんなからよく老人じみていると云われた。あるいはそうだったかもしれない。中学生時代のアルバムをめくってみても、友人たちは皆、府立一中の制服制帽も誇らしげにピンと胸を張って写っているのに、僕一人は猫背の肩からダラリと鞄をぶら下げて、まるで濡れ猫が縁側からこっそり覗きこんでいるような顔つきだ。しかし、その顔つきと服装とのアンバランスは、高校、大学、と年齢がすすむにつれて次第にある平衡をとって定着してくる。つまり顔や姿勢そのものは中学、高校、大学を通じてほとんど変らないのだが、中学生よりは高校生の、それよりもさらに大学生の制服の方がイタについて見えるのである。しかし、その顔で大学の角帽のかわりに前ツバのそり上った古風な中折帽子でもかぶせたら一層よく似合っただろう。ところで不思議なのは、それが軍隊時代になると俄然、若返ってくるのだ。入営直後の元気のない二等兵の襟章をつけたものから、丸顔の見習士官、そして白い手袋の手を軍刀の柄に重ねて正面を切った陸軍少尉の半身像になると、これはもう若いながらに思慮ありげな、まことに颯爽たる智勇兼備の模範的青年将校の姿に変貌をとげている。

これは一体どうしたことか？　ふりかえって僕には無論、軍隊生活に愉しい思い出など一つもない。幹部候補生の試験に合格したことと、初年兵時代を通じて一度も殴られずにきたことは、もっぱら僕の星が幸運に向っていたためで、自分自身に軍人に適した素質があったからではない。しかし、多分こういうことは云えるだろう。軍隊生活は決して生ヤサシいものではなかったけれど、ものごころついてから入営の前日まであれこれと想像していた苦しさとはまた別のものだった、と。想いかえすと退屈さ、あるいはサビシさという点では、現在の生活も、兵営のそれも、少年時代からずっとつづいて変らない気がする。少年のころでおもい出すのは毎年、夏休みの宿題に追われたことと、はじめて海へつれて行かれたときの魅せられたような心持とだ。砕けて散る波と、山のように積み上げられている宿題帖、僕は兄たちと一緒に泳ぎに行っている間じゅうワラ半紙を綴じた分厚い帖面のことをかんがえ、宿で机の前に坐らされると白い帖面の上にはるかな水平線をおもった。……軍隊生活では、それが朝から晩までの命令と、「戦争がおわったら」という漠然とした、しかしながら切実な願いとに変った。その二年ばかりの兵営ぐらしの間に、僕はどうやら義務によりかかって怠けるという技術を身につけたらしい。義務と責任とで動作の一つ一つを縛られた生活の中で、僕らは自分自身に対しては何一つ「責任」を負うことなしにすごすことができるからだ。将校にはなったけれど、さいわい司令部附きで部下らしいものを持たなかった僕は他人に命令する立場にはおかれずにすんだ。そうして上から云われたことだけを、自分の能力の許す範囲で片づけながら、いつまでたっても水平線の彼方にボンヤリかすんでいる「平和な日」のくるのを待っていればよかったのだ。

はたしてこんなことで自分の顔が幼年時代から年齢と逆に若返ってくるということの説明になるものかどうかは知らない。それはともかく、ときどき僕はシンから不思議に思うのだ、自分はいつの間に、どうして子供から大人に切り換ったのだろう?

兄たちの例からみると、高校から大学にかわると同時に、急に紳士然としてきたものだ。鼠色のスプリング・コートや革の折カバンが僕の眼にそううつったのかもしれない。しかし僕らが大学へ入るころには、物資が欠乏してスプリング・コートどころか冬の外套を新調することかずが出来る者さえまれだった。なかには高校時代の黒マントを改造して、マントとも外套ともつかず、「黄金バット」さながらの怪奇な服装で登校してくる者もあったが、こうなっては帝国大学生のイメージも当然変らざるを得ない。（ここで注意しておきたいのは、これは特に僕らの学年の者だけがこうむった被害なのだ。僕らより一二年後輩のころになると、もう世間の人の眼は珍奇な服装に慣れきっていた）。

色ごと、といったこともまるでなかった。友達のなかにはプロスティテュートを買いに行く連中もいたが、そんなことで巡査につかまったり、病気にかかったりする醜態を僕は我慢できなかった。学生に対する徴集延期の特典が突然廃止されることになって二箇月以内に入営ときまったときには、さすがに心のこりがしたが、そんな短い期間に適当な相手を見つけることは不可能だった。

戦争がおわってからも、僕はしばらく休養を要したので、K海岸の長兄の一家とくらしながら、ほとんど外へ出ることもなかった。――早く両親を失った僕は小学生のころから、二十歳ちかくの年上の兄たちに「合議制」で育ててもらっていた。僕に放浪性のようなものがあるとしたら、こういう育ちにもよることだろう――。三年ばかりたって、銀行員だったその兄が大阪へ転勤になり、僕一人がその家に留守番のようなかたちで残ることになった。引っ越しの日もきまって、兄は同僚やら取引先の人たちのもよおしてくれる送別会で、東京へ出掛けたままかえってこなかった晩のことだ、僕は嫂と間違いを犯した。……どういうつもりで、そんなことを仕出かしたのか、僕にはハッキリした自覚はない。云わしてもらえるなら、そのとき僕は何も知らずに犯されたのである。

夏だったから、僕は蚊屋の中で一人で本を読んでいた。嫂たちの蚊屋は荷物のなかへ入れてしまったあとだというので、僕は末の子供を自分の寝床のそばへ寝かせようと申し出た。――どちらかといえば僕はふだん子供の面倒を好んで見るという方ではない。しかし、このときはいつもと別の感情がはたらいていた。家庭生活をいとなむということ、つまり食べて、寝て、その日その日をすごすということが、まるで一大事業のように困難だったあの時代に、ともかく三年間、同じ屋根の下ですごさせてもらったということだけでも、僕は兄夫婦に感謝する理由は充分あった。しかし日常生活の一コマ一コマでそんな感情をどうやって表明すればいいのだろう？　僕は兄の好意を率直に好意として受取るために、自分を出来るだけ冷淡な男に見せ掛けるより方法を知らなかった。しかし、その夜は、もうそんな用心深さは必要なさそうに思ったのだ。……僕自身が嫂に対してそうであったように、彼女の眼に僕は扱いにくい人間にうつったかもしれない。

「まあ、……いいこと、隆ちゃん？　夜中にさんざんお腹を蹴っとばされてよ」

嫂は一旦戸惑うようにそんなことを云いながら、僕の提案をよろこんでいる風だった。

「だいじょぶですよ」僕はこたえて、子供に云ってやった。「叔父さんといっしょに寝ようね、いよいよお別れなんだから」

それがいくらか芝居じみた気持から出た言葉であるとは僕もおもった。そう思うことがイヤさに、その日まで冷淡さをよそおってきた。しかし考えてみれば、その種の「芝居っ気」ないしは「お追従」を嫂以外の誰彼に対しては、それまでも僕はふんだんに使っている。むしろおもねる気持で他人に対さなかったことがないといっていいくらいだ。してみると、やっぱり僕は嫂に対しては平素から、或る感情を抱いていたことになるのだろうか？

いや結局のところ、僕には自分の気持を忖度することもできなければ、納得の行く説明を加えることもできない。……明け方ちかく、ふと眼を醒すと、眠っている子供の傍に白い浴衣の嫂の体が横たわっている。僕は何か夢の中ででもしたことを憶い出すように、そっとその体にふれようとした。手にあらい感触があった。すると、その手がぐっと生温いもので握りしめられるのを感じた。そうして次の瞬間には僕らはもう取り返しのつかないことをしてしまっていたのだ。云い逃れにしかならないことだが、それは本当に夢とも現実ともつかない間の出来事だった。翌朝、下着の汚れをみるまでは自分が何をしたかを自分でみとめられないぐらいだった。

たぶん嫂は、子供が泣くか小用を訴えるかしたので、それを手伝うために僕の蚊屋に入ったのであろう。そんなときに僕があらゆる自制心を睡らせたまま目を覚したことが、おたがいの不幸であった。

だが僕に、より以上の決定的な打撃をあたえたのは、翌朝、嫂のしめした態度だった。午後おそく、兄がかえってくるまでの間、僕は慙愧と羞恥と自己嫌悪とにせめたてられながら、かろうじて家に踏みとどまっているのに、嫂はいつもとまったく変らぬソブリで、兄に対して、「昨晩、透（子供の名）ちゃんは叔父ちゃまと一緒に寝ましたの」などと云っているのだ。それを聞いた瞬間、僕は何も彼も一切、兄に話してしまおうかと思ったが、能面のようにうごかない嫂の顔を見ると、なぜかそれも出来かねた。おまけに兄の、「ふうん、そうか」と、全く家庭の雑事などには興味も関心もなさそうな声が、ふすまのかげから聞えると、かえって僕はもう何も云わずにそのまま自分の姿を、塩をかけられたナメクジか何かのように、消し去ってしまいたいと思った。ところが、これが僕にとってもっとも意外なことだったが、実際にそんな兄の顔を見ると、僕までが不思議に気分の安らぎを覚えるのだ。夕食になると、いつものとおり僕と兄とは食卓をはさんで向い合い、兄は晩酌の盃を廻してくれながら、学生時代の想い出や、昨今の政界の裏ばなしなどを聞かせてくれる。こんなときに感じる兄の鷹揚さを、間抜けな男だなどとは僕はすこしも思わなかった。かえって、清浄潔白の間柄であったときには考えられもしなかった或る敬虔なものをさえ抱かせられた。肉親の愛情という漠然としたものが、このときほどハッキリと手にとるようにわかったことはない。……それはお前の恐怖心のせいだといわれれば、僕は言葉を返すすべもない。しかし、これだけは云っておかなくてはならないのだが、その当時も今も、あの不祥事を隠しおおしたいなどという気持はすこしもない。ただ僕には打ち明ける元気がなかっただけだ。

兄たちが行ってしまって一人になるころから僕は、兄の世話で日本橋にある織物会社に籍を置いた。復員したとき、まだ大学に籍があったし、月謝さえおさめれば講義には出席しなくとも、卒業の免状だけはもらえそうな話もきいたけれど、これは僕のオーソドックスな（というよりは古風な）ものの考え方に反するという理由で見送った。当時の僕としては学校を卒業するかしないかは趣味で決定できる程度の問題としかおもえなかったのである。けれどもこのことは後になって、自分の人生には挫折があるという観念をうえつけていった。

織物会社では、研究室嘱託という名目で週に一度出勤して、海外の雑誌・新聞に眼をとおし、必要な部分を飜訳することだけで、会社の仕事を通じて知り合った新聞社や雑誌社に小さな記事を売りこみに行くことも出来た。だから収入は決してゆたかではなかったけれど、余暇は充分にあった。

はじめての一人ぐらしは気楽だった。朝、十時すぎに起き出すと七輪にコボレ松葉で火を起し、前夜の残りもので朝食をとる。それからFやKの町へ、乗りものを利用したり、散歩したりしながら、買い物に出掛け、夕方までブラブラして帰ってくる。買ってきた材料で夕食をつくって食べると、あとは本を読んだりしながら眠くなったときに寝る。三十坪あまりの家は一人ずまいには広すぎたが、毎日一と部屋ずつ汚して行って、あとでマトめて掃除できるという点では便利だった。することのないときは庭に寝椅子を持ち出して、一日じゅう腰を下ろしていることもあった。日が暮れると、となりの家の池に飼われた食用蛙が、太古の巨大な草食獣をおもわせる低音のふとい声で間遠に鳴いた。

はじめのうちはボンヤリしていると、つい嫂のことが想い出され、そのたびに僕は背中に針でも刺されるような劇しい発作的な羞恥心におそわれて、椅子から跳び上って奇声を発したりした。しかし日がたつにつれて、そうした発作はすくなくなり、おしまいには空に嫂の体つきを描いて愉しむようにさえなった。……兼子と知りあったのは、ちょうどそんなころだ。

たまに顔を出す会社の「研究室」で、僕はいつも部屋の全員（といっても部長以下十人ばかりのものだったが）から白眼視されているような気持だった。――実際にはどうだったか知らないが、年齢のへだたった兄ばかりの家庭にそだった僕は、絶えず馬鹿にされまいとする警戒心と、誰にでも気に入られたがっている気持があって、こんなときになると一層それが敏感になるのだ――。ともかく僕は自分が用意周到な策士になる必要があると思った。第一に自分が有能な男であることを示すために、仕事はなるだけ手っとり早く片づけることにした。次には手あたり次第に誰とでも仲良くすることだ。しかし出来れば会社の事情に通じていて、すこしは権力もある者がいい……。そんな僕にとって絶好の対手が吉田兼子だった。

兼子の年齢は僕より三つ上の二十九歳、この会社へ入って五年、僕とちがって正社員だから社内のことなら大抵は知っている。それに何よりありがたかったのは彼女の方でも最初から僕に好意らしいものを持っていてくれたことだ。……奥の隅のデスクで、プリント服地の模様の下絵を描いていた彼女は、僕がそばに立って見ているのに気がつくと、「ダメなのよ。あたし、こんな大きな柄は苦手だわ。……きっと空想力がないのね」と、こちらが何も云わないうちに、いきなりこんな風に話しかけてきた。……実のところ、まだ僕は服地の柄については何の智識もなかったから、何を訊かれても答えようがないのだが、当りさわりのないように、自分は決してそうは思わないとだけ云っておいた。すると彼女は、「あたしはダメ。才能がないもの」と云いながら画板の間からつぎつぎに何枚も下絵を取り出してみせてくれた。それは勿論、僕にはどれもチンプンカンなものだったが、答えをごまかす意味もあって、「ひまなときに遊びにきませんか。もっとゆっくり話しましょう」と、地図を描いてK海岸の家を教えてやった。

彼女は分厚い唇の端に引っ掻いたようなエクボをうかべて笑いながら、「K海岸なら、あたしも子供のときに連れて行かれたおぼえがある。ぜひうかがわせていただくわ」とこたえた。

兼子は、なかなかやってこなかった。心配性の僕は、はやくも失恋してしまったような気持だった。——彼女には、やはり特定の男がいるにちがいない。もしそれが会社の内部の者だとすると、彼女の口からその男に僕のことは伝っているだろう。「入社早早、先輩の社員にモーションをかける男」そんなウワサはもう社内全部にひろまっているかもしれない。いっそ、そんな陰口の上に居直ってやろうかなどと……。待ちあぐみながら一方、僕は彼女のイメージを美化して行ったらしい。背の低いわりに顔が大きく、醜いほどではないにしても決して美しいとはいえない彼女であることは知っていたが、それは要するに世間並みの評価であるにすぎないと思った。

しかし、すべては考えすごしだった。日曜日になると兼子はやってきた。どうして、こんな簡単なことに気がつかなかったのだろう、毎日出勤している彼女には休日でなければヒマがないのは当り前のはなしではないか。……だが、そんなことよりも僕がもっと驚かされたのは玄関の前に立った彼女が盛装してきていることだった。ウェーヴのあとがはっきりのこっている固そうな頭髪、袖のふくらんだワンピースの服、そのほか身につけているものすべてが店のショーウィンドウから出てきたばかりのように見えたし、剃りこんだ眉の下にかがやいている瞳が、なみなみでない緊張を物語っている。

僕は安心すると同時に落胆した。……お茶を出すと彼女は、短くふとった指先をキチンとそろえて茶碗をささえながら作法をならう生徒のように、長い時間をかけて茶をのみほすのであった。僕は心のうちで舌打ちしながら云った。――まさか、この女は見合をしにきたつもりじゃないんだろうな。

空気でそれを感づいたのか、彼女は云った。

「お邪魔じゃなかったのかしら?」

僕は強く否定した。

「どうして? そんなことはありませんよ」

それはあながちお世辞ではなかった。ここでこのまま彼女に去ってしまわれては気持の整理が一層つかなくなってくるのは、わかりきったことだった。手持無沙汰なら散歩でもしよう。Kか F の町で食事をし、場合によったら彼女を送って東京まで行ってもいい。それからは僕一人で、次兄の家か日本橋の牛山の家でも訪ねてみよう。

「海岸へ行ってみませんか?」

兼子は承知して立ち上った。……僕はまだ椅子に腰かけたまま、彼女を見上げた。太くて短い二本の脚、その上に白地にバラの花模様のスカートが、まるで風にあおられたカーテンみたいにふくらみながら揺れている。と、まるで突然のように嫂と別れたあとの空白感が体全体を通過して行くのが感じられた。僕は突嗟に膝から彼女を抱き上げて接吻した。彼女は首を二三度振っただけで眼を閉じた。

………

その晩、僕は真夜中に眼をさました。となりには兼子が目をひらいたまま寝ていた。彼女を引きとめて泊らせたのは僕の方だ。けれども、その体がいまは重く、中身のいっぱい詰った樽のように僕の心を圧してくる。

「どうしたの？　さっきまで、あんなによく眠っていたのに、もう目がさめたの……」彼女は僕の顔を上から覗きこむように訊いた。

「………」

何か云わなくてはと思ったが、口の中が唾で粘って舌をうごかすのもけうとかった。……僕は夢を見ていた。日の当る縁側で耳もとに玩具のラッパや太鼓が鳴っている夢だ。どうして、こんなことを考えついたのか？　さっき、あのとき、彼女が泣くように叫んだからだろうか。

——胸の悪い赤ちゃんが出来ちゃうわ、肺の真黒な赤ちゃんが出来ちゃうわ、それがあたしの赤ちゃんなんだわ……。だが、それは意味を持った言葉であるよりも、ただの声としてしか僕の耳にはひびかなかったではないか。それにしても嫂とのときとは何という違いだろう。あのとき僕はまったくの夢うつつだった。後に疲労感ものこらなかった。それがこんどは、血生臭いものが口までこみあげてきそうな気持だ。体じゅうがヌルヌルしたものにつつまれて、真暗な胎内にとじこめられたまま、出口をさがそうとしてもがいている……。

となりの家の池で、食用蛙の鳴く声がさかんにきこえた。夜どおし、それは鳴きつづけるのであった。

僕は一刻もはやく朝がやってきてくれることを祈った。夜が明けたら早速、僕はこの女のそばから逃げ出すだろう。そうして清潔な水のあるところを探しもとめるだろう。白いタイルのうつわの中で跳ねまわっている水、いやそれよりも山奥の谷間にわいている切れるように冷い水の方がいいかもしれない。……その水で僕はすっかり洗い流すだろう。眼も、鼻も、口の中も、体全体も。

ところでもう一度、僕が眼をさましたときには、もうガラス戸いっぱいに初秋の透明な強い日射しが当っていた。となりを見ると、もう女はいない。――すくわれた、と思ったのは僕の早合点だった。

きのう閉めたはずの雨戸が全部開いている。どの部屋もキチンと掃除されて、茶の間へ行ってみると食膳の上には、まずしいながらも朝食らしい体裁をととのえたもの——生野菜を刻んで盛った皿だとか、ふかしたジャガ芋だとか、紅茶だとか、食塩だとか——が並べられている。ジャガ芋のそばには、家には買い置きのなかった新しいバターの包みがおいてあり、さらに驚いたことには裏庭へまわると、僕が汚したままつっこんであった下着が洗濯されて、物干し竿いっぱいに翩翻《へんぽん》とひるがえっているのだ。

一体、彼女はいつの間に、これだけの大仕事をやってのけたのだろう？　僕ならこれはタップリ二日はかかりそうだ。

僕はそういう単純な驚きのために、しばらくの間、ふところ手をしたまま立ちつくして、裏の家のおばさんが垣根ごしに怪訝な顔でこちらを眺めているのも気がつかずにいた。

門の郵便受けには、畳んだ朝刊といっしょに彼女の置き手紙が入っていた。——余計な手出しをしてすまない、今後は迷惑をかけることはないから安心してくれという意味のことだけを簡単にしるしたものだった。

この手紙が彼女の一世一代の演出だったことを僕はどうして見抜くことが出来なかったのだろう？　この手紙を読むまでの僕はまだ不安なものにつきまとわれていた。しかしこの一行を読んだ瞬間から僕は、その不安が幸福な予感にかわってしまった。そして、ともかくも一つの山の頂上をきわめたような解放感から、家の中にじっとしていることが出来なくなって、東京へ出掛けた。

東京で最初に、次兄がつとめている新聞社へ廻ったのは、「留守番」として不謹慎だったということを一応報告しておく義務があると思ったためだが、それは表面の理由で、実際は次兄がその種の事件をふだん好んで話題にしているからだ。つまり僕は親身な相談対手ではなく、いくらか軽薄な座談者をもとめていたわけだ。……思ったとおり、兄は僕の話を興に乗ってきいてくれた。無論、嫂とのことは黙っていたが、もしそれを話したら彼はどんなに喜んだことだろう。平素、長兄の融通のきかなさを煙たがっている彼は、その住居へこっそりと女を引っ張ってきたというだけでも大いに痛快がり、僕のことをドン・ファン型の男だと云って持ち上げてくれたうえに、帰りがけには封を切っていないアメリカ製のシガレットを二袋、おみやげだといってよこした。

兄の新聞社を出た僕は、近くの映画館でギャングものの映画を一つ見て、K海岸へ引きあげた。松林にかこまれた暗闇の路を、僕は口笛を吹きながら歩いた。

おや？　門を開けて僕は足をとめた。家に燈がともっている。……ようやく僕の胸は不吉な予感におののきだした。玄関をあけて真直ぐこちらへ向ってやってくる人の影がまさしく、けさ別れたはずの兼子であったからだ。

「お留守にあがって、ごめんなさい。……いったん東京へ帰ったんだけれど、あなたを一人であんな寂しいところへ置いてきたと想ったら、もう我慢できなくなってしまったの」

「………」

僕はこたえるすべを知らなかった。……アッケにとられたとも、驚いたとも云いようがない。昨夜からきょうへかけての疲労が、どっと一時におそいかかってきたようで、膝頭がかすかにふるえた。――やっぱりそうか。この女はきのう見合いにやってきて、きょうから奥さんというわけか。

茶の間の食卓には、けさと同様、食事の用意がととのえられていた。ただ、こんどは食器も新しく、西洋皿に肉の焼いたのや、ウデ卵を半分に切ったもの、パセリ、野菜などがデパートの食堂の「お子様ランチ」風に盛ってあり、それに吸い物と、デザートのつもりか蔕の黒い柿が一個ずつ、すべて二人前のものが並んでいる。……これは、まだ食糧事情のよくない当時としては、ご馳走と呼んでしかるべきものだった。しかし、どういうわけか、せいいっぱい飾れてあればあるだけ、その食事は貧しさをさらけ出していた。――これにちょっとでも箸をつければ彼女の術策に陥入ることは明らかだ、と僕は思った。

ところで空腹が人の感情を柔らげることがあるものだろうか? 食膳の前に首をうなだれて坐っている兼子を見ると、僕はドナリ声をあげて彼女を追い出す気力を失った。と同時に、自分でも気がつかないうちに取り上げていた箸を、無言のままで、肉の皿の方へのばしかけていた。

それから、もう七年になる。……表面は極くくだらなく見えて、実は人生を決定する瞬間があるものだ。僕の場合、この「お子様ランチ」の皿に箸をもって行ったことが、それだった。拒否しようとすれば、あまりに簡単にそれは出来てしまう。だからといって、それを避けなければ結局、何も彼も受け入れてしまうことになる。この七年間、僕は絶えず兼子から逃げ出そうとし、兼子は餌でそれをつなぎとめた。

このワナから脱け出すために僕は何度も思い悩んだものだ、タバコを止める方法について考えながら何本もタバコを吸いつける人のように……。はたの眼からは原因不明の家出を僕は何度こころみたことだろう。知人や友人の家を泊り歩いたり、親戚の家の厄介になったり、しかしそれは何の役にも立たなかった。いつも二、三日から、せいぜい半月ぐらいの間に、彼女のところへ帰されてしまう。そのたびに兼子の自尊心は傷ついた。が、同時に自信をつけさせてしまう結果にもなった。

「あなたって人はダメよ。意地っぱりだけれどダラシがないんだから……。どんなことをしたって最後は、あたしのところへもどってくる」

なるほど僕はダラシがない。しかし機会があったら逃げ出すだけの準備はいつもととのえておいた。一つは彼女を絶対に入籍させないこと（僕は自分の本籍地さえ彼女に明かしていない。

僕は自分のダラシナサを逆用し、彼女の残りすくない自尊心を利用して、問い詰められない体制をうまくととのえた)。もう一つは決して子供をつくらせなかったこと(この方は最初の中絶が失敗して、彼女自身が妊娠不能になってしまった)。

それにしても、彼女と自分との間には宿命的なつながりがあるのではないかと思ったことがある。兄をたよって大阪へ脱出をはかったときのことだが、そのときは入念な上にも入念な計画を立て、向うでの止宿先やら就職のことまで、まったく彼女に気づかれないうちに手筈がととのい、出発してしまいさえすれば後はどうにでもなるようになっていた。東京駅で僕はふと、せめて簡単な別れの言葉だけでもという気になり、封緘ハガキに宛名をしたためたところで、また急に思いとどまってそのままポケットに収めたのが、いけなかった。プラットフォームの階段を上りながら僕は突然、喀血したのだ。……救急車で運ばれた病院へ、真先きに駈けつけてきたのは兼子だった。係りの者が僕の知らぬうちにポケットをさぐって、書きかけたハガキの宛先へ電報で知らせたのである。

病院のベッドに昏睡している僕を見出すと、兼子は泣きながら喜んだ。……あるいは喜びながら泣いたと云うべきだろうか? ——ともかく、この偶然が彼女に大勝利をもたらした。それからの二年間、僕の療養期における彼女の活躍は、会社を退けると、飲み屋で手伝い、休みの日には近所の子供を集めて絵を教え、なおそのほかに進駐軍のクラブやバアの室内装飾のアルバイトにも出掛けるし、その合間には僕の面倒もみるといった具合で、誰の目にもハッキリと彼女をぐうたらの亭主につかえる健気な女房に見せることに成功した。そういう僕自身も、いまさらこの女を自分の正式の妻ではないと云い張るだけの根拠を見失ってしまった。

或る晩おそく、働きつかれて帰ってきた兼子に、僕は実印をほうり出しながら、入籍の手続きをとってくるように申し出た。すると彼女は、黒いスラックスをはいた脚を折って坐りなおし、膝頭に両手をそろえて（その指はやっぱりふとくて短かかった）、「しばらく考えさせていただくことにするわ」と云った。

僕は腕をのばして、畳の上にころがっている垢じみた印形を枕元にたぐりよせながら云った。

「そうかね。じゃ、そうすればいい」

無論、僕はそれ以後一度も入籍のことを持ち出したことはない。彼女もまた、それを口にしたことはない、彼女がそれをどんなに欲しているかということがほぼ明らかだとしても……。

だから、僕はいつでも好きなときに出て来さえすればよかったのだ。そして、いまはこのとおりハイデッケ氏の家の一と部屋に、一人で腰を下ろしている。……簡単なことであった。動機も、口実も、ありはしない。こんな簡単なことに、あれからまたさらに三年間も何でグズグズしていたのか、自分ながらわからない。

いまや僕は自由だ。誰からも縛られない。泥んこの道で下駄のハナオを切ったぐらいのことで悲鳴を上げたり、すくいを呼んだりするが、それはただ自分の心の中でのことだ。誰を呼んでいるのでもない。僕は先ず、これまでの受動的な態度をあらためなくてはならない。自分自身の方から進むべき途を切りひらいて行くこと。そのためにこそ、こうして〝旅〟に出てきたのではないか。

腐った泥沼のようなこれまでの生活とは縁を切ろう。もう二度と過去を、兼子を呼びもどしたりはすまい。

東京の生活のテンポ——一と月たって、ようやく僕はそれを意識しないですむようになった。たとえば夜おそくなっても帰りの電車を心配する必要がない。ゆうべは日本橋の牛山の家で話していて、おそくなったので泊めてもらうことにし、いったん寝床へ入ったが、ふと腕時計を見ると十一時半、これから出掛けても銀座のバアはまだ店を開けていると思うと、とうてい寝ている気になれないので、となりの部屋の牛山を叩き起し、大急ぎで服を着換えて二人で飛び出した。

こういう気まぐれ、時間に縛られない自由さはK海岸にいては考えることも出来ないものだ。

タクシーの中で、牛山は学生時代に門限をすぎた寮を抜け出して街へ食いものをあさりに行くことを話しはじめた。

僕は合槌《あいづち》を打ちながら、そのころみたドイツ映画の一と齣を想い出していた。女が一人、窓のそばに立って、鐘楼や、物見や、屋根を埋めてふりしきる雪をながめている。室内に煖炉が燃えているが、女の心は南国への憧れでいっぱいだ。……その女の姿勢の中にあった一種の危い平衡を、交錯するヘッドライトを縫って疾走する自動車の暗い窓ガラスのなかに感じた。いまの僕は、いわばあの映画の中の女主人公とは逆の状態だ。窓の外は明るく躍動しており、それにつれて僕は自分の中にあって長い間眠りつづけてきたものを揺り起そうと懸命になっている。

……目あてにしてきた、裏通りのバアは戸が閉っていた。それで、われわれは行きあたりばったりの家へ入った。狭い階段を上ったその店は、小さなカウンターと椅子が五六脚あるきりだが、へんにガランとして、したしめない様子だった。色の青白いバーテンダーが眼顔で知らせたので、眠むそうな顔の女給が二人、僕らのそばへやってきた。……牛山はそれでも、ハイボールを一杯のみほすと、女の肩に手をやったりしはじめたが、僕は妙に気がしずみはじめるばかりだ。

どうしたというのだ、さっき自動車を下りるまでは、あんなに元気だったのに……。考えてみると、どうもそれは最初に行った店の戸が閉っていたせいであるらしかった。すると僕は、あの女に会えなかったので失望しているのだろうか？

一週間ばかり前のことだ。僕は奥村氏につれられて、あのバアへ行った。……実のところ僕はこれまでほとんど、銀座の酒場などへ出入りしたことがない。そのときも奥村氏のために僕が下訳をした探偵小説の飜訳が完成したことの慰労の意味があった。下谷の料亭からキャバレーへ廻り、最後に行ったそのバアで、いきなり僕は客と女給とが口争いをしている場面にぶつかった。

何が原因かわからなかったが、ベレをかぶった長身の男は、雨の中へレインコートを肩から半分たらした恰好で出て行った。つづいて、中年の小肥りした男がいそぎ足にその男のあとを追った。

「ひどいもんだな、このごろの銀座は……」

奥村氏は僕をとりなすように、つぶやいた。けれども僕は、その白いドレスを着た女の興奮した顔つきを、ちょっと美しいと思っていたところだった。……僕にとってはガサツな雰囲気は、この際、或る痛快なものだったのだ。どう工夫をこらしても結局はマガイものでしかない建物、調度。棚に並んだ酒だけは、どれも本物のスコッチであるにちがいない。だが、それ以外のものはすべて正真正銘の偽物ばかりだ。僕は、分厚いチーク材のカウンターにゆったりと身体をもたせかけている奥村氏を、いくらか遠のいたところから眺めた。何と呼ぶのか高価なものにちがいないゴツゴツした絹織物の和服姿で、かたわらに銀の握りのついた杖を置き、頭髪のうすくなりかけた後頭部を絶えずマタタいているような螢光燈の光線に青黒く浮かび上らせながら、脂肪ののった、それでいながら生きているという反応をどこにも感じさせない手で、かるがるとグラスをつまみ上げては口もとへ運んでいる。実際それは一人の人間が酒を飲んでいるというには、すこし奇怪すぎるものだ。他の客たちもそれぞれ不思議に人間ばなれのした姿勢で、ある者は檻の中へ入れられた猿が餌をあたえられる前に日課の曲芸をやらされているみたいであり、またある者は水族館の水槽に沈んだ巨大な蛸がガラス板をとおして夢みるように陸上を歩く人間たちを眺めているといった表情だ。……そんな不自然な、そのくせ妙にソツのない空気のなかで、さっき争っていた女には或るまっとうなものが感じられた。

女は一度、店の奥へ引っこむと外套に手をとおしながら出て行こうとしていた。が、僕のとなりに席があいているのを見ると、どうしたわけか、また引き返してその丸椅子に腰を下ろした。そして僕のコップにビールを注ぐと、名前を聞かせてくれ、と云った。僕は云った。

「君から先に云いたまえ」

すると女は、笑って云った。

「あなたは、あたしにそっくりね」

……その女のことを別段、僕は覚えているつもりではなかった。ただ牛山と二人で、したしみのないバアにいると、ふっと或る物足りなさを感じただけだ。

翌日（つまりきょうだ）、かえってみると女からの手紙がきていた。——あの日かぎりで彼女はあの店をやめたということ。ひまになったらやろうと思っていたことがたくさんあるので、それを片附けるつもりで家に一週間ブラブラしていたが、やるべきことが多すぎてどれから手をつけてよいかわからず、結局何もしないうちに、また他の店でつとめる契約をしてしまった、もとの世界へ逆もどりするのかと思うと、情ない気分になったので、きのう僕のところへ電話したが留守であったということ、などが手紙の主な内容で、封筒の所書きには新しくつとめるバアの名前と電話番号がしるしてあった。

文章は多少文脈がみだれており、誤字や用語のあやまりも目について、ことに最後に、

あまり飲みすぎたりあそばしませんよう御療養御勉学千一に

千葉陽子

となっているのに、しばらく考えこんで、ようやく「御勉学千一」は「専一」のことであると気がついた。すぐに返辞を出そうと思ったが、書きかけて途中でやめにした。陽子の文章は、

あまりに率直で、感情のうごきの激しさが文面にあふれており、その調子に捲きこまれると、こちらは一行も書けなくなることが明らかだったからだ。……その代りに電話してみたが、男の声で、まだ彼女はつとめに出ていないということだった。

それからの一週間あまりを僕はほとんど陽子とすごすトリトメのない時間のために費してしまうことになった。毎日、多いときは一日に数回の電話、そしてほとんど毎日、誘い合わせて出歩いた。

僕は自分が想いのほか忍耐強い男であることを知った。東京という街では、女をつれて歩くためには、何とたくさんのコーヒーだの紅茶だのジュウスだのというものを摂らなくてはならないのだろう。この一週間を、自分の胃袋に砂糖水のたまっているのを意識することなしに憶い出すことはできないくらいだ。しかし、それだからと云って僕は不幸な気分でいたわけではない。陽子の道案内で僕は、はじめて戦後の東京の盛り場を知ったようなものだ。……K海岸から出てきたときは、新橋、銀座、日本橋、あたりまでの表通りを歩くのがせい一ぱいだった。そのコースからはずれたところだと、僕は昨日東京へ出てきた人と同じだ。少年時代から高校のころにかけて毎日の通り路だった渋谷の駅で、どうしても地下鉄の入口が発見できずに、デパートの女店員二三人に訊いてまわって、ようやく改札口にたどりつけたことなど、おかしいみたいだが実際にそうなのだからしかたがない。

昔、機械仕掛の人形が鈴をふりながら人眼をひいていた角の甘栗屋はどこへ行ったのか？　試験前になると寄り合ってノートを照らし合せたあの古めかしいコーヒー屋はどうなったのか？　まるで見当のつかなくなった街で、僕は自分が老人になったような錯覚を起す。と同時に戦争中のある日、この街で、このように或る感慨にふけりながら立っていた自分を想い出した。アスファルトの道路が掘りかえされ、いかにも申し訳につくったような防空壕が出来ていたあのころ、僕は「平和な日」のくるのを願っていたというよりは、あたりまえの日常――戦争も生命の危険もない――が一体どんなものかを想像しようとしていた。「大戦果」の発表もなく、無理強いの緊張をうながす時局演説もない日に、一体、退屈や倦怠はどんな風におそってくるものだろう？「昨日」と同じ「今日」を送り、またそれと同じであるにちがいない「明日」を迎える気持はどんなものだろう？「きょうもコロッケ、あすもコロッケ」の生活には一体どんな憂鬱さがあるのか？　それを考えることは当時の僕にとっては、どんな奇想天外な物語よりも空想を刺戟されることだった。いま眼の前にひろがっている街には戦争の痕跡らしいものはまったくない。道路が掘り起されているのは、あらたに補修しなおすためだし、焼けただれた建物はとっくに取り除けられて、そのあとにはデパートの拡張工事がすすめられている。どの店にもあふれ出しそうな商品、めまぐるしく走っているタクシー。しかし、これが僕の待っていたものだろうか。ここにあるのは雑踏と騒音、それだけではないのか。変ったのは外貌だけで、その内側には依然として十年前からの索漠とした空しさが流れているのではないか。

ところが、その同じ街が陽子と一緒にいると、急に活気をおびて見えだすのだ。ちょうど船頭が表面からは見えない水脈をさぐって船を進めるように、彼女のあとを追って行くと、これまで何の気なしに眺めすごしてきた洋品店のショーウィンドウや、花屋や、婦人帽子屋や、そんなものがイキイキとして、僕らに訴えたり媚びたりしているように見えてくるし、それにしたがって雑然とした街全体が、それなりに一つの性格や構造をもったものに思えてくるのだ。

ある特定の女を通じて、自分の失った過去を奪いかえすことができるだろうか？　自分に弁解してもはじまらないから云ってしまおう、僕は陽子が好きになりはじめた。

陽子は新しいバアへ勤めると云い出してからも一週間、毎日のように僕を誘って街をあそび歩いた。

「もういやになっちゃった。お勤めに行くのを一日のばすと、それだけいやになっちゃう。……よそうかな、あんな仕事」

そんな風に云うので、何気なく僕も合槌を打つつもりで、

「まア、仕事ともいえないようなものだがね」と云うと、彼女は急に顔をこわばらせ、それか

ら泣いた。そして僕を冷酷な男であると云った。……どうしてそんなことが、それほど彼女を傷つけたのかはわからない。しかし僕が彼女を愛しはじめたというのはこの瞬間からであったかもしれない。陽子が酒場の勤めをいやがっていることは僕を或る意味で安心させたし、同時に彼女のイヤなことを一寸のばしにしようという心が、僕の心にも同じひびきを伝えたからである。

いよいよ明日から勤めに出るという晩、僕らはビフテキを売り物にしているグリルで夕食をとった。テーブルをせいぜい賑やかにするためにフランス産の葡萄酒をそえた。……僕は彼女が酒をのむところを、はじめて見たわけだ。ところで、これまで陽子につき合ってジュウスやコーヒーを飲まされるたびにコボしていた僕よりも、むしろ彼女の方が酒をよろこんでウマそうに飲むのにはおどろいた。こんなことでもわかるとおり、僕はまだ彼女については何も知らないも同然なのだ。それなのに、まるで子供のころから知り合っているような気がするのはなぜだろう。

彼女はまた食欲も旺盛だった。

「あたしって気まぐれなの。食べないときは三日間ぐらい何も食べないで平気よ。だけど食べたいと思ったときは、普通の人の三倍ぐらいは平らげられるわ」

そんなことを云いながら陽子は本当に、厚さが一寸もある肉のお代りでもしそうないきおいで食べる。僕は、こんなにイキイキとした動作で物を食う女性もはじめて見る思いがした。どちらかといえば小柄な体つきで、くびれた胴や、手首や脚は、兼子を見なれた眼からは折れそうに思えるほど痩せているのに、全身には鋼鉄のバネのような充実した強さが感じられるのも、こうした健康な食欲のせいだろうか。

その晩は僕は多少センチメンタルだった。食事をすませたあと、西部劇の映画を一つ見て、外へ出ると、街の舗道は嘘のようにカラッポな感じがした。陽子はへんにウツロな声で云った。

「これでもう、こん晩もおしまいね」

「うん」僕はこたえたものの、彼女が何を云おうとしているのかハッキリつきとめる自信がなかった。……ことによると今晩、彼女は僕に抱かれようとしているのかもしれない。しかし、そう思うあとからまた奇妙に不安な、というより絶望的な心持におそわれた。実をいえば、そのときの僕は感情の上では年齢よりも十歳は若くなっていた。そのためにかえって自分がひどく老いぼれた人間であるような気がするのだ。

陽子は僕を送って大森まで行くと云い出した。このことが僕をますます混乱させた。僕の方こそ君を送ろうと云うと、彼女はなぜか堅くそれを断るのだ。

僕は間のぬけた男であったかもしれない。陽子は僕を送ってハイデッケ氏の家のそばまでついてきた。そのまま玄関に入るわけには行かない気がした。儀礼的にもそうする必要があると思って僕は彼女の頬に不器用な接吻を一つした。すると彼女は突然、体をこわばらせて云った。

「やっぱりそう思っているのね」

「………」

僕は何のことかわからず、手をはなして茫然としていると、

「この間、云ったでしょう。あたしの仕事を仕事とも云えないようなものだって……。あなたはあたしを、やっぱりそんな女だと思っているのね」

彼女は闇の中で眼を光らせながら尻ごみするような姿勢で、そう云うとクルリと背を向けた。彼女が一体、何を怒ったのか僕にはサッパリわからなかった。ただ僕はその気性の劇しさに気圧されて、とても彼女が言葉のウラで何を云おうとしているのかなどと考える余裕を失ってしまった。

(ともかく彼女をこのまま放ってはおけない!)

そう思っただけで僕は、静まりかえった路地に靴音を大きくひびかせながら陽子のあとを追いかけた。

翌朝、僕は品川のホテルで眼をさました。陽子はまだダブル・ベッドの大きな羽根枕に顔を半分うずめたまま眠っている。

知り合ったばかりの女と、こんなことになるということ自体は、それほど不思議ではないだろう。しかし出会った最初のときから、あんなに驕慢そうな一面を見せていた陽子が、こんなに簡単に自分のものになるとは想像もできないことだった。……夜中に目を覚して、ベッドの僕の腕の中に眠っている陽子の顔をみると、僕は自分でも考えられないほど幸福な気がした。実際それは征服感とか、充足感とかいうものとは異ったものだ。彼女と一体となったということに、僕は野心の満足を感じたのでもなければ、闘争のよろこびを見出したのでもない。もし人の心から純粋に「よろこび」というものを抽出できるものとしたら、そのとき僕の味ったものがそれだ。

その朝、僕は後悔もなければ、危惧もなかった。……あとから起き出した彼女と僕は、家並や工場の向うに白く海のかすんで見える二階のヴェランダで、食事をとった。僕のパンにバタを塗って手渡しながら陽子は云った。

「とうとう奥さまから、とりあげちゃったわ――」

けれども、その言葉は僕に、意地悪さよりも甘いひびきだけをつたえた。

ホテルを出ると、僕らは一度手を振っただけで別れた。心のこりのようなものはあったかもしれない。しかし僕は自分でそれを簡単になぐさめることができた。――何も今日で最後というわけじゃないんだ。明日から彼女は酒場に出る。そうなれば毎晩だって会いに行けるじゃないか。

ところで陽子の何が一体そんなに僕を幸福にしたのか、と開きなおって訊かれると、僕には答えるすべがない。僕という男は、ついこの間、女のそばから逃げ出してきたばかりだというのに、またしてももとの生活をくりかえしたいというのか。しかし陽子は兼子とはあらゆる点で対照的な女だ。陽子の直情径行に対して兼子はいわば外柔内剛型だ。あるいは献身型だともいえるだろう。だが人間関係のなかで本当の献身ということが行われうるものだろうか。折れて出る恰好でかえって相手の内懐へ喰いこむやり方が多いのではないか。兼子が僕に対する場合はそうだった。彼女の自我は真直には突いてこないが一度刺さると抜けなくなる。……だから、すくなくとも陽子の率直さは僕にとって兼子の解毒剤になるということがいえる。たとえば陽子は自分のことを、愛するということは知らないで、愛されることに慣れている、という。だが、本当にうまく愛されることを知っている女なら、それだけで充分男の愛にこたえているわけだし、つまりは愛するということを知っていることになるではないか。これが兼子とはまるで逆な点だ。彼女はいつも自分を悲劇の主人公になぞらえたがって、懸命に愛しながら裏切られる女だと思いこんでいる。本当は、捨てられる原因を自分の方からつくっているのに……。

奥村氏の説によれば、「ミッキー・スピレーンの場合は美人が犯人だが、アガサ・クリスティーの場合は犯人は醜女だ」そうである。

翌日一日中、僕は落ちつきがなかった。

午前中、しばらく怠けていた飜訳の仕事をしようと思ったが、その服装雑誌のページを開きながら僕は陽子との対話を頭の中にくりかえすばかりで、すこしもはかどらない。——恋愛が仕事の原動力になるなどとは一体、誰が云い出したのか？

電話のベルが鳴るので、思わず部屋を飛び出して行ってみると、それは僕にきたのではなかった。……そういえば昨日までは、いまごろの時刻には彼女から二度目の電話が掛っていたのに。一体どうしたのだろう？　昨日あんなことのあった今日、陽子はもうどこかへふらりと行ってしまったのだろうか。

待っていることの空しさ……。僕はせめて散歩にでも気をまぎらわせたいと思うのだが、家を出て二分もたたないうちに、もう電話のベルが鳴っているのではないかと気がもめる。ハイデッケ夫人に伝言してくればよいのだが、僕はなぜかそれも気が引けた。いまになって、やっと僕は昨日考えたことのなかに誤りのあったことに一つだけ気がついた。彼女がバアに出るようになったら、いつでも好きなだけ会える、それはそうだろう。しかしその時刻がくるまでの間は、僕の方が家に縛りつけになっていなければならない。彼女の家に電話がないということは、彼女の方からは好きなときにこちらへ入りこんでくることが出来ても、その反対は不可能だということだ。

夕方になるのを待ちかねて僕は、あたらしい「シャンブル・ジョーヌ」とかいうバアへ出掛けた。西銀座の裏通りを僕はまるで、はじめて通る道を歩くみたいな気持だった。そして黒い軒燈に黄色い字で店の名をしるしたその家を見ると、その中に陽子がいるとは到底信じられない気になり、よほどのことでその前をそのまま通りすぎてしまおうかと思ったぐらいだ。——これとよく似た気持を憶えている。小学校のころ家の近所の原ッぱへサーカスがやってきたときのこと、学校の帰り途にその横を通りながら抱いた懸念（家へ帰って出直すまでの間に、もうその天幕の小屋がどこかよそへ去ってしまうのじゃないか）というのがそれだ。

陽子はやっぱりいた。……外にはまだ明るさが残っているのに、店の中はうす暗い。僕がバネ附きのドアを開けて入って行くと、彼女は白いセーターの両腕をたくし上げた恰好でマダムらしい中年の肥った女とカウンターの中で話していた。他にまだ客はいない。入口に背を向けていた陽子は、ゆっくり振り向きながら僕をみとめると、うなずき返すように眼をマタタいて黙って笑った。そのいくらかの羞じらいと心細さを訴えるような笑い顔を、僕はいつまでも忘れることができないだろう。それは何と云ったらいいのか、ちょうど猫が飼い主に対してだけこっそり示すあの表情、あんなものを顔といわず体全体であらわしていた。僕はそれを見ただけで、昼間電話をよこさなかったことの彼女への怒りなどは忘れてしまった。すくなくともその顔は、悪気や意地悪なふくみがあってそうしたのでないことを充分に物語っていたから。陽子は僕をマダムに紹介した。すると僕は突然、親戚の叔母か何かに引き合わされたような気がして、酒場の女あるじにすぎない人にシャッチョコばった敬礼をくりかえしているのであった。

この酒場、「シャンブル・ジョーヌ」での最初のちょっとしたギゴチなさが僕にはいつまでもとれないように思えるのに、陽子の方はその晩のうちから周囲のすべてのものに溶け合った様子だった。彼女の負けん気がそうさせるのか、それともこうした場所での適応性が先天的にそなわっているのか、どっちにしても陽子は最初の店ではじめて見たときよりも、もっとイキの合った場所で、もっと居心地よさそうに、同輩の誰よりもテキパキと客をさばいて行き、誰よりも愉快そうに振る舞っていた。

客たちの受けもよさそうだった。あっちこっちの席から、すぐ彼女を呼びにきた。……このことで僕は自分に嫉妬心らしいものがすこしも生じないと云ったら、怪しまれるだろうか？だが僕は自尊心、ないしは虚栄心のためにこんなことを云っているのではない。これは以前からの僕の意見だが、男が女に（あるいは女が男に）嫉妬するということはありえないので、男が女に嫉妬していると思ったときには実はその女が関係している別の男に対して嫉妬しているわけなのだ。だから陽子の適応性のよさ、というよりヴァイタリティーの美事な強さ、を羨むことがあったとしても、いまの場合、嫉妬の感情などはまるでないのがあたりまえだ。それどころか僕は、彼女をとりまく客たちに気楽な、打ちとけた親しさをおぼえる。反対に、これまで親しくしていた連中とは何となく遠のきたい気がしてくる。たとえば学生時代からの友人である牛山と会って話すにしても、彼が父親の監督下におかれて、その会社で毎日どんなに辛い思いで働かされているかというような話題は、まったく別世界の出来事としか思えない稀薄な印象で、ときにはそんなことで苦しんでいる彼が阿呆のように思われたりするものだ。

しかし陽子がつとめはじめてから、何といっても二人きりでいられる時間のすくなくなったことが僕をものたりなく思わせることもたしかである。いや、昼間に電話で打ち合せ、落ち合う場所をきめて、それから彼女が出勤するまでの時間を喫茶店や、映画館やですごすことは以前と大した変りはないし三日に一度はそのままシャンブルへ一緒に行って、看板になる午前一時までそこに腰を落ちつけたりもするのだから、前よりもずっと彼女といる時間は多くなっているはずなのに、以前とちがって何かが欠けている感じだ。

騙されているのではないかという気がすることもある。日曜日の朝、電話を掛けてきて、これからこちらへくるというので待っていると、来たのは彼女一人ではなく、同じシャンブルにつとめて顔見知りだとはいうものの、ユリ子と節子と三人づれであったりするのがそれだ。陽子にしてみれば、シャンブルの常連としての僕の「顔」をよくしておこうというのかもしれないが、それならそれで前以てそのことを知らせてくれるべきだ。……それにしてもユリ子も節子も醜い顔立ちでは決してないが、陽子とくらべると何と貧弱に見えたことだろう。そんなことが僕にある優越感をもたせたのだろうか。四人で駅の近所の映画館に入り、それから安くてウマい蟹料理を食べさせるという店の座敷へ上って食事をしたりするうちに、結構、愉快になってきた。酔ったユリ子が器用にドジョウスクイの真似などして見せて、大いに笑った。しかしその帰りがけ、僕はめずらしく暗い気持にさせられた。すこし風に吹かれた方がいいというので、駅までのかなりの道のりを歩くことにしたが、三人の女たちが肩を並べて行く後姿を見ながら、ふと、女郎屋の休日に女郎たちが畑の間を行列をつくってピクニックに行くという十九世紀のフランスの小説を想い出した。笑ったあとの空虚さ、また明日からはつとめがあるという重苦しさ、そんなものが、ハイ・ヒールの靴で舗装しかけたままの石コロだらけの路を歩く三人の女たちの後姿に描いたように現れていて、その点では陽子も例外ではなかった。

憂鬱なのはそれだけではなかった。駅で陽子が三人分の切符を買うのを待ってボンヤリ立っていると、ユリ子がそばへやってきて、まだ酔がのこっているのか、

「岡部さん、あんたすこし陽子ちゃんのことで、あせっているんじゃない?」と、無遠慮に耳

もとにささやいて、片眼をつぶって見せた。……うまく云い当てられたというべきだろうか？　それとも単なる女たちの競争心のあらわれなのだろうか？

しかし僕は思った。仮に、いま僕が陽子に騙されているとしても、もともと僕は自分が陽子によって作りかえられること、これまでの自分とは別のものになることを欲していたのだから、それでいいではないか。黙って笑って騙されること、それが最初からの目的だったといえば、痩せ我慢にすぎるだろうか。

気になることがあった。それから一週間ばかりたってのこと、僕が夜十一時ごろシャンブルへ行き、いつものように陽子に送って行こうと申し出ると、ハッキリ断られた。

「ダメ。……こん晩は陽子、ほかの方と約束しちゃったの」

その言葉を僕は、まるで芝居のセリフのような気持で聞いた。実際それは初めて聞くにしては一向に耳新しくない言葉だった。しかし一人で店を出て新橋の方へ歩きながら、狭い路地を米国製の新型の大きな自動車がゆっくり走りすぎるのを眺めると、突然のように僕は陽子の言葉を了解した。僕は間のぬけた男であるかもしれない。騙されることが目的だなどと自分自身に云いきかせながら、実は何で騙されているのか少しも気がついていないのではないか。……店を出掛けに後から追って来た彼女の、

「商売は商売ですもの、ね」というささやきに、僕は、「そうだ、仕事は大切だ。気をつけて行きたまえ」などと答えながら、自分がいかに寛容でありうるかということに対しては誇りのようなものさえ感じでいたのである。僕とすれば、陽子がすこしでも僕に気をつかっているということで、充分満足していた。それが、いま不意にどうして気がかりになりはじめたのか？　僕はまだ自分が嫉妬しているということを認めたくなかった。

僕をマゴつかせているもう一つのことは、陽子と一度品川のホテルに泊って以来、あのようなことがまったくないことだ。あの夜、彼女は「一度だけにしましょうね」と云った。僕は別に反対はしなかった。それどころか兼子との場合を考えても、こういう彼女の言葉はひどく架空な、それだけに貴重なものに思えたのだ。合意の上で成立する恋愛、ジメジメした感情や後腐れのない人生、そういうものを僕はどんなにか待望していたことだろう。……しかし、どうしたことか、今夜のようなことがあると、やっぱり彼女を誰かにさらわれてしまったという考えが、どうしようもなく強く僕の心に食いこんでくる。

僕は自分自身に云いきかせた。陽子は誰のものでもない、それだからこそ僕にふさわしい……。しかし、そういうはしから彼女の眼や、唇や、腰や、かすれて鼻にかかる音声やが、ハッキリと思い出され、しかもそれが明瞭にいま僕の手からはなれつつあると思うにつけて、まぎらわしようのないサビシサや、イラ立たしさが執念ぶかく、まつわりついてくるのだ。

こんなときには、かえって悲しげなそぶりを表にあらわすべきかもしれない……。僕は自分の自尊心をすくうために世間の男がこんなときにするかもしれない恰好を、つまりポケットに手を入れてうつ向きかげんの姿勢をわざと芝居気まじりにとってみせながら、大森の家までもどってきた。……崖ッぷちの曲りくねった石段を上りきったところにハイデッケ氏の家はある。僕は玄関の前に、先廻りした陽子の乗り棄てたタクシーが置かれてある場面をひらりと頭にうかべながら最後の石段を上った。

自動車はなかった。……そのかわり、僕の部屋のガラス窓には灯がうつっていた。留守中に兼子が来て、待っていたのである。

こういう怖ろしい瞬間がくるのを、どうして僕は予想できないのか？　いずれはやってくるにきまっているものを僕は今日までどうやってゴマ化してきたのか、自分にもそのテクニックはわからない。一と言でいってしまえば、それは目をつむって見ないこと、見なかったと自ら信じこむこと、というわけなのだが……。

兼子には僕から渡しておかなければならなかったものがある。奥村氏からもらった下訳料の半分――これは今回かぎりのことだが――当座の生活費として彼女に是非必要なものだし、僕としてもそのくらいのことはしなければ気持の整理がつけにくいので、入ったら即座に送る約束になっていた。……ところでその金は一と月以上前、つまり奥村氏につれられて最初のあのバアへ行ったときに受けとったまま、まだ僕の机の引き出しにほうりこんである。しかし、それだけならば大した問題ではない。

その金を受け取ったとき、つい二つに割るのが面倒なまま、いっしょに引き出しに入れておいた。それを僕は目をつむって何枚かずつ取り出していたのだ。それでもはじめの二三日だけは大体、費った金額をおぼえていたが、それを過ぎると自分の分として残った金を勘定するのが何となく怖ろしくなりはじめた。ちょうどそのころから陽子と街をぶらつきだした。すると、いままでゆるやかに流れていた人生のながれが暴風雨におそわれたような劇しい勢いにかわった。僕はもう見境いなしに引き出しの金をポケットにつっこんでは出掛けるようになった。……しかし、それだけなら、まだいい。僕は出版社から、奥村氏の代理人として印を押した検印紙と引き換えに受け取った印税の前渡し金も引き出しの中へ入れておいた。それは別のハトロン紙に包んでおいたはずだが、まったくいつの間ともわからぬうちに、包みは破れて僕や兼子のぶんとゴッチャになり、いまではそれも僕のポケットの中に収いこまれている。まるで引き出しの中に入れておくから金がなくなるのだと思っているみたいに。

だがさて、以上のような次第をどうやって兼子に説明してきかせたらよいのだろうか。――

もうすこし待ってくれ、その間にうんと仕事をして、かえすだけのものはかえす、はらうだけのものは払う、と答えようか。

その夜の兼子は、これまでにないほど落着いた、いかにも思慮ぶかい一種気品のある顔つきに見えた。彼女の母親のを仕立てなおしたのだという黒ッぽい地味な和服が、かえっていつもの彼女より若々しく見せているのだろうか。それとも僕と別れて暮していると、この女もこんなに美しく、若返ることができるのだろうか。

「どうですか、このごろのK海岸の様子は。おとなりのKさんやSさんの奥さんたちといっしょに、あいかわらずお茶のお稽古や、お料理の講習なんかをやっていますか。猫たちは元気ですか」

「猫たちも、Sさん、Kさんの奥さまも皆元気ですわ。あなたも、とってもお元気そう……」

彼女は僕の仕事椅子にキチンと膝頭をそろえ、背筋をぴんとのばして姿勢正しく腰かけながら、そう答える。……その瞬間、僕は兼子の一見ものしずかな笑顔の中に眼だけが異様に冷く鋭い光をはなっているのを見た。と同時に、この女がこうして人のいない留守の、しかもはじめての家へ上りこんで待っているのは、よくよくの事情があってのことにちがいないということに、いまさらのように気附いた。(あなたも、とってもお元気そう……)こんな晩に僕が元気に見えるはずなどありはしない。これは彼女の極度の不満や不機嫌さをあらわすとき、よくやる手なのだ。もしかすると兼子は、そうした不満や窮状を訴えるために、はじめに奥村氏の家へ行ったのかもしれない。そこで彼女は奥村氏から僕が印税の金をまだ届けていないことを聞かされ、何も彼も承知の上でやってきたのではあるまいか。……いったん、そう思いつくと僕はヤミクモな恐怖心にとらわれだした。兼子は僕に復讐しようとしている。奥村氏と共謀して、詐欺横領のうたがいで訴え出れば僕を社会的に葬ることができるとでも考えているのではないかなどと。それで、この際、かえって気楽な調子で洗いざらい報告してしまって、こちらに悪気はないということを認めさせた方が有利ではないかと判断した僕は、思ったとおり云ってやった。

すると兼子は意外にも、僕の云うことをなかなか本気で受けとろうとはしないのだ。

「本当だぜ、もう一文なしなんだ。だから明日からどうやって食べて行こうかと思っている……」

「じゃ、奥村先生のぶんも……」

「そうさ、奥村さんに渡すぶんも半分は使っちまった」

兼子はみるみる顔を蒼ざめさせて行った。うつむいてしばらく沈黙していたかと思うと、もう一度顔を上げたときは眼や頰を真赤にそめて、じつに奇怪なことを云い出した。

「あたしは、もうこれできっぱり、あなたを諦めました。いまのお話をうかがって、やっと未練もなくなりましたわ。あなたもせいせいなさったでしょう。あたしはこれから一人で生きて行きます。……でも、たった一つだけお願いがあるの。きいていただけるかしら。あたし、あなたを養子にもらうことに決心したわ」

「…………」

僕は、しばらくの間、彼女が何を云っているのかわからなかった。

「あたし、あなたを夫としては、もう許せないわ。だけど自分の子供としてなら……」

「よせよ、馬鹿馬鹿しい」

「と思うでしょう。あたしだってそう思うもの。……だけど、あなた一人を放って、見てはいられないのよ。ね、お願い、いっしょにK海岸へかえって……。そうすればあたし、うんと働いて、あなたも食べさせてあげて、貯金もして、奥村先生にすこしずつでもお返しするようにするわ」

僕は喜劇役者でありたいとは思わない。けれども結果から見れば、自ら好んでそれとまったく同じことをやってしまった。はやい話が、僕がまだ半分は残っているだろうと思っていた奥村氏の印税は、兼子と二人で丁寧に勘定してみると三万円そこそこ、つまり三分の一ほどに減っていた。それに奥村氏から下訳料として受けとったのが四万円、家を出てくるとき持って出たのが十万円――この金は兄から家屋の修理費としてあずかったものだが、そのうち五万円はこのハイデッケ氏の部屋を借りるときの敷金に出したもの――で、合計するとこの二箇月あまりのうちに、およそ十五万円ほど費ったことになる。一体、これだけの金がどこからどういう風に消えてしまったのか、はじめの一と月がおわったときには、手もとに二万円以上はあったから、このあとの一と月あまりのうちに十二三万ついやしたことになる。とすれば、これは陽子とシャンブルとにかかった金だろうか。こんなことを考えると僕は、ただ自分の貧しさ、非力さがかえりみられ情ない思いがするばかりだが、これでは一応、兼子の奇怪なる申し出でを受けとらざるを得ない。

それはそれとして、あの晩の兼子の熱意が僕を動かさなかったかといえば、やっぱりそれは嘘になるだろう。それどころか兼子のあの一と言で僕は急に、それまで張りつめていた力が全身から抜け落ちるように感じ、あとは彼女の指示するところにしたがって、云うがままに動かされたともいえるのだ。

梅雨の前ぶれをおもわせるような雨の中を、ビニールの旅行鞄を下げた僕と、二た月の間たまりにたまった僕の下着の汚れたものをつめこんだ大きな風呂敷包みをかかえた兼子とが、一本の傘にすがりながら東京を去る恰好といったら、見られたさまではなかったであろう。――取り返しのつかないことをしている、という思いもある。くされ縁のくさびに「養子」の型で引きもどされる、男子としてこれにまさる恥辱があろうか、などと思ってはみても僕は何かしら身動きならないものに圧えつけられている。僕は二箇月前の僕とは同じ人間ではない。ハッキリした証拠は何一つ提出できなくとも、僕の内側に燃え立ってきた何かがあるのだ。そんなことを思いながら、僕はバスの窓ガラスの外に雨に濡れたK海岸の町を、うつけた眼つきで眺めていた。

K海岸での十日間あまり、僕はこれまでになく平穏な生活を送った。これは意外といえば意外なことだった。いったん外へ出て帰ってきた僕は、そこに「自分の家」を見出したのだ。

春以来、僕の留守の間、兼子は庭のことまで手が廻らなかったのか、雑草や蔓草が手のつけようがないほど繁茂していた。門も、垣根も、家のまわり全部が、胸の高さぐらいにしげった雑草にすっかりうずめつくされている。けれども僕は、その青黒い葉やミドリ色の茎一本一本に云いようのない気持の安らぎを覚えるのだ。雨の臭い、草の臭い、土の臭い、こんなに「自然」と間近に向きあってくらすのは、これがはじめてのような気がする。

朝起きると僕は猫にやる牛乳を買いに、草に覆われた道をかき分けながら、近くの牧場まで出掛けて行く。そんなとき、これまで何とも思っていなかったあたりの空気が、甘くて、やわらかくて、いかにも新鮮なものに感じられる。そして僕は自分を取りもどしつつあるのを感じるのだ……。取りもどす？　いったい何を？　僕は兼子とヨリをもどしたとは思っていない。ただ、洗われた眼で、もう一度自分自身をながめなおすことが出来るように思ったまでだ。見失った僕の本質をもう一度、呼びもどさなくてはならない。学校、兵営、職業、女、そんなものが残して行った垢をすっかり洗い落して、自分の本来の姿を取りもどそう。

ところで、これは最も意外なことだが、僕は兼子に対しても、いままでとはちがった優しい態度をとるようになった。このことでは先ず兼子をまごつかせるらしかった。ほんのちょっとした動作や言葉のはしにも、それが現れていると云って、彼女は驚いたり、よろこんだりした。この「やさしさ」を兼子は、僕の立っている場所がこれまでよりも彼女から隔っているためだとは気づかないのだろうか？　しかし、そういう僕自身も、あるいは自分の知らないうちに本当の「やさしさ」が心の中に生れたのではないかという気もするのだ。実際、僕は兼子の顔を見ると、以前よりはたしかにいくらか美しくなったような感じさえした。

その一方では、僕はせっせと飜訳の筆をすすめた。この仕事はいわば精神の半舷上陸だ。僕は精神の非番の部分で自由に遊びまわることができる。ちょうど日曜日よりも土曜の午後の方が本当に愉しいように……。僕の飜訳したものは大部分、奥村氏の名によって出版されるか、でなければ新聞や雑誌の片すみに、「今秋のパリのモード」といった見出しとともに現れる。誰がそんなものを読むのか、それは僕の関知するところではない。けれども大抵の場合、誰が読んだって決して益にはならないかわり、害になることもないだろう。寝床の中や、電車の片すみや、または主人を送り出したあとの散った食卓などで、主婦や会社員や学生や家政婦たちによって、あわただしく読みすてられて行くだろう。しかしそんな稀薄なもので自分が社会とつながっているということに僕は或るこころよさを感じるものだ。徹夜して書き上げた原稿が誰かの手に吸い上げられて、何枚かの紙幣になってもどってくる。こういうことには皮肉なよろこびがある。……仕事のペースが着実であればあるほど、精神の非番の部分も活潑にうごき出す。僕はまだ何ものにも犯されていなかった少年時代を――ある朝雪におおわれて真白になった道をまっしぐらに駈け出したころの自分を、また初めて海を見たときの内心の動揺や孤独な感慨を、そしてまた学校のかえりみちに憑かれたように一匹の蛇を追いまわしたあのころを――しきりに夢想した。それは爽やかな風と光を背景にした夢だ。

十日間で小冊子一冊分の飜訳を仕上げると、僕はすっかり自分を回復することができたと信じた。……使いこんだ印税のことで奥村氏に謝罪することや、そのほかにも片附けなくてはならない問題は山積しているが、一応はすべてのことが生活の軌道に乗りだしたように見えた。出来上った飜訳をとどけるために僕は東京へ出掛けた。しかし奥村氏は不在だった。……洋風の数寄屋造りとでもいうのか、コンクリートの壁や柱に、扉や窓だけ紙の障子が入っている。いつも見慣れているはずの奥村邸の玄関先で、僕は奇妙な戸惑いを感じた。出てきた若い女中

がひどくソッケない口調で、

「旦那さまは、ただいまお留守でございます」と云った。

何でもないことかも知れない。女中ははじめて見る顔で僕の名前も知らないのであろう。けれども僕は彼女の態度から、急に奥村邸全体が——手入れの行きとどいた植木や、これも数寄屋造りのガラージや、磨かれた式台に客待ち顔に並んでいる何足ものスリッパなど——こういったものが僕を拒否しているように感じた。と同時に手に持った風呂敷包の中の飜訳の原稿が不意に、汚れた紙屑の束になって行くような気がした。……いつもなら黙って靴を脱いで、いきなり奥村氏の仕事部屋まで行ってしまう。氏が留守かどうかを聞くのは、それからである。しかし、きょうは何故かそれは出来なかった。良心の呵責といったものがあるとすれば、それが僕にはこんなかたちでしか現れないのだろうか。それともこれは単なる気の弱さだろうか。どっちにしても僕は、眼の前に立った小造りな下女に威圧されて、そのままその場から逃げ出そうとした。

「じゃ、お帰りになりましたら、これを……」

僕はやっとそれだけ云って、原稿を差し出すと、下女はうなずきかえして、いったん奥へ引っこんだが、間もなく白い封筒をもってきて手渡した。

これは僕には意外だった。封筒の中に紙幣が入っていることを僕は経験上、よく知っていたからだ。……僕が氏の印税を使いこんでしまったことは、すでに兼子から報告されて知っているはずだ。だからといって奥村氏にしてみれば、下請け料をそのまま印税の穴うめにする気はないのかもしれない。ただそれだけのことかもしれない。しかしそれならば僕にも、せめて一度だけはこの金を断るだけの口実か余裕をもうけてもらえなかったものだろうか。受けとった封筒を僕は胸のポケットに収めると、背中一面に下女の鋭い視線を感じながら、一歩一歩まるで靴の底を磁石で引っぱられるような歩き方で、奥村邸の門を出た。

ことによると僕のうちには、自分では意識しない倨傲さがあるのだろうか。——おそらく世間の眼からはこんな告白は滑稽なものにちがいない。

奥村氏の門を出ると、歩いていくらもかからない田園調布の駅へつくまでに、もう胸のポケットの金が気掛りでたまらず、桜並木の長い塀のつづいた横丁を曲ると、封筒を破りすてた。中から生温いようなジットリした感触の細長い紙幣が、十枚あらわれた。——いつものとおりだ……。そう思うと僕は、なぜともなしに、きょう奥村氏は居留守をつかったであろうということを、ほとんど確信した。そして裸の紙幣を、もう一度内ポケットへ収うと、体の内側からズッシリと重いものがぶら下っているような手ごたえが感じられた。

この金は全部、兼子に渡さなくてはならない……。

駅のプラットフォームに重いひびきを立てて電車が走りこんでくるのを茫然とながめながら、僕はそう考えていた。実際それは、そうするのが当り前のことなのだ。けれども僕は、その横浜行きの電車に乗る気にはどうしてもなれなかった。奥村氏がどんな顔つきで、この金の入った封筒を下女に渡したのか？　それをたしかめるにはどうすればいいのか、いっそこれから引き返して、奥村氏が留守ならば帰ってくるまで待つとしようか？　眼の前の空席だらけの電車が出て行くのを見送りながら、僕は怒鳴っている夢で眼を覚したあとのように、漠然とそんな考えを追った。そして反対側のフォームに都心に向う電車がやってくると、まるで吸いこまれるように、それに乗ってしまったのだ。

しかし、それでも僕はまだその金を街へ出て費ってしまおうなどとは考えていなかった。それどころか、すでに日の暮れかかった薄闇の点点と灯のともりはじめた街を見ると、僕はひどい不安におそわれだした。奥村氏のくれたこの金は一種の手切れ金のつもりではないのか、単に屈辱をあたえようというだけではなく、もう二度とくるなという合図なのではないだろうか？　僕はいつか掘割にそった新聞社の前を通りかかっていた。すると、その印刷インキで全体が黒ずんだような建物から不意に悪い予感が、えたいの知れない風のように吹きつけてきた。

「おい、何を考えている？　さっきから呼んでいるのに聞えなかったのか」

僕は云われるまで、自分が次兄をたずねようとしていたことに気がつかなかった。こんな場合、この兄がタヨリになるとはまったく考えられないことだからだ。それなのに僕の足は知らずに彼の方へ向っていた。僕は云った。

「どうも、こうも、ないよ、奥村のやつ、ひどいんだ。印税をちょっとばかり無断借用したら、本気で怒って居留守をつかいやがんの……」

こういえば兄はよろこんで僕の肩を叩くと思いのほか、突然いかめしい顔つきになって云った。

「何、奥村の印税をつかいこんだって？　それは大変だ。やっこさんに睨まれてみろ、もうどこの出版社だって相手にしてくれなくなるぞ。そのくらいのことは、お前だってわかっていそうなものじゃないか。ヘタをすればこれでお前の飜訳業なんか、あがったりになってしまうぜ」

兄にとっては僕が何等かの意味で事件のタネでありさえすればいいのだろう。そのことは僕も承知している。おそらく彼は、たったいままで、英米文学の飜訳者であり社会時評家である奥村氏と僕とがどんな関係にあるかということも念頭になかったにちがいない。……しかしこの際、僕には言葉の真偽よりも、ある端的な怖ろしさの方が圧倒的に強く感じられた。仮に兄のようなことを云うものが他に何人かあらわれれば、事態はそのとおりにならないものでもないし、そうなれば実際に僕は職をうばわれるかもしれない。いや、ことさら僕はそんなことを考えたのではなかった。ポケットの中にある紙幣が胸を重くしていることと、新聞社の建物の内部に反響している人の話し声とも機械の回る音ともつかない物音を聞いていることだけで、僕は勝手のちがった場所へ引き上げられた犬のように脅えたのだ。……すると、そのことが兄を満足させたらしく、帰ろうとする僕にまたアメリカ製のタバコを二た包みくれた。

新聞社を出ると僕は、もう兼子の待っているK海岸へかえる気をまったく失ってしまった。いまごろ夕飯のしたくをしているにちがいない兼子のことを想うと、僕は云いようのない自己嫌悪におそわれた。……彼女は一体、奥村氏に僕のことをどんな風につたえたのか？　おそらく兼子は懸命に哀訴し嘆願したにちがいない。そして、そんな彼女の姿はただちに僕の姿に切り換えられる。僕は兼子を愛しているつもりはすこしもない。しかし、もし愛するということが他人の苦痛を自分のものとして感じることだとすれば、この場合、僕は世間の亭主並み以上に兼子を愛していたことになるだろう。彼女のぶんに僕のぶんを加えた二倍の屈辱感が一度にドッとおしよせてきたのだから。

雑踏にまぎれこんで歩きながら僕は、しかし陽子のところへ行こうなどとはまったく考えていなかった。シャンブルの前まできて、そのまま気軽に扉を押したのは、むしろもう陽子に何の顧慮もはらっていないためだった。十日間、K海岸にこもっていた間に、僕は陽子のことはもう忘れたつもりになっていた。まるで狐が落ちたように、彼女が他の女と別段変ったところのない存在に思えた。……だが、ドアを開けて彼女と一と眼、顔を合せた瞬間、まるでページをひっくりかえしたように僕の気持は十日前に逆もどりしてしまったのだ。

陽子は眼をみはって、いったんはこちらを向いたまま信じられないといったふうに茫然としていたが、やがて駆け出してくると、まるで小犬がするように僕の軀を上から下までクンクン嗅いだ。

「怪しい。怪しい」

「何が?」

「何でも怪しい。相手が奥さまじゃ仕方がないけれど、それでも怪しい」

陽子がどこまで本気でそんなことをするのかは知らない。けれども、ともかくそれは愛情の告白として彼女にもっともピッタリしたものであることはたしかだった。そうして僕は、たったそれだけの会話で、もう完全に彼女のいない世界のことは忘れてしまった。たとい奥村氏の家で受けた屈辱が若干、僕の心の底ではうずいていたとしても……。

その晩、僕は店がしまうまでシャンブルにいて、大量に酒をのんだ。狭いボックスの椅子に腰を下ろしたまま、こんなに長い間じっと坐っていられるとは自分でも不可解なことだが、陽子の態度にはこれまで見られなかった落着があり、まるでひさしぶりに会った幼馴染と昔ばなしをしているような気安さなのだ。

　滑稽な錯覚と、ひとは云うかもしれない。うすぐらい電光に照らされたゴムの樹の植木鉢、ビロードの布で覆った壁、そんな芝居の道具立てでじみた安ッぽい雰囲気につつまれながら、僕は少年時代からの夢の延長に身をおいたようなやすらかさと愉しさを感じるのはどういうわけだろうか。……実際、十日ばかり会わなかった間に、陽子はまるで新しい印象をもう一度、僕に植えつけて行ったのだ。だから十日前のことがまるで十年前のことのようにおもえる。そして、それだけ僕は陽子に関して密度の濃い生活を送っていたというわけだ。

　その晩、K海岸行きの終列車が出てしまう時刻までシャンブルに坐りこんでいた僕は、陽子を送って行くことになった。彼女は、いまは浅草橋のアパートに住んでいるということだった。

「ねえ、川のそばまで行って見ない？」

　自動車が電車通りを左に曲りかけようとするとき彼女は云った。僕は賛成した。橋のタモトで僕らは自動車を下りた。

　橋を境に、河は下流に向っては海のようにひろく、広漠として底光りのする空の下に遠く三本マストの船がうかんで見えたりする一方、上流の方は河幅も急に狭く、黒い倉庫のような建物や起重機などが重り合って、その向うにポツリ、ポツリと人家の灯らしいものがまたたいている。

僕らは橋の中ほどで、幅のひろい湿った風に吹かれていた。

マラソン競走の最中にも、ふとまわりの景色を眺めている瞬間がある。僕は、となりあって欄干に身をもたせかけながら河をながめている女が、ついに自分のものになるだろうか、などということをすこしも考えなかった。

「この川を、ずっと上の方へ行ったところに、あたしの田舎があるの」と彼女は云った。

この何でもないような言葉が不意に、ひどく実質的なひびきをもって僕に聞えてきた。……彼女の故郷とは一体どんなところか？　そういえば、これまで僕は彼女に故郷があるなどとは想像したこともなかった。そのくせ彼女の父親が相場師であったことや、その家には鯉の泳いでいる池のあったこと、また彼女はいままでに三度も火事に会っていて、幼少のころ婆やに抱れて二階の窓から飛び降りた記憶があるというような話を、断片的にではあるが、これまでに何度か聞かされてきていたのだが。いままで僕は、そういったことをむしろ恋歌のように聞いていたのかもしれない。どんな場合にでも個人の事情に立ち入ることを警戒する本能が僕にはあるらしいから……。それがいま「あたしの田舎がある」という言葉に、ふと彼女の家や生い立ちを感じたのは、どうしてだろうか？

（ことによると、おれはいま初めて陽子を愛そうとしているのかもしれない）

夜目に白くふくらみ上った河の面をながめながら、そう思った。

「………」

彼女が何か云ったように思って僕はふり向いた。が、陽子も、

「え?」と云いたげに、欄干にもたせかけた体をワザとのように子供っぽくギゴチない動作で起きなおりながら僕の顔を見つめたかとおもうと、また突然、まるで橋から半身のり出すように河の方を向いてしまった。……僕は或る間の悪さを感じて訊いた。

「何してるんだ?」

「占ってるのよ」

彼女は河へツバを吐いているところだった。子供が学校のかえりに、まっすぐ家へ帰る気にもならず、道ばたで遊んでいる、あれだ。ツバは弓なりに曲って一度橋桁の間へ吸いこまれそうになりながら河の水に引っぱられるように落ちて行った。……占いがどう出たのかは僕は知らない。ともかく彼女の姿勢は接吻の合図のように見えた。が、僕が抱きすくめようとする瞬間に陽子は体をかわして、橋の中央に向って駆け出した。

この瞬間から他のすべてのことがらも混乱して、僕はわけがわからなくなった。……彼女がどうして僕の接吻を拒んだりするのか? 第一、彼女は僕と知り合ってまだ間もないころに体を許しているのではないか。それが何故、いまになって拒まれなくてはならないのか? 僕の疑問は、そのように単純きわまるものだった。しかし、このちょっとしたマゴツキ、このちょ

っとした蹉跌が、彼女の全体を考えるときの昏惑に直接つながっているのであった。陽子は云った。

「だって、変なんだもの、あたしと岡部さんが……なんて」

「どうして? 何が変なんだ」

僕はムキになって答えた。だが、不思議なこともあるものだ。僕はそう答えおわった瞬間に、ある甘い雰囲気に包まれてしまった。

——自分はダマされたがっている。笑ってトリコになろうとしている。……これはいつとはなしに会得した僕の精神衛生術であり、生活の信条であった。面子をカヴァーする方法、弱者から強者に変身する術として、何とそれは有効であったことか。僕はまたしてもこれを用いた。——陽子は僕をハグラかそうとしている。まるで初心の娘が結婚を申しこまれたときのような顔をして……。よろしい、それなら僕は初心の娘をくどき落そう!

ところが、このような感情の操作をもちいるまでもなく、いつの間にやら僕は正真正銘の初心な男になっていた。

「あたし、結婚もしない人とこんなことしてるのイケないって云われたんだもの、ママに……」

陽子がそう云うのを聞くと、僕は顔の青ざめて行くのが自分にもわかった。……この一と言で、女の正体を見きわめることは、むしろ容易であっただろう。（何が「だってママに云われたんだもの」だ！）ところが同時に僕には、ある恥ずかしさが感じられた。こんなつまらない女を愛している自分に対して恥じているのか、女の身になって自分自身を恥じているのか、それとも「結婚」という言葉がもっている常識的な考え方そのものが端的に僕を恥じ入らせたのか？　どっちにしても、この恥ずかしさが僕を収拾のつかないほど狼狽させた。そして僕は、たったいままで思っていなかったことを口にした。

「結婚しよう……」

陽子は、さすがに一瞬ギョッとした様子だった。

「それ本気？」

「勿論、本気さ」

「じゃ陽子を食べさせてくれるのね？」

「………」

僕は返辞のしようがなかった。しかし彼女自身も自分の言葉にハッとしたように、言いなおした。

「あたし隆ちゃんを尊敬するわ、だから隆ちゃんもあたしを尊敬して」

「ああ尊敬するよ」

「それじゃ約束してくれる?――先ず奥さまと別れること」

「あたりまえじゃないか」

「それから……」

「それから?」

「それから結婚するまでは、おたがいに気をつけてへんなことにならないようにするの」

「ヘンなこと?」

「たとえば、こんなこと」と、云いおわるかおわらないうちに彼女は欄干の上から、躍りかかるように僕の顔に接吻した。

おりから夏の空は白みはじめ、河岸へかよう大型のトラックが黄色いヘッド・ライトをつけたまま、魚臭いにおいをまきちらしながら何台も通った。……そんな光景を僕は妙にウットリした気持で眺めながら、カラッポになった頭でふと兼子と知り合ったばかりのころのことを想い出したりしていた。

K海岸から東京へ、そしてまたK海岸へ――。このくりかえしを僕は何時までつづけなくてはならないのだろう。何度くりかえしたら気がすむというのだろう。

僕は結局、ハイデッケ氏の家へまたもどった。兼子には、K海岸にひっこもっていては仕事がとれないということを口実にして……。兼子は近所の子供たちに家を開放して絵を教えるかたわら、ちかくのY軍港の米軍のキャンプへ、けなげにも「自分は日本の伝統的な教養を身につけた婦人である」などといつわって、ろくに習ったこともない茶の湯や、出マカセの生花などの教授に出掛けていたが、それだけでは僕ら二人がやっと食べて行けるものしか入らなかった。だから、この口実は正当な理由にもなるのだった。というより、むしろ出掛けるときは、いつも僕は自分からその正当さを信じた。何時から何時までは文芸書の飜訳、何時から何時までは服装その他、雑記事の紹介、そして何日から何日にどの本を仕上げるといった、できるだけ明細な日課表や予定表をつくり、そのとおり実行しようと決心する。ただ、それを実行にうつしてみると、いつもそれでは睡眠の時間がたりなかったり、食事の時間が省略されていたりするだけである。……それにしても、その予定表の半分も仕事をすれば、ともかく落ちついてくらして行けるだけのものは得られるのだが、それが出来ないのは、陽子のせいだ。

僕はもはや、この女によって作りかえられた自分になろうなどとは思っていない。自ら騙されたいなどとは考えない。そう思うまでもなく僕は、あまりに騙されており、あまりに以前とはちがった人間になってしまったことを自覚しないわけには行かない。以前は、すくなくとも僕は女の誠実さなど問題にする男ではなかった。陽子がどんな女であろうと、僕は彼女を主人公に人工楽園をつくり出しさえすれば、それでよかった。いや、現在だって、それはそう考えている。ただ、その一方で僕は彼女の女としての魅力に、どうすることもできないほど強くとらえられているのだ。……なぜこんなことになったのか、その答は簡単だ。つまり彼女は僕のもっていないあらゆるものをもっている上に、彼女自身はそれを意識してか、しないでか、僕以外の誰にでも平気でそれを与えようとしているからだ。

結婚の約束をさせられてしまったということも、僕の立場を苦しいものにした。もともと、あんなことが約束といえるほどのものかどうかはともかく、あれ以来、陽子は何彼につけて、たとえば接吻一つするにも、手を組んで歩くにも、いちいちあのときの「約束」や「条件」をもち出すのだ。そして、そのたびに僕はこれまで無意識でやってきたことの一つ一つに、窮屈さと、ある貴重感とを味わされることになってしまった。……馬鹿馬鹿しいことにはちがいなかった。見えすいた手管といえばいえるであろう。しかし僕には、そうした手管をひっくるめて彼女の全体が、これまで経験したこともない興味あるものでしかなかった。そして気がついたときには、もう首まで彼女の魅力につかっていたのだ。

もし僕が陽子の体をまったく知らなかったとしたら、いまになってこんなに苦しむこともなかったにちがいない。女が一度体を許したら、あとは何度でも許すものだという考え方は、男の手前勝手にすぎないだろう。しかし、その種の手前勝手はこれまで誰にでも受け入れられてきており、きわめて一般的な通念になっているのではないだろうか。……はじめのうち僕は、このことをそんなに重大には考えていなかった。だが時がたつにつれて、ぬきがたい敗北感を次第に強く僕の中に植えつけて行った。たとえば嫉妬ということを僕は、生れてはじめて味わわされるようになった。この下劣な、陰険な情熱をきょうまで知らなかったといえば、それは嘘になるだろう。しかし、いま僕の直面している嫉妬心にくらべては、これまでのそれはただの模擬演習のようなものにすぎなかった。……あの品川のホテルで送った一夜は、いまでは伝説の時代のことだ。そのくせ、あのときの陽子の姿態の一つ一つは、かえってますますハッキリと網膜に焼きつけられたように残り、陽子と会ってその顔を見ているときを除いては、常住不断に僕の眼前に現れて、そのたびに云いようもない胸苦しさを誘い出すのだ。しかも、この苦しさを僕一人で背負わなければならないとは！　あの女は何て強いんだ。

せめて、もう一度だけでも、あの女を自分の手の中へ収めることができたら……。

僕は苦しさのあまり、しばしばそのことを空想した。もう一度彼女と寝たあとでは、さっとこちらから手を引いて、こんどは彼女の方に思いきり愛の余韻の苦しさをおもいしらせてやろう、などと。……けれども現実には、いつもその反対のことしか起らない。陽子を眼の前におくと、僕は別の世界に足をふみ入れたように、彼女の一顰一笑《いっぴん》に気をうばわれ、たったいままで真剣に思いつめていたことが、取るにも足りないことのように考えられてくるからだ。

僕は、もう手の内をすっかり彼女にのぞかれてしまっていた。そして、そのことだけが――

つまり相手を戦いやすい状態に置いてやっているのだと考えることが——僕の自尊心の唯一の支えになっているのではないか。

しかし、自尊心というやつは何と玉ネギの皮に似ていることだろう。これが最後だと思いながら、それを剝すとまた中から新しいやつが出てくる。しかも、それを剝《はが》せば剝すほど大きくなって行くのだ。

僕は相手に自分の手の内の全部をさらけ出してみせていること、トリックを決して使えないように自分で自分を縛ってしまうことが、最後の誇りのつもりでいた。そう考えて、いわば最後の切り札として僕は陽子と結婚の約束をしたのだ。……ところが、いつの間にかその切り札は彼女の手にわたたって、彼女の方にばかり有効にはたらくことになっていた。

東京へ舞いもどって一と月ばかりたってのことだ。相談したいことがあるから、ぜひ来てくれ、と、このごろでは珍らしく陽子の方から話をもちかけられて、行ってみると、

「岡ちゃん、あたしと本当に結婚する気がある？」と云うのだ。

「勿論あるさ」

「じゃ、あたしを食べさせてくれる」

「それは、あんまり贅沢なことは出来ないけれど……」

「贅沢なことなんて云いやしないわよ。東京に家を一軒借りてくれること、だって間借りじゃせっかくの気分が落ちつかないものね。……それから、あたし毛皮のコートを買っちゃったのよ。そのお金、払っといてくれる」

僕は、滑稽な気がした。婚約のしるしに毛皮のコートを贈るというのが、いかにも外国映画にでも出てきそうな言葉だったからだ。

「毛皮の外套は、ちょっと贅沢でないとはいえないな」

すると陽子は一瞬、眼を鋭く光らせた。僕はハッとした。初めて彼女を見たときの——あの客と争って店を出て行こうとしたときの——表情を想い出したからだ。

「そう。それじゃ、いいわ」と彼女はアッサリ云った。僕は、ほっとした。しかし彼女はすぐ、まるで冗談ごとのようにつづけた。

「だけど、あたし困っているのよ。……この間、Nさんに結婚申し込まれたの」

こんどは僕が顔色を変える番だった。——「Nさん」といきなり云われても、僕にはちょっと見当がつかなかったが、銀座で古くから洋品店N屋といえば僕も名前ぐらいは知っていた。しかし、そんなことより何より僕を驚かせたのは、実に彼女が僕以外の誰でも結婚の相手として選択できるということだった。ウカツなことだが、このときまで僕は、この世で陽子を最も愛している者は僕である以上、僕以外の誰もが彼女に結婚を申し込んだりすることはありえないと心のどこかで信じこんでいたのだ。

僕は陽子の前で自分の狼狽をかくし切れなかった。

「Nと結婚だなんて、いつそんなことを決めたのだ。そんなことがあったのなら、なぜそのときすぐに知らせてくれなかったんだ」

「バカねえ、誰もNさんと結婚することに決めたなんて云ってやしないじゃないの。……じつは、あたしも弱ってるンだ。だってNさんは好い人にはちがいないけれど、あんまりお金持すぎるでしょう。こんなこと云うの、陽子らしくないかナ」

と、彼女はまるで歌でもうたう調子で話しつづけるのである。それは聞いているだけで、僕をものも云えないほど疲労させた。

こういうのを夢から醒める心持というのだろうか？　僕にもようやく陽子が現実の女として見えはじめた。これまでにも無論、彼女に手練手管があることは承知していた。けれども、そんなことまでが僕には功利的なカケヒキというよりは子供のイタズラのようなものに見えていたのだ。それがやっと手練手管は単なる手練手管にすぎないことがわかってきた。……一度しか会ったことのない僕に、何度も電話を掛けてよこすのを、愛情のシルシだなどと思ったのは何ともおめでたい勘違いだった。陽子にかぎらず、彼女たちはヒマさえあれば知っているかぎりの男に電話を掛けているのだ。昼間の空いた時間もムダにすごしたくないからこそ、彼女らは手当り次第に男を誘って街へ出たがる。僕と一度だけホテルで泊ったのも、ただの気マグレというよりは、ちょうど男の色事師が自分の領分を拡げる意味で一刻も早く女をものにしたがるのと同じことだったのではないか。

これまでだって、ときどき陽子がありふれた女に見えて、彼女に対する興味がぷっつり切れてしまうことがあった。兼子につきそわれてK海岸へ帰ったときは、もう陽子のことはすっかり忘れたつもりになっていた。こんどの場合は、それがもっと徹底的に現れたのだ。今後はもはや彼女から「美」のイリュージョンを与えられることはあり得ないであろう。……それなのに、これまでとちがって僕は、このまま陽子をあきらめてしまう気には、どうしてもなれなかった。下手な博奕打ちが負けがこんでくるほど大きく賭けたがるように、そしてそれを意識すればするほど止めどがなくなるように、僕は陽子への関心をつのらせて行った。

家を借りるための権利金と毛皮の代金だけは何とでもして作らなければならない。さしあたって金の入る目当てはどこにもなかったが、こんなときになると、あの何でもタバコをくれたがる新聞社の次兄のことが想い出された。

「おい、どうした、ドン・ファン」

たずねて行くと果して次兄は上機嫌に、そう云いながら僕の肩を叩いて、顔をのぞきこんだ。

「お前がだいぶ荒れていることは、ちゃんと聴きこんでいるぞ」

この男は、こんなことを云うとき、どうしてこう善良そうな眼つきになるのだろう。しかし、ともかくこういう調子で話がはじまることは、いまの僕にとって具合がよかった。

「まずまずって云うところだよ。ついては欲しいものがあるんだ」

「何だ、金か」

「うん、二十万ばかり」

僕は勿論、そんな金が借りられるものとも、貰えるものとも考えていなかった。ただ調子に乗って会話をすすめることに、ある軽薄な快感があっただけだ。

「二十万！」

次兄は、うれしくてたまらなそうに叫ぶと、急にまた声をひそめて、

「半分にまけとけよ。お前が本当にやる気があるんなら、そのくらいにはなる仕事があるぞ」

「へえ？」僕は、むしろアッ気にとられた。

ここでは話がしにくいから、といかにも重大な秘密事項を打ちあけるような顔つきで云うのに、僕は芝居の片棒をかつがされているような気持で、云いつけられた喫茶店で待っていると、兄は新聞紙に包んだ本をかかえてやってきた。白い表紙に、

HELEN AND DESIRE

by
Frances Lengelle

と、ある。

「小説かい？」

「まア、そんなもんだ」

春本であった。僕は言下に、その四百ページばかりの飜訳を引きうけた。この際、悪事に似た仕事をするということそのものが僕にはかえって愉しいように思われたからだ。

「じゃ、たのんだぜ。金は仕事が出来次第、版元の親じにとどけさせるように云っとくから」

「ああ、出来るだけ早く仕上げて持って行くよ」

うす黄色くなった湿っぽい新聞紙に包みなおしたその本を受けとったときには瞬間的に不潔な感じがした。——一体、兄はどんなつもりでこんな仕事の受け渡しをしてくれるのか？　しかし、それも一瞬のことにすぎなかった。次兄の、趣味として不良少年ぶる性癖は、四十すぎても少しも変らないのであった。

仕事は僕をまったく疲らせなかった。一日で四〇〇字詰の原稿用紙にして五十枚ほどの速度で筆をすすめた。

一人の白人の娘が恋愛の「武者修業」に出掛ける。彼女はアフリカでアラビヤ人に捕えられ、奴隷に売られて、男の手から男の手へ、際限もなく売買されて行く……。そんな物語りなのだが、春本にありがちなジメジメしたところよりも、かえって乾燥した熱風の吹きつけてくるような爽快さと、冒険旅行の愉しさを想わせた。——ややワイルドな気分、耳の底で何かが鳴っているような……。深夜のボンボン時計の音におどろいて筆をとめるときの感慨は、走りつづけた馬をとめて砂漠の上に落ちる自分の影を眺めているような心持だ。

一週間ばかりで仕事をおわり、約束どおりの金額を小切手で受けとると、僕は早速、陽子を電報で呼び出した。

ワタスモノアリ、アイタシ

僕が陽子に命令するのは、おそらくこれが初めてだった。……僕はまだ仕事のつづきで興奮していた。十万円という金額は僕にとっては戦前の一と財産だったころのものと錯覚させるところがある。それを、まるで無から有を生じたように手に入れたことを想うと、自分が万能の人間であるような気持になった。……小切手をポケットにした僕は、戦場で奮戦してきた兵隊が汚れた軍服に勲章だけピカピカのやつをぶら下げて故郷の町を歩くときもかくやと思われる心持で、陽子と待合せたコーヒー店のドアを押した。店の一番奥のテーブルで俯向いて本を読んでいる陽子の姿が何故か、いつもより小さく僕の眼に映った。

ところが僕の凱旋兵士気分はその数秒後に崩れてしまった。彼女は僕の顔をひと眼みるなり、わざと本を眼の前に衝立のように差し出して、読みふけるそぶりを示した。……僕には、しかし彼女がフザけているのか、憤っているのか、わからなかった。いや憤っているのだとすれば、それはなおさら不可解である。僕はマゴつきながら云った。

「よっぽど待ったかい」

「待つのは、あたしの勝手よ。いまがちょうど約束した時間だもの」

彼女は本から眼をはなさずに答えると、そのままもとのように黙りこんだ。

気まずい沈黙だった。しかし僕には依然として、何で自分がこんな冷いあしらいを受けなくてはならないのか、心当りがまったくなかった。……いや、それよりも僕は自分自身の気持の方がわからなかった。僕は自分が椅子を蹴ってこのまま帰ってしまうことを想像した。何故それをしないのか、何故それが出来ないのか、実際、僕は自分の気の弱さがイラ立たしかった。僕はポケットから小切手を出して、黙ったまま、ガラス板を敷いたテーブルの上にひろげた。

すると彼女は鋭く云った。

「引ッこめてよ、そんなもの！」

陽子が金を断るとは、想像もできないことだった。しかし彼女はつづけて、それ以上に驚くべきことを云った。

「あんた一体、誰にことわって、あたしと結婚するなんてことを云いふらしたの？　陽子をあんまり馬鹿にしないでちょうだい。何よ、あの女は金がかかるから軍資金が必要だ、なんて。あたしが、お金で自由になる女だと思って？」

僕はこの言葉で完全に凱旋兵士の地位から引き下ろされた。……陽子の声は低いが、こちらの胃の腑に突き刺ってくるような力をもっていた。それに彼女の云うことは、身におぼえのないことではなかった。新聞社の兄の前で、僕はそれに近いことをしゃべったのである。ただ不思議なのは、それがどうして陽子の耳につたわったかということだが、そんなことを詮索している余裕もなかった。僕はもっぱら彼女の語気のするどさに圧倒され、うろたえ戸惑いながら、どう云って弁解しようか、どうやって彼女の気を鎮めようかと、そればかりを考えた。

「たのむよ、そんなことは云わずに、この小切手だけは取っといてくれ。僕は何も君が考えているような意味で、あんなことを云ったんじゃない……」

それだけ僕に云わせると、陽子はやっとハンドバッグの口金を開いた。しかし、指先でつみ上げられた小切手が無事に彼女のハンドバッグに収まるのを見とどけた瞬間に、僕はこの一週間来の疲労がどっと押しよせて全身を埋めて行くのを感じた。

陽子の気まぐれは、それで終ったのではなかった。店を出て一人で歩き出そうとする僕に彼女は声を掛けた。

「ちょっと。銀行まで送ってくれるのが礼儀じゃない？」

銀行の窓口で、小切手を現金にかえたときから彼女は機嫌がよくなった。この率直すぎるほどの率直さが、僕には理解できなかった。誇り高く、しかも野卑であるこの女は、もともと僕とはまったく相容れない世界に住んでいるのだろうか。だが、そう思う一方で、彼女の天真爛漫さに僕は抵抗できないほど魅きつけられている。

「よかったナ、あたしお金持になれて。……映画みに行かない？　あたしがオゴってあげるわ」

そういって片腕にすがりついてくる彼女に、僕は自己嫌悪のはてにやってくる陶酔のようなものを感じながら、云われたとおりにタクシーを止めて、彼女のあとから穴の中にもぐりこむような姿勢で車に乗るのである。

それにしても兼子も不思議な女だ。

このごろでは僕は、いくらかの金でもあれば、それをもってすぐ家を飛び出す。そうして、すっかり費いはたすとK海岸へもどって行く。この無意味な往復が僕の生活の基調のようになっているのだが、兼子がどうしてこんな状態に耐えられるのか、ふとソラ怖ろしい心持になる。

一体、彼女は僕をどこまで許す気なのだろう？

考えてみると兼子が僕といっしょになったおかげで、彼女にどんなよろこびがあっただろうか。献身という言葉には愛情の裏づけがなくてはかなわぬ。ところが僕が何等かの意味で彼女の愛情にこたえるだけのものを持っているという期待を、一度でも抱かせたことがあっただろうか？　僕は絶えず彼女から逃げ出そうとばかりしており、彼女はそれを許すまいとしている。ただそれだけの関係をどうしてこれ以上つづけようとするのか。ことあるごとに兼子は云うのだ。

「あなたがいま何を考えていようと、どこで何をしてこようと、かまわないわ。結局は、あたしのところへもどってくるにきまってるんですものね」

なるほど、それはそうかもしれない。だが、それは現実に一人の人間を引きつけておくには役に立たない言葉だ。しかも、この言葉が彼女を支える唯一のものだとは。……ところで僕を憂鬱にさせるのは、この兼子と僕との心理的関係が、逆に、陽子と僕のそれに対応しかけていることを認めないわけに行かないからだ。

僕もまた何度、陽子のために心の中につぶやいたことだろう。（君がどこで何をしたってかまわない。結局は、ぼくのところへもどってくるだろう）それを実際に口にするのを思いとどまったのは、僕に多少の自尊心がのこっていたからというよりは、ただ兼子の口真似をしたくなかったためだ。

　この奇妙なドウドウ廻りに気がついて以来、僕は兼子の顔を見ることに生理的な苦痛をおぼえるようになった。

　兼子はときどき窓ぎわに頬杖をついて、放心したように雑草だらけの庭を眺めていることがある。その分厚い唇、どんよりした眸、青くふくらんだ頬、そして色の褪せたスカートからはみ出しているムクんだ土色のふくらはぎ……。七年前の兼子は、やはり今日のように肥って、分厚い唇から乱グイの歯と紅い歯茎をのぞかせていた。けれども、皮膚は健康なバラ色にかがやいて、瞳はキラキラと澄んだ光をはなっていたではないか。

　僕は自責の念にかられたり、無暗な感傷に心をうごかされて云うのではない。ただ兼子のおとろえた容色の中に——そのぶくぶくした皮膚や澱んだ血色の中に——傷ついた自我が生殺しの蛇のようにのたうっているのを感じるのだ。そして、それはそっくりそのまま僕自身のものではないか。

　似たもの夫婦！

　この俗諺《ぞくげん》ぐらい僕の気を腐らせるものはない。まったくそれは、われわれ二人のためにつくられた言葉のようだ。

ところで、そんな兼子が僕の恋愛のなりゆきに無関心でいられないのは当前のことだとしても、滑稽とも不思議とも思われるのは、彼女が僕を応援してくれることだ。

「あなたって、根は本当に正直なのね。陽子さんのことがウマク行っているか、いないかは、帰ってきたときの顔を見ただけで、すぐわかっちゃう」

そんなことを云う兼子に、せい一ぱいの努力で偽装された嫉妬心を、僕は読みとってみた。ところが、おどろいたことに彼女は半分以上本気で、それを云っているのだ。

「このごろは元気がないのね。喧嘩でもしたの？」

「そんなことを訊いて、どうするつもりなんだ。イヤ味を云うのはよしてくれ」

「あたしも、自分でヘンだとは思うのよ。あなたの恋愛でハラハラするなんて。……あなたがしょげて帰ってくるでしょう。そんなときは気が気じゃないの、何だか自分が失恋したみたいで」

はじめのうち僕は、それをクスグッたいような気分で聞いていた。けれども彼女の真剣な表情を見ると、肩にズッシリと重苦しい外套を着せかけられたような心持になる。いつか兼子は僕のことを夫としてでなく、養子として迎えると云って、面食らわせたことがあった。とすると、いまは陽子を養子の嫁のようにでも思っているのだろうか。

だが、実のところ僕自身にも同じ傾向がみとめられる。いたずらな子供が可愛いように、陽子を可愛いと思うことがある。——何と甘ッちょろい人間とおもわれるだろう。僕自身もまた、自分に対しても、周囲の誰彼に対しても、思いっきり舌を出してそう云ってやりたい。——しかし残念ながら、僕が陽子に対する態度は父性愛にちかいことを認めないわけには行かない。

陽子の気の変りやすさには、ほとほと僕は手を焼いている。ついさっきまで機嫌よくしていたかと思うと、急に怒り出す。原因はいつも彼女が僕と附き合っているために被害をうけたというのだ。そんなはずはないと思うときでも（いや、むしろ僕の方こそ被害者であるとおもわれるときには一層強く）彼女はそのことを主張する。たとえば、この間、彼女が借りた家というのを見に行こうとしたときがそうだ。

「——とってもいいお家よ。お庭があって芝生になっているし、台所と食堂がいっしょになっているから働きいいの。……ステキだろうな、垣根にはバラを植えるし、犬も飼えるわ。岡ちゃん、犬、好き？　好きだろうな、岡ちゃんの顔って、むかし家で飼ってた茶色のスパニールに似てるもの」

そんな風に云うので、では早速遊びに行こうと云うと、陽子は急に怒りだしたのだ。——まだ招かれもしないうちから、そんなことを云い出すのは無礼だ。引っ越したばかりで部屋も片附いていないのに、どうしてそんなところへ来たがるのか。どうせ自分は家事の切り廻しは下手だ、きっとそういうところを意地悪く見つけて、皆に宣伝して廻るつもりだろう。女の神経を理解しないこともはなはだしい。だいたい、そんな図図しい気持を抱くのは家の権利金を自分が出したという気があるからだろうが、あの金は外套の方に廻して、権利金の方には入っていない。等、等。

僕はその剣幕のすさまじさに驚くと同時に、彼女の見解があまりに僕とはなれすぎていることから、ふと滑稽なものが想像され、ついこちらもそれに対応した態度を取ることに妙なよろこびを感じて、すすんで詫びを云うようになるのだ。

泣いて、嘆いて、――そのあとの陽子を僕が自動車で自宅へ送りとどけるということ――これは僕らを象徴している行動だ。

あくる日になると、こんどは陽子は自分の方から、家を見にこいと云った。

行ってみて、おどろいたのは、それが焼けのこった戦前からの借家建の家だったからではない。――目黒区緑ケ丘、という所書に、まだそんな所へ行ったこともない僕は、赤い屋根、緑の芝生といった玩具じみた住宅地を勝手に空想していたのだが、そこは谷間の黒っぽく汚れた貧弱な住宅町でしかなかった。

「ほらネ、芝生」

陽子が靴の爪先で示したところを見ると、なるほどそこには一尺四方ぐらいの赤く枯れて葉のちぢんだ芝が、投げ棄てられたように日蔭の地面に植っている。しかし、南側にすぐつづいて、これも古びた二階家が傾きかかるように建っていては、バラを植えられそうな垣根はどこにもない。しかし、それよりも愕然とさせられたのは、陽子が「あたしたちの家」と云っていたのに、そこには僕の知らない人たちが住んでいたことだ。

「お婆アちゃま、岡部さん、おつれしたのよ」

と、玄関で声をかける陽子に僕は、はじめて彼女に祖母があるということを知ったのだ。「あたしたちの家」というのは彼女の肉親たちの寄り合う家という意味だったのだろうか。家には「お婆アちゃま」の他に、これは前から大学生の弟がいると聞いていた青年や、親戚の娘で家事の手伝いにきてもらっているという顔のひらたい頰骨のはったひともいた。僕は茫然としていた。あとからあとからシルクハットの中から旗やら鳩やらが飛び出してくるのを眺めているときのような気持に、一種の恐怖心が入り混って、裏切られたでも、失望したでもなく、ただ頭の中がカラッポになって行くのを感じた。

ところで何のために僕がこんなところへ呼ばれたかといえば、つまり来年学校を卒業するという大学生の弟の就職の世話を、大阪にいる僕の長兄にたのみたいというのだった。

僕は怒るべきだったかもしれない。しかし一瞬停止した思考力がうごきはじめたときには、われながら奇妙な状態におちついていた。つまり、誰にでも気に入られるように振舞いたいという、あの昔馴染の性向がわれしらず働きはじめていたのだ。

「いいですよ。じゃア、すぐに兄に連絡をとっておきましょう」

云ってしまったあとから僕は、足もとの地面がずり落ちて行くような気がした。……物固い人物でとおっている兄に、バアで知りあった女の弟を裏口から入社させてくれなどと云ったら、どんなことになるだろう。

しかし、その一方では、こんな風な買いかぶられ方をしているということに、虚栄心をくすぐられている快感があった。

さらにNのことがあった。陽子が結婚を申し込まれたというこの男の名前を僕は忘れようとつとめてきた。これは自分の嫉妬心を意識したくないからというより、陽子にも彼の存在を忘れさせたかったからだ。――彼女がデタラメを云っているのではないかという疑いは無論あった。けれども仮にそれが九十九パーセントの残りの一パーセントのことだとしても、彼女の前にNの名前を持ち出して、かえって刺戟する結果になることを僕は何よりも怖れたのだ。――だから、ともかく弟の就職のことについてNの名前が出なかったということは、それだけでも僕をホッとさせるに充分だった。

僕は一時のがれの手を打った。陽子に対しては、「弟君のことについては兄にたのんで、ともかく有利な条件で試験を受けられるようにしておいたから」と云い、その実、兄には手紙も出さなかった。こうしておけば、彼女の弟が試験に失敗することがあっても、あとで弁解はできるわけだ。しかも陽子は、不思議なほど僕を信頼し、無邪気にその肉親愛を僕の前で披瀝した。「あの子ッて、見たところは不愛想だけれど、ほんとに良い子なのよ。きょうだい中で一番やさしいし、アタマもいいんじゃないかしら……」

しかし、そんなことがあったあとで僕は、これまでになく陽子への関心が冷えて行った。人を欺いているというヤマシサは別段なかったけれど、ついにこれで陽子と自分との関係も責任感だけでつながっているという想いがあった。……軍隊がそうであったように、またある意味では兼子との関係がそうであるように、人間同志のつながりというのは結局「責任」でしかないのだろうか。

僕は陽子と街で出会ったあと、めずらしく夜にならないうちに別れて、帰りのバスにゆられながら、考えた。

——生きることそれ自体のほかに、生きる目的があるだろうか。人生のなかに、ときどき瞬間的にあらわれる「至福」の感覚があり、僕はそれを待ちうけている。しかし、それは努力の結果あたえられるものではなく、生活の仕方と関係のあるものでもない。日常生活はそれ自体の法則で流れて行くばかりだ。そのなかに突然、異質なものがあらわれて、それが僕らの日常茶飯からぬけ出した人生をつくって行くことがあるとしても、結局それも僕らの意志で、それを引きのばすわけには行かない。しかし、それなら僕らは何に向って努力すればいいのだろうか？「責任」をはたすことだろうか。借金のアナをうめることだろうか。ただし、そんなことは僕にはやっぱり人生に附随した盲腸のようなものだとしか思えない。

汚れた窓の外に乾いた埃だらけの道路が西日をうけて黄色く光りながら、どこまでもつづくのをボンヤリながめて、僕はそんなことを頭の中にくりかえした。

一つ決心するたびに、すぐそれを破ってしまうのは、僕があまりに人工的な人間だからだろうか。

僕はこれ以上、陽子に会うことはムダだと思ったし、会って彼女の弟のことにまでかかわりを持つことは一層馬鹿げていると考えていたのに、それから三日とたたないうちに、もう我慢できないほど会いたくなってきた。何が原因でそうなるのかも考えられない。しいて云えば決心したことがそれを破る動機だというより仕方がない。僕はさまざまに自分を説得してみた。――あの女はお前のことなんか、ちっとも愛していやしないぞ。お前のすることなすことを珍奇な動物でもながめるように見ているだけだぞ。お前が自分で自分をダマすことだって、もう限界までできているんじゃないか。

しかし結局、それは何の役にも立たなかった。自分に対する言い訳ならいくらでも出来るからだ。僕は出掛けた。

行ってみると客は少いのに、陽子はかなり酔っていた。昨夜も、一昨夜も、飲んだのだと云う。

「いけないね、そんなに……」

「だって、このごろ、岡ちゃんが冷いんだもの」

彼女はカウンターにもたれて、片頬を台の上に押しつけながら、こっちを向いて、そう云った。僕はその頬っぺたに接吻してやった。

「そんなことをしたって、ダメ。心持がかよわなきゃ……」

彼女はダダをこねるように首を振った。……僕はまた自分が欺されかかっているのを感じた。彼女の言葉はいわばこういった社会での常套句だ。それにはウラがあるだろう。けれどもウラのウラかもしれない。そう思いはじめると、僕は到底解きがたい謎の中にまきこまれてしまう。やがて店を閉める時刻にちかくなって陽子は云った。

「あたし、今夜は家へ帰れないわ」

「どうして?」

「だって、明日の朝、おキヨさん（手伝いの親戚の娘）が田舎へかえるっていうから、すこしは持たせてやらなきゃならないのに、そのお金がないんだもの。岡ちゃん、持ってたら出してくれる？」

「残念ながら僕も、いまはない」

「そう、やっぱりね」

彼女は意外にあっさりと答えて了解した。いつもなら、こんなときにはきっと「恥をかかせた」などと泣くか、憤るかするのに……。僕はたいして考えもせずすくわれたとだけ思った。実をいえば僕自身が、このところ友人の牛山や、その他あちらこちらで借りた金がかなりかさんでいるし、れいの奥村氏の印税のこともそのままになっているしで、かなり気をもんでいたのだ。……しかし家へ帰りついて、寝る前に習慣的に陽子の顔を想いうかべたときから、はっと気になりはじめた。——今夜、彼女はどこへ泊っただろう、それをおもうと、疑惑と、狼狽と、怒りと、絶望とが一時に押しよせてきた。

僕はおもった。虚栄心の強い陽子が、女中に給料がはらえなくて家へかえれないというのなら、きっと男のところへ泊りに行ったであろう。そして、それを僕があのとき金を持っていなかったせいだと言い逃れをするにちがいない。それに彼女は今夜、酔っているのだ……。

いったんそんな空想がはたらきだすと、僕の不安は、とめどがなかった。いまではそれほど愛してはいないと思った彼女なのに、不安が増大するにつれて、かけがえのないものを失ったという想いが、ますますハッキリと頭にうかんだ。彼女の髪、彼女の唇、彼女の胸、それらはみんな、とりかえしようのない遠くの方へ飛び去ってしまっている……。それにしても、陽子がどんな男と寝ているのか、まったく摑まえようがなかった。僕はおもった、せめて相手がどんな男か、それがわかりさえしたら、この苦しさもどんなに耐えやすいだろう。これは以前の僕の持論に反することだった。（女に嫉妬していると思ったときは、その女をとおして別の男に嫉妬しているのだ。だからその男が不特定である場合には、嫉妬は起りえない）ところが、いまは誰かわからない男が陽子を抱いているということに、一層の不安と疑惑があるのだった。

ほとんど一睡もできない夜を送った翌日、午後の二時ごろになって陽子から電話があった。

「まだママのところにいるの。だって起きたの十二時すぎですもの。お風呂に入って、朝御飯いただいて、いまママの長唄を聞いていたの。……のんびりしちゃって、もうずっとママのところにいようかしら……」

（馬鹿にしてやがらァ）

僕はつぶやいた。しかし、ともかく電話があったということだけで、気持が落ちつくのは奇妙なほどだった。それに、彼女の云った「朝御飯」という言葉が、日の当っている縁側や、清潔な食器にもられて湯気を上げている白い飯粒や、いかにも健康な市民の生活を連想させて、それが僕を羨しがらせると同時に、不思議なあたたかさで気分をしずめてくれるのだった。

それにしても何と束の間の「幸福」であることか。

陽子の弟の入社試験の落第が報告されてきた。このことは前もって予想していたにもかかわらず、いざとなるとやっぱり僕の立場を苦しくした。言い逃れをつくることは出来ても、騙しおおすことは出来ないものだ。

そうでなくても、ここへきて僕の評判はあらゆるところで、かんばしくないらしい。しばらく前からのことだが、シャンブルへ行っても、店の誰からも僕は好ましい客だと思われていない。陽子一人を追いかけていることが他の女たちにとっては面白くないことだし、それにもともと僕はあの「都会的」な場所で器用なニギヤカさを発揮できる男でもない。しかも借りになっている勘定は、もう僕に対する彼等の評価をはるかに上廻っているようだ。

ところで、バアで借りることが僕に別の悪い習慣をつけてしまった。僕は見境いなしに金を借りることをおぼえたし、またそれを返さないでいることに慣れてきた。……こんなことを云っても本気には受けとってもらえないかもしれないが、ここのところ僕は借金をすることに一種のコレクション趣味のようなものさえ起していた。牛山からはじまって学生時代の友人、兵営の戦友は勿論、子供のころかかっていた医者のF氏や、奥村氏の家で一度会ったばかりのR氏にまで借りているといったら僕の債権者がどんなに広範囲にわたっているかがわかるだろう。実際こうなると、借りていない人の顔は消し印のない切手の肖像のように、何かしら物足りなく思えてくるのだ。僕はまた借りにくいと定評のついた連中から何とか借り出すことにも特別な興味と関心をもちはじめた。高校時代の友人Iだとか、軍隊のとき炊事係の軍曹だった倉橋だとかがそうだ。……倉橋は軍隊では形式的には僕の部下だったが、当時の炊事班長は新品少尉の僕などとはくらべものにならない勢力をもっていた。下腹がつき出した二十四貫の体軀は典型的な炊事軍曹であり、兵隊が落ちていたネギを一本盗んでも営倉へ入れなければ気がすまないほど細心かつ峻酷な性格だったが、復員後は日本橋の薬品問屋につとめているということを偶然、牛山から聞いて知った。小金をためこんで現在ではヤミの金融をやっているという。その倉橋を訪問して、いきなり担保なしで九万三千円(というのはつまり十万円に月七分の利子ということなのだが)借りるのに成功したのを、いまだに僕は痛快だったと思っている。月七分の利息は決して安いものではないし、僕が特にトクをしたことにはならないだろうが、倉橋が僕に紙幣の束を手渡す瞬間にチラリと見せた不安げな目指しを思い出すたびに、僕は賭けに勝ったようなよろこびを感じるのだ。

しかし無論、すべての借金をそんな趣味がかった気持でしたのではない。倉橋から借りた金は、こまごました友人達からの借りのアナうめにつかうつもりだったのだ。ただ、いざそれを実行にうつそうとすると、説明しようのない気ダルサと億劫さにおそわれる。F氏に返す以上Rにも返すべきだが、Rに返す前に牛山に返さなくてはならないなどと、あれこれ思案するうちにも手もとの金は少くなって行き、そうなるとまた配分のやり方を最初から考えなおさなければならず、それを何度かくりかえす間に、とうとう誰にもまったく返済しないでしまうのである。

しかし、友人や酒場での不評判は気にしないでいようとすれば、それでもすんだ。困ったのはハイデッケ氏の家にいられなくなったことだ。ハイデッケ氏のお神さんは、けさ、未払いの部屋代が敷金のぶんに食いこんでいたのが、これですっかりなくなってしまったことを通告してきた。「奥さんが、お気の毒なので、いままで黙ってお貸ししていたのですけれど……」と、お神さんはドアを開けはなったままで大声に云った。「あなたのように、デタラメなくらしをなさる方は、この家に向きません。それに主人ももう戻ってまいりますし、あの人はよそ様の方が何をなさろうと一向平気で、自分は自分のことだけキチンとやっていればいいという主義ですけれど、ただ同じ家の中で不道徳なことを商売にされるのだけは決して許しません……」

そんなことを神妙そのものの顔つきでのべたてるお神さんの態度に、ふと僕は思いあたることがあった。

れいの「ヘレンと欲望」の飜訳をしているときだった。ちょっと食事をしに部屋をあけたまま出て行ったあと、帰ってから前に書いたところを部分的になおす必要を感じて、原稿を引っくりかえしていると、ある部分だけノンブルの重ねかたが逆になっているのだ。ふかく気にもとめていなかったそのことが、いまになって不意にわかった。彼女が盗み読んだにちがいない。「ヘレンと欲望」だけならまだいいのだが、汚れた下着や質札や、そんなものまで掻きまわされていたのではないかと思うと、背筋に濡れた雑巾を押しあてられたような気がして、この白粉気のない髪をひっつめに結った婦人の顔を見るのもイヤになってきた。

これらのことは、すべて人生の附属物にすぎない。だからこそ僕は一人の女によって、そういったことに対する価値の転換をこころみようとしたのだが……。

ハイデッケのお神さんが、かえって行ったあと、僕は妙な夢をみた。――夢? だかなんだかわからない、それはともかく異様な体験だ――。

そのとき僕は、ベッドの上にひっくりかえったまま、自分のことよりはむしろハイデッケ氏のことを考えていたのだ。K海岸から東京へ、そしてまたK海岸へ――この往復の中にだけ生きているような自分と、商売に出掛けたアメリカが思わしくなくて、また日本へもどってくるというハイデッケ氏とをくらべながら、彼の白い横顔をふと想いうかべていると、突然、この白い壁にかこまれた部屋の天井が、寝ている僕の眼のすぐ上まで落ちかかっていることに気がついたのだ。

そういえば以前、この家へ来たばかりのころにも一度、白い天井が一ミリか二ミリぐらいずつ、眼にもとまらない程度に落ちかかってくるのを感じたことがある。……そうだ、あのときに何とか手を打っておくべきだった、僕はそう思いながら両手で重い漆喰いの天井を懸命にささえた。すると、そのときだった。白い天井がまんなかの部分から次第に透明になってくるのだ。垣根が見える。ヒマワリの花が咲いている。そしてその向う側を白いシャツを着た男が、こちらを振りむいて笑いながらとおって行く……。

僕は知らぬ間にベッドから飛び下りて、窓とは反対側の壁を一心に両手で圧している自分に気がついた。

おおかた僕は疲れすぎていたのだろう。白い壁を見すぎたのであろう。

そんなことを想いながらしかし、もう一度眼をさましたときには、またベッドの上にキチンと両手両脚をそろえて寝ていた。……自分は夢遊病者なのだろうか？　しかし周囲をみまわして、窓の外を眺めても、それは先刻、天井を支えながら見た光景とはちがう。ヒマワリの花はない。白いシャツを着て歩く男もいない。第一、いまは秋なのだ。とすれば、この幻覚はいったい何なのか？

そこまで考えて、僕はぎょっとした。こちらを振りむいて笑いながら去って行った男の顔が僕にそっくりであったことを想い出したからだ。

旅館から旅館へ、神田、谷中、雑司ケ谷、と見知らない東京の町をわたり歩く日がつづいた。K海岸へかえると僕は落ちついて二日とはじっとしていられなかった。いまふと、この本郷の裏通りの旅館の二階のトイレットの窓からのぞくと、目の前のビルのセメントの地肌を見せたままの壁と、この家の壁との狭い合間を、灰白色の幕を張るような風が吹きぬけて行った。夕方から急に冷えこんでくる。もうやがて冬だ。

人生には excuse がない。説明づけられるものは何もない。

ハイデッケ氏の家を出た僕は、すべての屈辱をしのんで、もう一度、陽子に結婚を申し出た。もっと具体的に云えば、緑ケ丘の彼女の祖母や弟たちのいる家に一緒に住まわせてくれとたのんだのだ。しかし彼女は僕が真剣になって頼めば頼むほど冷淡になるばかりだ。僕は友人の口添えもたのんだ。奥村氏の夫人にまで彼女の本当の気持をきいてもらうことをたのんだ。第三者のいるところでは陽子はいつも、ひどく気前がよくなるのであった。奥村夫人と僕と三人で話し合ったときなどは、僕が席をはずしたすきに、夫人に向って、僕の気分を落ちつかせるために、結婚はしなくても「実質的に」結婚をしてもいいとさえ云ったそうだ。無論、僕に対してはそんな気ぶりはすこしも見せたことがない。牛山に対しての彼女の云いぐさは、もっとふるっている。

「あたし、本当をいうとあの人と結婚する気はないのよ。——これは秘密にしといてね。……ただ、あの人に母親のような愛情を感じるだけよ」

一体、彼女のどこを押せば、こんな言葉が出るのかわからない。要するに、これらの友人の口添えをたのんで得たことといえば、あの女には一片の誠実さもないという彼等の意見を聞くことができただけだ。

それは、僕もそう思う。しかし、この際の「誠実」さとは、いったい何だろうか。自分にとっての好都合、ということではないのか？

陽子の云ったという言葉を、僕は僕なりにもう一度、考えなおしてみなければ気がすまなかった。彼女のデタラメな、口からひょいと出ただけの言葉の中に、僕は自分に都合のいい部分を探しては引きのばしてみるのであった。……しかし結局、僕は自分の性格や容貌や経済力やが、彼女にとっては不満なのだということ以外には何もなかった。

たしかに、「誠実」を問題にするなら、陽子の方でもそれを僕に向って要求する方法がいくらでもある。しかし、たとえば彼女の弟が入社試験に失敗したことについては、あれからあと何も僕には云わなかった。そのことだけでも僕は彼女に、誠実であってほしいなどとは云い出す気がない。

陽子にとっての誠実とは多分、金である。その点で、彼女は僕を試している。——いや試すどころではなく、僕に何かふくむところがあって復讐しようとしているのではないかと思われるほど、その欲求は苛烈だ。

毎晩、バアへ行くよりはと思って、僕は緑ケ丘の家を連絡事務所にしてもらうことにした。連絡といっても郵便物の受け渡しぐらいのことでしかないのだが、そうしておけば毎日でも会いに行けるというわけだ。ところで、そのために僕は家賃の半分と、権利金の月割りにしたもの（合計一万五千円）を月々、彼女に支払わなくてはならなくなった。

これは僕にとっては明らかに過酷な負担である。しかも、その取り立てはナマやさしいものではない。すこしでも滞らせると、事務所の使用を禁止するし、会っても口もきかない。それで延滞料を月一割ずつ払うことになった。「こうでもしなければ、あなたのダラシない性質はなおりっこないわ。だから、あたしがいまのうちにウンと教育しとくの」

まるでまだ、お嬢さん気質のぬけない若い妻が世話女房を気取って云っているみたいなこの言葉に、僕は迷わされた。だが、彼女は言葉どおりのことを実行するのだ。

実際、やってみるまでは、月に一万五千円の支払いがどんなに苦痛なものか知らなかった。まとめてそれだけのものを月に一度ずつ払うことは定収入のない僕には不可能というほかはなかった。僕は自分の無力さを女に知らせたくはなかったが、たまりかねて一と月で郵便受け渡しの契約をやめてくれるよう申し込んだ。陽子は云った。

「そう、それじゃ仕方がないわね。……だけど岡ちゃんも、レンラクをとってくれるところがなきゃ、お仕事にさしつかえて困るんでしょ」

「それは、そうだ。しかし何とかやれる」

「じゃ、こういうことにしてあげるわ。お金が入ったときに、すこしずつ払う。めんど臭いけど、そうしましょう」

しかし、これで以前よりもラクになったかというと、決してそうではなかった。苦痛の量からいえば、傷口のガーゼを一と思いに剝すのと、すこしずつジワジワのけて行くのとのちがいだ。ただ陽子にとっては、この方法が一番確実なやり方だというだけだ。このため僕は年がら年じゅう、水に漬りっぱなしでいるように、金のことばかり（それはヤリクリの範囲をこえていた）を考えていなくてはならなくなった。

そんなにまでして、どうしてそんな女に会いたいのか、

ことのなりゆきを知っている僕の知人は、みなそう云ってくれる。それはそのはずだ。僕自

身がしばしばそう思う。しかし負け惜しみでなく、いまや僕は自分の零細な収入の大部分を、この女のために費すことに、ある奇妙な自虐的なよろこびも感じているのだ。

やっても、やっても、やりおわることのない努力。それはたしかに苦役そのものだ。煉瓦の山を、あちらからこちらへ、こちらからあちらへ、と果てもなく移動させる作業。しかし、やっているうちにはそんなことにも、一つの永続的な仕事をしているという落着きが生じるのではないだろうか。僕の場合、陽子に金をあたえることが、養わなければならない親兄弟を背負っている感じだ。自分の意志から出発した虚構の義務感、それが今では生れついての運命にそのままピッタリしてきたということだ。

しかし、どんな無理な仕事でも引き受けてみせるという気があっても、金はどうしても手に入らないことがある。

陽子にわたすぶんのほかに、彼女に会うためにはこうやって宿屋ぐらしをする費用もかかる。いっそ下宿をさがせばよいことはわかっているが、どうやら僕は陽子に関係のないことがらについては、一つのことを継続して考える力を失ったらしい。二日三日の宿料は出せても、下宿のための権利金や敷金を工面するだけの気力がない。……それに、これは見境いもないことだが、僕は宿料をはらわないですませる手をおぼえた。友人の紹介で簡単に泊まれる宿屋へ行き、一週間ほどいては黙って出てくる。半年前の、いや三月前の僕ならこんなことが出来るとは夢にも考えていなかった。だが、それはやろうとすれば出来てしまうことだ。たとい、そのために世間がだんだん狭くなるにはちがいないにしても……。

陽子からの電話で、次兄からの電報が読み上げられた。

ハナシアリスグコイ

ちょうど僕は、もしこの前のような本の飜訳の仕事があれば、また引き受けたいと思っていたところだった。しかし行ってみると、ことは思惑とまったく逆だった。

「お前、大変だぞ。あいつが上げられやがった」

刷り上ったばかりの新聞を手にした兄は、狭い応接室のドアを後手にしめると、いきなりそう云った。

「これを見ろ」

さし出された新聞には、京浜一帯の地区で猥褻文書の取締りが行われたことが出ていた。

「何だ、ガッカリだなア」僕は云った。

「のん気なことを云っている場合じゃないぞ、お前、自分がやられるんだぞ」

僕はまだ本気に出来なかった。兄の話はこうだった。――警察に上げられたのは出版者の綿貫という男と印刷屋であるが、飜訳者である僕にも本来ならば当然、出頭命令がやってくる。

ただ綿貫には兄から僕の名前は出さないようにと云ってあるので、取り調べを受けないですんでいるが、何かの拍子に僕の名前が出ないとはかぎらない。その際、証拠になるものがあっては具合が悪いから、原稿のホゴなども気をつけて処分しておくように……。

事情を説明されているうちに、僕にもようやく事態がわかりかけてきたが、それにしても自分の仕事が一つの犯罪と見做され、そのために逃げかくれしなくてはならないということは、ひどく架空な、遊戯じみたことに思われた。……僕がギクッとしたのは、次兄が言葉をついで、

「お前、あの男に原稿料をかえしてやれないか」と云ったからだ。

僕は、はじめて兄の本心をのぞいたような気がした。彼の軽薄さやズルさが、そのモットモらしい顔からこのときほど臆面なしにさらけ出されたことは、これまでにはないことだった。

僕は云った。

「無理だよ、それは……」

すると兄は、僕の顔色を見て急に語調をやわらげてこたえた。

「それはそうだろうな。もともと金が欲しくてやった仕事だからな。しかし金さえかえしておけば一番無事にはちがいないんだ。大阪の兄貴が話のわかるやつなら、この際お前が、訴えられでもしては、家門の名誉にかかわることだと云ってやったら、それくらいの金は出すだろうが」

たしかに、そうにちがいなかった。しかし、それには次兄が先ず責任を問われなければならない。それは彼の耐えられるところではない。で結局、話は僕に当分「おとなしくしているように」というアイマイなことでおわってしまった。

ごく軽微な犯罪を、つねにおかしていることに妙な満足を感じているらしい次兄は、この日も帰りしなに無税の外国タバコをふた袋、僕によこすことを忘れなかった。

次兄と別れたあと、僕は急に手足がダルくなるような気がした。すぐ眼の前をバスが、ほとんど僕の鼻先をスレスレに、ゆっくりした速度で通って行った。そのくせ恐怖感はまったく起らなかった。

（は、危いな！　こういうときは気をつけなけりゃあ）

僕は漫然と自分にそう云いきかせながら、やっぱり次兄の話が相当に僕を緊張させ、疲労させたのを知った。そして突然、つぶやいた。

（別れようか、陽子と……）

どうしてそんなことを考えたのか、自分でもわからなかった。ただ、あらためて考えなおして、いまなら別れられそうだ、と思った。

宿へかえると、兼子が来て待っていた。彼女はハイデッケ氏の家から、緑ケ丘へ廻り、ここの旅館を聞いてきたのだという。

「あんまり音沙汰ないもんだから……」と彼女は、まるで弁解するように云った。

僕は、ただ疲労のために黙っていた。すると彼女は、

「陽子さんていい方ね。さっぱりしていて、あたし、ああいうひと好きだわ……」

それは僕への皮肉であるよりは、むしろお追従であるにちがいなかった。このことが僕を、いきなりイラ立たせた。

「よしてくれ。……どっちにしても、僕はもう君とは別れたんだ。おねがいだ、すぐに出て行ってくれ、すぐ。……」

僕はヒステリックに云った。

「………」

兼子の無言で喉の肉を、ひくひくさせるのが眼にうつった。青くムクんだような頬から瞼へかけての皮膚がさっと赭らんだ。……それを見ると僕は何か真黒なものが胸につき上げてくるのを感じ、たまらない自己嫌悪におそわれて思わず、

「出て行け！」

と、大声に云った。

彼女は動かなかった。坐ったまま、立ちはだかった僕をじっと見上げていた。……が、ふと畳に手をついて、聞きとれない声で何か云うと、そのまま静かに障子をしめて帰って行った。僕はしばらく何も考えることができなかった。耳の底にスリッパをはいた足音の遠ざかって行くのが、消えずにいつまでも残っているような気がした。

——ともかく、これで決定的なことを云ってしまった。これで完全に、奴ともお別れだ。ドナリ声を上げたあとのカラッポになった胸の中で、思考力がもどってくると、僕はそうつぶやいた。

傾いた日が安宿のヒビ割れた壁を照らし出している。……僕は身動きひとつ出来ないほど大儀な体を畳の上に横たえていたが、不意に陽子の顔を想いうかべると、一刻も我慢ができないほど会いたくなってきた。

何と崩れやすい僕の心！　しかし、この寂寥感をうめてくれるものは他に絶対にないことは明らかだった。

本郷から緑ケ丘まで、僕の心は重苦しいものに押さえつけられていた。兼子とあんな別れ方をしたあとで、こうして陽子のところへ出掛けて行くということに、あるヤマシサと屈辱感とが交互にやってきた。兼子に対してはあんなにイタケダカになるのに陽子の前へ出ると猫のようにおとなしくなってしまう自分の卑屈さがハッキリと憶い出された。しかし、それかといって宿へ引きかえす気には、どうしてもなれなかった。

この憂鬱は、陽子の家の玄関につくまでつづいた。玄関の扉をあけると、見慣れた靴が、一足脱いであった。……表の皮が擦れて白くなり、横幅がひろがって型がすっかりくずれている。

——おや？

そう思うのと、傍の部屋から陽子につづいて兼子の顔がのぞいたのは同時だった。

「まア」

「よウ」

顔を見合せた瞬間の狼狽を僕は何といっていいかわからない。……自身のことはともかく、兼子はいったい何のつもりで、こんなところへ上りこんでいるのだろう？　しかも一層おどろいたことに彼女は僕よりは、ずっとアット・ホームな座をこの家の中で占めているらしいことだ。すくなくとも表面的にはそうだった。

「いま、奥さまにうかがっていたのよ、いろいろとあなたの過去のアクギョウを……」

陽子は笑いながら云った。

結局、僕も苦笑するより仕方がなかった。自分のことがただただ救いようもないほど不器用で不様な人間におもわれた。悲劇役者のつもりで登場しながら、いつも喜劇の役割ばかり演じている。それが僕のガラなのだろうか、お体裁屋で、気取り屋で、そのくせちっとも見映えがしない……。しかし、この場は三人三様に気まずい思いというのがやっぱり本当だろう。僕が来て坐って十分ばかりたったころ、陽子は店へ行く時間だからと立ち上った。

「三人で銀座まで一緒に行きましょうよ。……ちょっと、お待ちになってってね、すぐ仕度しちゃうから」

陽子がそう云って、となりの部屋へ出て行ったあと、僕は兼子と二人、とりのこされて差し向いになった。僕はまだ、さっき旅館であんなことがあったのを忘れられなかった。急に日がくれて、部屋の中はもうすっかり暗くなっている。と、兼子は顔を上げて訊いた。

「どうなさる、これから」

「え?」

「あたしも、ついて行っていいかしら」

兼子の心細げな顔つきを見ると、もう一度、帰れとも云いかねて、僕は云った。

「それは君の勝手だろう」

するとと彼女はハンドバッグをひらいて見せながら、

「あなた、お金はだいじょぶなの? あたし、これだけ持ってきたから、お渡ししとくわ」

と、千円紙幣を二枚とり出した。僕には、いまポケットの中に電車賃しかない。陽子がもし、遅くなったから自動車で行きたいとでも云い出したら、それっきりなのだ。……僕はついに手を出した。

陽子をシャンブルまで送りとどけたあと、兼子は僕と並んで歩きながら、しきりに溜め息をついた。しかしその一方では銀座の洋品店や服飾店がめずらしく、足をとめてショーウィンドウをのぞきこんだりしながら云った。

「ほんとに、しばらくぶりだわ。こんなところを、こんな風にして歩くなんて……」

僕らは裏通りの洋食屋で食事した。

その夜、兼子は僕のいる旅館で泊った。K海岸へかえる列車はまだあったが、彼女はよその家で寝るという単純な好奇心もあって、そうした。僕はもう彼女が帰ろうと泊ろうとどっちでもいい気持だった。……しかし翌朝になって、彼女は僕がほとんど無一文であることを知ると、仰天した。

「よく、あなた、それでいままで、やってこられたのねえ」

けれども彼女は、まだ僕が友人という友人から金を借り、一と月あまりを渡り歩いた方々の旅館の勘定もほとんど払っていないことは知らないのであった。それにあの綿貫という男に返した方がいいといわれている金のことも……。

「どうするの？　一体どうやって切り抜けるつもりなの」

「切り抜けて、どこへ出たらいいのかね？」

「じょう談いわないで。……いいから、もう一ぺんだけ、あたしの云うことをきいてちょうだい。これからすぐ奥村先生のところへ相談に上りましょう。何といったって先生だけだわ、あなたの語学的才能をみとめてくださるのは」

（もう一ぺん）、（語学的才能）、僕は兼子の云ったことを半分機械的に、心の中でくりかえした。……語学的才能、そんなものが僕にあるかどうかはしらない。ただ、よその国の言葉で話したり、考えたり、または云い換えをしたりすることと、僕の中にある或るトメドのなさとには、何か微妙で密接な関係がありそうな気がした。それがどういうことかは、わからないが、たとえば自分の魂の本当の言葉をもっている人間なら語学など無縁なのではないだろうか。

「とにかく、いやだよ。君はどこへでも行きなさい。もう僕をこれ以上許さない方がいい。これから僕は、ひと眠りして、一人でゆっくりと今後のことを考える。もうすこしマトモなことが自分に出来ないか、どうか考える」

「そんなこと云ったって、お金もないのに」

「君が心配しないでいい。ほッといてくれ」

――この日の僕は、駄駄をこねる子供のようだったろう。しかし兼子とはこれで、お別れだ。

……戦わなくてはならない、勝つまでは戦わなくてはならない。先ず兼子と別れること、次にはどんな手段を講じても経済的に自立すること、この二つが先決問題だ。

次兄には、まるで僕を脅かす趣味でもあるのかと思われるようだ。陽子からの電話の連絡で、また出掛けると、こんどはいきなり、

「お前、罰金をはらう余裕はあるか」

と云う。……綿貫は大体、十万円程度の罰金だが、僕の方は三四万ですむかもしれないそうだ、ところが綿貫はこの際いくらでも金が欲しいので、僕の名前をかくしているかわり、その三万円を彼の方へ払えばよろしい。もし払わないときは、いつでも僕を捲き添えにする、とそんな話だった。僕は云った。

「正式に裁判をうけても三万円、ヤミの値段も三万円なら、同じことじゃないか。僕は裁判がくるのを待った方がいいよ」

事実、僕はあの飜訳自体には何の罪悪感もなかった。すくなくとも、あれを読み、かつ訳しているときの僕は身心ともに、もっとも健全な状態だったといえるのである。

すると次兄は、声をあらげて云った。

「おいおい、おれのまえだと思って、あんまり無茶なことを云うな。お前が裁判を受けたいと

いうなら、それもいいだろう。しかしあとに残った者のこともかんがえろよ。おれは、これ以上、お前のことで迷惑したくないよ。……それは、お前のやったことは何でもないことさ。しかし、それで罰せられるとなれば、これはやったこととは関係なしに、お前がやられるだけじゃなくて、まわりのものがみんなやられるんだからな、こんなことは話さなくたってわかりきったことじゃないか……。それに綿貫には子分がいる。そいつらが年じゅう、お前のまわりをウロウロしだしたら、どうするんだ。お前だって」

兄はもうこれで何も彼も、さらけ出したようなものだ。僕はしかし、この前のときとちがって、こんどはこうした兄の態度に腹も立たなかった。もともと僕はこの男に、肉親という或る意味ではナマグサい感情はほとんどもっていなかった。街で偶然知り合った男が、話しあっているうちに共通の知人をもっていることがわかった、というところだ。僕はこの男のヒョウキンさに愛情ともいえないような愛情を感じていた。たとえば、いまも話ししながら、かぶっているベレ帽を絶えず引っぱってみたり、うしろへさげたりしている神経質な手つきや、キョトンとした一種の空虚な眼つきに、何となく僕をやわらげるような、気弱くさせるようなところがある。考えてみると、若くて結婚した彼には、そろそろ嫁にやる支度もしなければならない娘や大学へ行く息子がいる。そんな、僕にはメイやオイに当る連中に彼が何か弁明しているようなことを想いうかべると、僕は云った。

「じゃ何とか三万円だけ都合して持ってくるよ。それでいいんだろう」

するとと彼は急に顔を赤くして云うのだった。

「いや、話がわかればいいんだ。二万円でいいよ。一万五千円ぐらいでもいいよ。あとはおれが何とかするから」

「なるべく早い方がいいんだろうね」

「そうだ。二三日うちに、またこいよ」


兄と別れて外へ出ると、街はいつの間にか年末の活況をていしていた。足早やにとおりすぎる人びと、めまぐるしく動き廻っているトラック、まだ十二月に入っていくらもたたないというのに……。それはそうと、きょうは一体、何日なのだろう？　のこりすくなくなった夏休みの午後である。兄たちがみんな海へ出て遊んでいるとき、僕は一人だけ二階の部屋で机に向っている。浜から吹きつけてくる風が、手をつけていない宿題帖の白いページをパラパラとひるがえして行く……。

黒ぐろと立ちはだかったビルの合間をとおりぬけながら、僕はポケットの中の生温い銅貨を無意識ににぎりしめていることに気がつくと、不意にそんなことを想った。

僕は、やはり追われている身を意識しているにちがいなかった。何に対してともなく、そう感じていたものが、不意にそういう形をとったのか、それとも「綿貫の子分が」といった次兄の言葉が暗示したのか、誰かが後から追い駈けてくるけはいを絶えず感じつづけた。

ガードをこえた向うに劇場の冬の日ざしを浴びた白い壁が見える。その前に暗い顔の男が一人、こちらを向いて立っている。……僕はホッとすると同時にイヤになった。近づいてみると、それは高校時代に同じ部屋にいた友人のHだったからだ。

この軍隊にもとうとう行かなかった友人は、いま両肺とも手がつけられないほど悪化しているということだった。そういえば蒼黒い顔といわず、全身から衰弱したものが感じられた。話しながら体が不気味に、小刻みに、ふるえている。最近の僕のことについては何も知らないはずの彼は云った。

「いつも、君をおもうこと切なるものがあるんだよ……」

おそらく、それは病人の感傷過多から出た言葉であるにすぎないのだが、僕をひどく滅入らせた。

その夜、とうとう僕は宿に帰らなかった。恐怖心に駈られてというよりは、もっと端的にイラ立たしさにせめつけられて、一と所に足をとめていられなかった。シャンブルの前を何度もとおり、よほど中へ入って行こうとしたが、一度素通りしたあとでは、ますます入りにくかった。このごろではマダムも、バーテンダーも、僕を見ると露骨にイヤな顔で眼をそむける……。

僕は公衆電話のボックスでシャンブルのダイヤルを廻してみた。

——もしもし、

サブ・マダム、陽子たちのいわゆる「お姉ちゃま」の声だった。

「……」

僕は黙ったまま、受話器を耳に押しつけていた。かすかにレコードの音と客の声がする。それに流しでコップか何かを洗う音。

——もしもし、もしもし、

ひょっとして陽子の声が聞えはしまいかと思って、僕は耳をすませていたが、ついにそのまま電話は切れた。

一体、僕は何をしようとしているのか。おそらく電話を掛けるまでは、ある習慣にしたがってみることで気分を落ちつかせようとしたのだろう。あるいは、もう僕には実在の陽子は必要がないので、ただ架空な約束事としてちょっとした幻影をつくるつもりだったのかもしれない。けれども電話が切れたときから急に、自分の気の弱さが腹立たしくなってきた。僕は、もう一度、シャンブルに引きかえすと興奮に乗じて、戸を押して入った。

「おひさしぶりね」

と、さっき電話に出たサブ・マダムが当り前の客に対するように声をかけた。僕は、いくらか気がなごんだ。しかし陽子は僕の風体をみて何か察したようだった。

「どうしたの？　こんなところまでハネが上ってるじゃないの。あきれるわね」

そう云いながら僕の上衣の袖のあたりについていた小さな泥の粒を指先で払い落した。僕はほんのすこしの親切さにも、たちまち心の支えが崩れそうな自分を感じた。じつを云えば陽子の手が僕の汚れた紺の服にさわったとき、あぶなく泪がわきそうになるのをこらえたのである。ごく幼いころから泣いたという記憶がほとんどない僕なのに……。しかし、それから後はもう、そんなことを用心することはなかった。陽子は云った。

「きょう、奥さまからお手紙いただいちゃった……。奥さま、よっぽど岡ちゃんのことが好きなのね」

僕は、そんなことを、それもいま、こんな場所で聞きたくないと云った。彼女はそれを何か咎められでもしたととったのか、まるで食ってかかるように、

「いいじゃないの、別に悪いことをしてるわけじゃなし……。あたし本当はこの間、自分には恋人が他にあるって申し上げたのよ。そしたら奥さまったら、どうか岡部を嫌いにならないで、っておっしゃるの。ステキでしょう」と、あたりの女を振りむいて云うのだ。

「それでね、まだあるのよ、《あたしがいるのが邪魔なら、かまわないから決して遠慮なさら

ないで》ですって。そのあとはカット、だってあたしでさえ読んでて真赤になっちゃうようなことが書いてあるんだもの、すごいのよ、まったく。岡ちゃんて案外……ですってね」

「よしてくれ！　馬鹿なことを云うのは」

「よさないわよ。何もドナらなくたっていいでしょ。それよりも岡ちゃん、はやく奥さまの籍をお入れあそばせよ。あんなにいい奥さまをほっとくって手はないわ。……都合によったら、二三年の約束で籍をお入れになっといたら。……そのうち岡ちゃんなんて、あたしのことなんてケロッと忘れちゃうにきまってるんだから」

僕は、とどめを刺される思いであった。

兼子の「陽子さんはいい方ね」という言葉のうちには彼女の嫉妬心がかくされているだけであった。けれども陽子の「いい奥さま」には悪意と嘲笑と、それに僕をはやく片附けて（というか、もとへ収めて）しまいたいという実利的な気持がアリアリとうかがわれた。でなければ「二三年の約束で籍を入れる」というようなことが考えられるはずがない。……さすがに僕はこれ以上はもう居たたまれなかった。

「わかったよ。じゃ、帰ろう」

それだけ云って外へ出た。しかし、すぐに背中と耳とに全神経が集中してしまった。……いまは、さっきまでの追われているという恐怖心のためではなく、陽子があとから詫びを云いに走って来はしないかという奇蹟をのぞむような期待のためにである。

歩きつかれて入ったのは東京駅の近くの二十四時間営業の喫茶店だった。客のほとんどは終列車に乗り遅れた連中だった。サラリーマンや、学生や、飲み屋の女たち……。興奮がさめて、疲労がやってきた。いまは僕は自分がいかにも不要な人間だという気ばかりした。僕がいなくなったら、みんなはただホッとするだけだろう。これで目障りな奴が一人なくなった、と。実際、僕自身が自分を持てあましている。やがて誰もが僕をかまいつけなくなる日がくるにちがいない。例外が一人だけいる。それは高利貸しの倉橋だ。……この月に一度ずつ、ひどくあわてた様子でやってきては、その月の利子を元金の中へくりいれることを承諾させ、それだけのことで安心したように、「じゃ、これで合計十一万四千七百三十円の貸しということになりますかな」と、赤ん坊の頭ほどあるコブシににぎった鉛筆で小さな手帖に書きとめると、悠々とした足取りで帰って行く男を、僕はどう解釈すべきものか、いまだにハッキリとは合点が行かないのだが、僕が死んで嘆くとしたら、この男くらいのものだろう。

僕の斜右の椅子には、身汚い服装の三人連れが坐っていた。男が二人で真中の女に右と左から話しかけている。まだ年は若い。どこか小都市の地廻りのような連中だろうか。……僕は何気なしに彼等を見ていた。三人は猫背になって額をぶっつけ合わせそうにしながら話していたが、やがてデパートの紙包みをあけて何か食いはじめた。真中の女が割り箸でとり分けては、それを左右の口をあけて待っている男に、交互に食わせてやっている。肩を押しあったり、箸から食い物がポトリと落ちたりするたびに、身を揉んで笑ったりしながら。

そのときだった。不意に眼の前のものが膨らんでカスんで見えはじめた。僕は自分の眼に泪がたまっているのに気がついて狼狽した。泣く理由が、われながらすこしも合点が行かなかった。……僕は彼等に優越感をもっている。彼等は粗野な田舎者だ。地道な職業にもついていないらしい。それに惨めなほど貧しげである。要するに現在の僕をもってしても彼等に羨むべき点は一つもない。それなのに現に、まるで心臓を咬まれているような羨ましさが感じられるのは、どうしたわけだろうか。

僕には慰めてくれ手がない。慰められる相手がない。……この単純な事実だけが、どうにも動かしようのない強さで僕の頭を占めていた。

僕は、窓の外に眼をうつした。しずまりかえった駅の構内に灯だけがマタタいて見える。……三十過ぎた男が、まだこんな場所に、こんな風に坐って、ひとが物を食うのを眺めながら羨望のあまり泪をながすとは、何たる馬鹿馬鹿しさだろう。……われながら思い掛けない事件で、僕の心はまだ動揺していた。しかし泣いたということで気分だけはかなりサッパリしてきた。

気がつくと、もう空が白みかかっていた。ともかく、朝はまたやってきたのだ。ここを出て行こう。

僕は冷い、凍ったような空気の戸外へ飛び出すと、電車道路をわたって、早出の出勤者たちに交りながら駅へ行った。新聞売りが届いたばかりの新聞の包みをほどいて、台の上に並べている。

腹が空いた。焼き立てのパンとコーヒーが飲みたい。

ピカピカに磨き上げられた湯沸しから湯気がもうもうと上っているコーヒー屋のスタンドに腰を下ろした。白い器に入れたコーヒーと、上にのせたバターの塊りが溶けかかっている熱いパン……。生きているということには、すくなくともこんな朝飯が食えるということがあるのだろうか。甘くて、乾燥したにおいのする温いコーヒーを飲みほしながら、僕はふと旅に出ることを考えた。

大阪の長兄に顔を合せることはつらい。しかし、ここにこうして、立ちどまったまま腐って行くような生活をつづけるよりはマシではないか。借財の整理や例の罰金のことなどについて長兄が相談にのってくれるものかどうかはわからない。だが賭けをしてみる気持で話してみよう。現在の生活をこのままつづけて行くかぎり借金は重い負担だが、新しい場所で立てなおした生活をするぶんには、そんなにたいしたものではなくなるだろう。ことによったら、そのまま向うでくらしてもいい。それこそ「語学的才能」を発揮することによって、僕一人が食って行くことぐらい何とか出来る自信はある。

旅費の調達や、毎日の生活のためのことに駈けずりまわり、その間には片附けなければならない仕事もあって、何とか出発できたのは、大阪行きをおもいついてから二週間のちだった。……しかし、いまはともかく汽車に乗った。十二月二十八日二十三時三十三分発、大阪行である。

眠ろうと思ったが、なかなか眠れない。……二等の車内は空いており、二人分のシートを占領して横になっていることができたし、煖房もきいていて、ウトウトしそうになるのに、疲れすぎているせいだろうか。すぐに目が覚める。それに些細なことだが偶然発生した奇妙な事件のことも気にかかる。

熱海をすぎて間もなくだった。中年すぎた背の低い車掌がやってきて、

「あなたに、個人的にお話ししたいことがあるのですが、のちほど……」

と低い声でささやいて行った。じつは僕は買い換えるのが面倒なままに、電車区間の切符で乗ったので、そのことをあらかじめ車掌に申し込んでおいたから、そのことだろうと思ってい

たのだが、それにしては時間がかかりすぎる。

僕は次第に不安になってきた。三等車へ移動しようかとさえ思った。――それはどんなに馬鹿げた考えであることか。姿を消せば怪しまれるだけではないか。――しかし、それを僕がしなかったのは何よりも、三等車をよして二等車をえらんだ理由の中に、綿貫の子分を怖れる気持が多分に入っていたためだ。中年の車掌はときどき車内を見廻りながら、僕と眼があうと、油っ気のない頰に、妙に冷い笑いをうかべただけでとおりすぎて行く。

やっと静岡を過ぎたころ、車掌はあたりの客をはばかるように、また云った。

「ここでは、ちょっと話がしにくいので、車掌室までおいでねがえませんか」

僕は命令にしたがった。すでに覚悟はきまっていた。仮に、この車掌と警察に連絡があるとしても、三等車で綿貫の子分に脅迫されるよりはいいだろう、と……。

ところで彼は車掌室まで僕をつれてくると、おかしなことを云い出した。

「じつは乗り越しの料金が、どうまちがったのか千円不足してこまっているんですよ。で、ひとつお願いがあるんですがね。東京から名古屋までの二等を切りますが、その代りに刈谷からは私が五〇円の三等の切符を切っておきますから、一〇五〇円だけ払っていただけませんか。あなたの方もお得ですし、私はおおだすかりですが」

あまりの意外さに僕は、一度きいただけでは彼が何を云おうとしているのか理解できないぐらいだった。ただ車掌の方から値段を負けてくれるとわかったときには、不安が妙なかたちで解消されて行くのが愉快におもわれた。

この奇態な出来ごとは二た通りに解釈できた。一つは、僕がいかにも旅なれたハナシのわかる人物に見えたということであり、もう一つは僕に何か暗い影のようなものが出来ていて、それがこんな事件にかかわりあいを生ぜしめたということだ。そして、そのどっちかであることが、これからの大阪での長兄との話合いが成功するかしないかを占う材料になりそうな気がした。つまり最初の解釈が成り立つとすれば、この会談の見とおしは明るく、後のようだとその反対だというわけだ。……僕は明るい方を信じた。

ところで僕は、出発の前々日、最後にもう一度だけ陽子に会っておく必要を感じた。なぜそんな必要があるのか？　理屈は何とでもつくであろう、連絡事務の解約を云いわたすとか、書籍やノートの小さな荷物が預けっぱなしになっているのを持ってきてもらうとか。しかし、そんなことより、とにかく一度だけ彼女に会って、ひとこと別れの挨拶を僕の方から送っておきたいと思ったのだ。

約束した喫茶店に彼女は僕より先にきて待っていた。——そういえば、これは彼女のたった一つの美点かもしれない。気まぐれで、嘘つきで、傲慢で、かぞえ出したらキリもないほど欠点の多い女だったけれど、外で会うようなときには不思議に十分とは遅れたことがなかった。

その点では僕の方がダラシなかった。——陽子は毛皮の外套を着ていた。

「似合うね」僕は云った。その暗い栗色の光沢のある毛並みは事実、彼女の顔によくうつった。

「そう、どうもありがとう。……でも似合わなくっちゃウソね、だって岡ちゃんが半分持ってくれたんですものね」

——こんな風にして別れるのは気持のいいものだ、と僕は思った。

店にはクリスマスの飾りつけがもう取れていた。そのため暮れのあわただしさが、一時ひと休みしている感じだった。僕は、結婚した幼馴染とくつろいで話しているような気持だった。——もっとも現実にはそんな経験はなかったけれど——僕は云った。

「これから大阪へ行くんだ。ことによったら、もうこちらには帰らないかもしれない。……」

「…………」

陽子は黙ってきいていた。僕は自分の言葉がいくらか作為のあるものになるのを意識しながら云った。

「これで、さよならということにしようや。君と僕と、どっちがここを先に出て行くか、君が残っていて僕が出て行ってもいい、あるいはその反対でもいい……」

「そう」と、陽子は僕の言葉がおわらないうちに云った。

「そんならいいわ。別に、そんな仕掛はしなくっても、あたし帰るわ」

彼女は席を立った。——それもいいだろう、と僕は思った。……すると彼女は、だまっている僕を見て、また坐った。

「大変な廻り路ね。あたし、ずいぶんソンをしたわ。……でもあたし、岡ちゃんて好きよ。一生忘れないわ」

僕は口がきけなかった。彼女の云っていることが、どの程度に本当なのかも考えなかった。ただ僕は、こういう言葉をこれまで何度聞きたいと思ったろう、それがいまになってやっと聞けたという、そのことだけで頭がいっぱいになっていた。〝絵のような風景〟というのは実際に見てみると、やはり驚くほど美しい。いまの僕はそれだった。頭の中に描いた愛の言葉はまったく孤独なものだが、こうして眼の前にいる女からそれを云われることは僕にとって全然別箇の新しい体験なのである。

陽子は僕の顔を見つめて云った。

「もう一度、考えて……。何とか出来ないの。いっしょに考えましょうよ」

その一と言で僕は完全に、もとのコースへ置かれてしまった。——彼女はまた僕をダマすつもりかもしれない。一人のお客がいなくなることを食い止めようとしているだけのことかもしれない。しかし、そういう疑惑やカングリで、僕の彼女に対する愛情は、ふえもしなければ、へりもしなかった。つまり疑ぐる気持はまったくないのと同じであった。

すくなくとも、いまはこの女を愛しているということに何の躊躇も引け目も感じなくなっていた。この女に何かを期待するということはまったくない。ただそうすることによって自分で自分を認めたいという想いがあるばかりだった。

陽子との愛情がどうあろうと、金が必要であることには変りなかった。そしてそのためには、さしあたって大阪の長兄をたよりにするより仕方がないことも同様であった。

しかし、陽子がもう一度もどってきたと思ったときから、大阪行の心理的なモメントはまるで変ったものになっていた。

……それが僕に、いまこの会談の見透しが明るいと占う方へ傾かせていたのだ。

大阪に着くまで、僕は駅から直接、兄のいる銀行へ行くつもりだった。しかし駅を下りた瞬間、自分の気持がたじろいで行くのを感じないではいられなかった。

そこにあるのは終戦直後に一度来たときとは、当然のことながら、まるで変った街だった。

僕は右も左もわからなかった。というより街そのものが、何か得体のしれない気味の悪さを感じさせた。——何でもないことだろうに、たとえば駅前の大きな航空会社の明るいビルのすぐ裏に、モモヒキだの下着のシャツばかりを売っている薄暗い店がせせこましく犇めきあって並んでいるということが、油断のならない、底の知れない感じを抱かせるのであった。すこしでも街になじむために、駅から遠くない盛り場の食堂で、東京風のザルソバをとって朝昼兼帯の食事にした。たいして空腹でもないのに食べたソバは、云いようもないほどまずかった。しかも街は一向になじんでこなかった……。

Y銀行が目の前にあった。しかし、その石造りの建物に入って行き、役員室の戸をあけて、そこにいる兄に金の相談を持ちかけるということは、いまは考えただけでも全身がこわばってくるような気がした。……それからの僕はまったく愚にもつかないことに時間を費した。大阪駅までもどって荷物を駅へあずけようとしたかと思うと、またそのままカバンを下げてもとの場所にもどったり、それも横断歩道でないところを渡って小型のタクシーに追いまくられたり、そんなことをくりかえしながら要するに同じ場所を往きつもどりつしているのだった。さっきのソバのニチャニチャした白さと、頭の上に覆いかぶさっている空のどんよりした暗さとを、交互に意識しながら……。

で、僕は予定を変更して、住吉の兄の自宅へ行くことにした。もはや借金の仕方の要領をかなり会得してしまった僕は、それがどんなに下手なやりかたであるかを知らないわけではなかったが、何しろ疲れすぎていた。

そんなに手間どったつもりではなかったのに、石塀や煉瓦の壁にかこまれた家の多いその住宅地のなかの兄の家をたずねあてたときは、もう日は傾きかかっていた。

岡部敬太、と石の門柱にかかげた表札が何だか他人の家のように思えた。どこからか、あんまりうまくないピアノの音が聞える。玄関のベルを押した。出てきたのは嫂だった。……一瞬、僕はドアのうしろに身を退いた。無意識でそうした。

ここへくるまでの間、嫂のことをまったく意識していなかったといえば嘘になるだろう。僕は兄の家へ行けば嫂に顔を合せることは覚悟していたし、七年前にあった彼女との出来ごとを忘れてもいなかった。しかしドアのかげから彼女の顔がのぞいたときは、やっぱり不意打をうけたおもいだった。ことによるとそれは、現在と当時とでは、すべてのものごとがすっかりかわってしまっているのに、彼女だけが変らないでいるせいだろうか。

「いらっしゃい。どうぞ……」

と、スリッパを用意してくれる嫂は、その長くひっぱるようなものの云い方も、白くて動きのない表情の顔も、あのころとすこしも変りがないのである。おそらく、あれからの七年間、彼女はこうして客を迎え送りしてきたのであろう。そのくせ彼女のまわりは全部のものが変っていた。モンペやズボンだった嫂の服装は落着いた和服になっているし、彼女の子供たちは成長して、兄弟どうしでは大阪弁で、親たちには標準語で、言葉を使いわけて話すようになっていた。……そういうことがかえって僕に、あの七年前の不祥事を一瞬の間に、切りつけるように想い起させた。

僕はあらかじめ兄には手紙を出しておいたのだが、嫂は訊いた。

「いつ、いらしたの」

「昨夜の夜行で……」

「そう。それは大変だったわね。お疲れになったでしょう。奥の部屋でやすんでいらしたら……」

兄が帰ってくるまでの間、僕はいわれたとおり奥の部屋で一人で横になっていた。けれども気分はまったく落ち着かなかった。考えまいとすればするほど嫂のことが気にかかった。自分が見えない幕のようなもので包まれて、のけようとしてもどこからのけていいのかわからない感じだった。……ふと、このまま東京へ帰ろうかとも思った。だが、そこには崖から覗きこんだ谷底のような絶望が待っているばかりなのだ。

玄関に兄の声がした。ぼそぼそした声で宴会をやっとで脱けてきたというようなことを云っている。

「いつ来た」と兄も同じことを訊いた。

「昨夜の夜行で……」

「ふうん」

兄は僕の云うことなどまったく聞いていないようなセカセカした態度で、服を着換えていた。けれども、とにかく兄の顔を見たことで不思議に僕の心は落ち着いてきた。

夕食後、兄は僕を応接間へよんだ。果物とお茶を持ってきた女中が下ったあとで、兄は訊いた。

「いくらあったら、いいんだね」

「………」

僕は、しばらくの間、返答にまごついた。手紙には二十万円ぐらいと書いておいたつもりだ。しかし、いざ訊かれてみると、いくらあったら果して自分が立ちなおれるものか確信をもってこたえられる自信がぐらついてきた。

兄は、ゆっくりと、うす笑いのようなものを頬にうかべながら、

「で、返済の方法は考えてあるのかね」と、また訊いて、
一人でうなずくように首を振った。しかし、この方はこたえやすかった。僕は来年になったら自分の名前で飜訳が出せるだろうと云った。すると兄の頬にいくらか赤味がさすように見えた。兄は云った。

「わたしは、その方面にはあまり趣味がないもんでね。……しかし、その仕事はキャンセルにされる心配はないの?」

キャンセルという言葉がこのようにして使われるのを僕は、はじめて聞いた。しかしそれには兄の職業的な実感がこもっていて、事業のなりゆきと同様に僕の将来を心配した様子がうかがわれた。

「だいじょぶだと思います」

「そうかね。ところで」と、兄は言葉を切って、「この間、泰三から云ってよこしたんだが、このごろ君は銀座の方のひとと何かあるの？　だいぶさかんらしいじゃないか」

僕は突嗟に、顔から血が引いて行くのを感じた。次兄の泰三には、つい先日も会ったばかりで、そのときも彼は、長兄の融通のきかないことや、物固さをさかんに嘲笑していたからだ。

……僕が口ごもったままでいるのを見ると、長兄は、

「とにかく、そのひとのことについて片をつけてからにしよう。一切それがすんでからのことだ」と立ち上った。

「たしかにそうですね」と僕も椅子を立った。

別段、僕は長兄に怒りをおぼえる理由はなかった。ただ、ほとんど反射的に云ってしまったその言葉を考えると、もう何といって長兄に相談をもちかける気にもなれなかった。

その晩のうちに僕は東京へ帰ることをきめた。兄も、しいてそれをとめようとはしなかった。

荷物を持って立ちかけると兄は、

「旅費だ」と五千円、紙に包んでくれた。僕はそれは笑いながら受けとった。嫂は立って玄関まで送ってきた。兄は茶の間に四角く坐ったまま夕刊をひろげていた。

「じゃ、お気をつけて……」

「え、ありがとう」

僕は礼を云って、出て行こうとした。すると嫂はたもとに入れて胸の上に組み合せていた手を、ちょっと顔の方へずり上げるようにして、ぽつりと云った。

「主人は、あのことを知っています。わたしが云いました」

仄暗い玄関に立ちつくした僕の眼に、まわり中が急に暗く、ぽっかり空洞が口をこちらに向けているようにうつった。

「わかってました」

僕は無意識にツブやくように云って、兄の家を出た。……それにしても僕はいったい何をどう「わかっていた」のか、何のつもりでそんなことを云ったのだろうか？　――何という女。嫂のかすれた低い声でささやかれた言葉をきいた瞬間、まず頭にうかんだのは滑稽にも「裏切られた」という実感だった。なぜいまになって、こんなところでそれを云う必要があるのか。僕には嫂の心事がさっぱり了解できなかった。そしてまた兄は、どういうつもりで黙って僕らを許したのか、そのことを考えると、さっきまで対坐していた兄の顔が不気味なほど冷いものとして想い出される。……しかし、それと同時に僕は、じつにおかしな解放感にひたされていることも事実だった。たとえば長い行軍の小休止に背嚢を下ろしてみて初めて背中の荷の重さがわかったのだが、しかもその背嚢《はいのう》はあけてみると中身はカラッポだったといった風な……。

ともかく大阪へ行ったことは、行ったということだけで満足すべきであった。

これは自分が甘い夢をみていたというようなことを反省しているのではない。そのことならかえって僕は、自分をもっと正面に押し出して生きることを教えられたくらいなものだ。それなら一体どういうことかと訊かれても、うまく納得の行く説明はできそうもない。ただ自分の内面生活に質的な変化が起ったということが云えるだけだ。

どうやら僕には何か欠けたものがあるらしい。これも、いまさら自分の性格上の欠点——ナマケモノであるとか、ふしだらであるとか、ひとから云われたことを何一つ断れないとか——を悔んだり、グチをこぼしたりしているわけではない。いや僕はナマケモノである反面、おどろくほど勤勉家なのだ。ふしだらである反面、神経質なほど潔癖である。そして見掛けの素直さとは反対に内心では他人の云うことなどあらゆることを馬耳東風に聞きながしている。こうしたことは、あえて分裂的性格などと呼ばなくても、誰でもが持っている性格の盾の両面であるだろう。だから僕の云おうとしているのは、そんなことではない。もっと眼に見えないところにひそんでるものだ。眼に見えないところで、ぼかっと口を開けて待っているホラアナのようなものが僕の心の中にある。そのホラアナがあるために、僕は自分が何者であるのかきめられない。何をしたいのか、何をしようとしているのか、ハッキリ自分で自分をつかまえることができない……。この一年間、僕は自分が何を欲しているのか、どういうことをしたいのかを追求してみるつもりだった。やりたいようにやってみるということで生活から変えてみた。その結果はしかし自分のタクラミの中に自分で引っ掛って行くという空廻りをしたにすぎなかったのではないだろうか。

ところで汽車があと一時間で東京に着くというときになって突然、僕はK海岸の自分の家にもどってみたくなった。

O駅で乗り換えるとK海岸は三十分の距離である。

松の林にかこまれたその小ぢんまりとした町を僕は、どんなに嫌っていたことだろう。休暇や日曜日のためだけにあるその町に住んでいる人たちの阿呆らしさには、いまもイライラさせられる。けれども、もし僕が故郷のようなものをもとめて行くとすれば、二十代の大部分から三十代のはじめにかけてを送ったこの「ゴキゲンヨ」の町に行くしかないのではないだろうか。

……松林、切りどおし、ゆるやかな流れをつくっている川、そして舶来の罐詰をそろえている小さな食料品店や、日なたの古めかしい椅子に腰掛けた客の頭をもったいぶった手つきで刈っている床屋、町の空気の酸素やオゾンの含有量を論じながらバスを待っている人たち……。しかし、そういったものに、いま或るなつかしさをおぼえるのは、どうしようもないことだ。

僕は小さな道をえらんで歩いた。夏、仔を生んだ猫にやる牛乳を買いにかよった道だ。が、裏木戸をあけて入って行くと雨戸が全部閉っていた。

玄関にも鍵が下りている。……留守だ、とわかった瞬間、どうやら僕は失望したらしかった。雨戸を一部分だけ開けて、日の射しこんでくる床に大の字に寝ころんでみたが、いつも家にあって感じていた何かが無かった。というより外の世界の臭いが侵入して、そのへんいっぱいに漂っている感じだ。……僕は立って兼子の衣裳簞笥をあけてみた。古びた夏服が三着ほどと、洗いざらしの何枚かの下着が入っているだけであった。台所へ行くと、猫のいた箱のそばに、餌をやる皿と食いちぎったニボシの頭がちらばっている。……僕は急に自分の心が閉ざされて、自分自身の中に眠りこんで行きそうになるのをおぼえた。

これは一体どうしたことだ。

これまで僕は、一人で放っておかれる必要を何度となく感じてきた。閉ざされた小さな宇宙の中に自分一人で生きたいというのが念願だったではないか。それが、いまかなえられたはずであるのに、一向に自由さもなければ、ときはなたれた精神が活潑にうごき出すという気配もない……。

夜になっても兼子はもどってこなかった。しかし日が暮れ切ってからの方が、昼間の見棄てられた、荒廃したものが見えないだけにまだ良かった。僕は燃えそうなものは薪であろうが、本であろうが、かまわずストーヴに叩き込んで燃やした。そばに椅子を据えて眼をつむっていると、旅の疲れが出たのか知らぬ間にウトウトと眠っていた。

翌朝まで、とうとう僕は長椅子の上で毛布を掛けて眠った。ストーヴの中をのぞくとまだ煙がくすぶっており、室内の空気はそんなに冷くはなかったが、喉がいがらっぽく、ときどき咳が出た。

いったい兼子はどこへ行ったのか。K県の実家へでもかえったのだろうか。だが僕を不安にしたのは、彼女がいつかのように陽子のところへ出掛けたのではないだろうかということだった。実際、ある意味で兼子は神出鬼没といったおもむきがある。僕の知らないうちに、どこへでも出掛けて行く。まさかとは思うが、陽子の家で、僕のことをよろしくたのむ、などと例の自虐的「母性愛」でも発揮したあげく泊りこんでしまったのではないだろうか。そうだとすれば陽子はまた、いつものソフィストリーで表面は兼子に調子を合せておきながら、その仕返しをきっと僕に向けてくる……。

そのことをおもうと僕は一刻もじっとしていられなくなって家を出た。昼すこし前に緑ケ丘に着いた。霜どけで道がひどくぬかるんでいた。——これが東京の土だ、とふと思う。二十八日の夜、東京を出てから三日ぶりだ。

さいわい家には兼子も陽子もいなかった。キヨさんが出てきて、陽子は朝から留守だという。

「何しろ、きょうは大ミソ日ですもの、ママさんの御用で、あっちこっちお出掛けじゃないんでしょうか」

云われてみればなるほど、きょうは大晦日だ。僕らにとっては大晦日の忙しさは単に気分的なものであるのに、彼女らにとってはもっと実際的な意味をもったものであるのに初めて気がついた。僕もまたシャンブルにも相当の借りがある。そのほか旅館の宿泊料、友人から借りた金、それに綿貫に返せといわれている原稿料……。

それでも、ともかく兼子の居てくれなかったことが、ここでは僕をホッとさせた。で、キヨさんに、もし陽子が帰ってきたら渡してくれるよう、七時に銀座の喫茶店で会いたい旨の置き手紙をのこして、これという用事もなかったが銀座へ出た。

銀座には想ったほど人混みはなかった。サラリーマンたちがもう休暇に入っているからだろう。ふだんには見掛けることのない親子づれや、箒をかついだ夫とネンネコに子供をおぶった妻が一つの荷物を両方から持ち合ってとおる姿が目についた。

「おい！」

背中を叩かれて振り向くと、防水布の外套にベレをかぶった次兄だった。

「とても家には落ちついちゃおれんから、おれも出てきたよ。……ところで、お前、いつ帰ってきたんだ？　大阪はどんな具合だ？　兄貴は相変らずの石部金吉か？　……ともかくここじゃ落ち着かん。どこかへ行こう」

兄につれられて行ったのは、新橋からすこし田村町の方へよった、一膳めし屋に飲み屋を兼ねたような店だった。

日の射しこむ入口のガラス戸のそばのテーブルで、五十がらみの男が一人、壁の方を見ながら、コップに注いだ酒を一と口ずつ飲んでいる。

「何にする。だいぶ顔色が悪いようだな。鯉こくでも取ってやろうか？」

と、次兄は腰をうかせて註文しかけた。

「いや、いいよ。鯉こくは嫌いなんだ。いま何も食いたくないよ」

事実、僕は鯉こくは好きでない。しかし、それよりも自分がこの兄のあとをついて、こんなところへ来てしまったことの方が不愉快で腹立たしかった。大阪で長兄から、この泰三兄の出したという手紙の話を聞いて以来、もう二度と一切の交渉をもつまいと決めていたのに……。それにしても、この泰三のような男は、どう解釈すべきものだろうか？　わざわざこうして僕の顔色まで見ながら、鯉こくがいやなら茶碗むしにしようか、鳥のもつ焼きはどうだ、などと云ってくれるところを見れば、どうしたって気のいい親切な男で、まるで僕一人が勝手なことを云って世話をやかせ、厄介をかけているとしか思えない。しかし茶碗むしと鯉こくがくると、「おい、ところで金は出来たか。あれだけは早くしとかんと、どうにもならなくなってからでは間に合わんぞ」と突然のように云うのだった。

そうか、それではこのご馳走は金の催促をするための準備行動であったのか。そう思うと、かえって僕は気がラクになって云った。

「ダメだよ。大阪でもとても出してくれる気はないね、あれは……」

こたえながら僕はふと自分が奇妙な錯覚を起していることに気づいた。次兄が僕に金を借りにきて僕がそれを断っているというような……。

兄は黙って僕の云うことを聞きながら、ベレ帽をかぶったままで碗を摑むと、湯気の立つ鯉こくの汁を一と口すすった。黒い絨毛の帽子が一種、雨に濡れたけもののような臭いを立てた。……この時、僕にはなぜ兄が黙ったのかわからなかった。僕は入口のガラス戸のそばのテーブルに坐った男が、日射しの中でガラスのコップから酒を飲むのを眺めていた。……いつか陽子が僕に、結婚をするなどという話を方々でしゃべってもらっては困る。また自分のことを金のかかる女だなどという噂を立てられたことは迷惑であると、当り散らしたことがあった。しかし、あのとき僕はまだ、そんな話はこの兄の他には誰にもしたことがなかった。だから話は兄の口から出て陽子の耳につたわったにきまっている。おそらく兄は新聞社の同僚の誰かに、自分の身内の者が女に騙されて馬鹿な金を費わされているとでも、例の陽気な口調で話したのだろう。だが僕はいま、ふと妙なことを考えついた。――この男は僕を窮地におとし入れてよろこんでいる。悪気があってのことではないにしても、ちょうど猫が空腹であろうとなかろうとネズミを追い駈けずにはいられないように、まわりの誰彼に事件が起るのを待っている。それならいっそ僕が綿貫の子分とかに刺されでもしたら、どんなに彼をよろこばせることが出来るだろう。僕は兄のベレをずり上げたり引っぱり下げたりしながら書いた原稿が、翌日の三面の片隅にかかげられるところを想像した。「自堕落な青年、刺さる。春本の売買にからんで仲間割れ」、あるいは「借金と女の問題に追いまわされたインテリ青年の末路」……。戸口に坐った男は、日射しの中に酒の入ったコップを黄色く光らせながら、ぼんやり壁の方をながめていた。壁には、白い雪をいただいた山岳の下に焼酎の瓶が夢みるように横たわっているところを描いたポスターが貼られてある。

「食わんのか……」

鯉こくの汁をすすりおわった兄は、茶碗むしの中からギンナンをほじくり出しながら云った。

「うん、食うよ」

「何を、さっきからボンヤリしているのだ。……そうだ、おれはまた、お前に会ったらまっ先に訊こうと思っていたことを忘れていたぞ。……お前、ゆうべはどこへ泊った?」

「どこって、K海岸だ」

「そうか、じゃ細君といっしょか?」

「いや、どこかへ出掛けていたようだ。帰ってこなかったよ」

「やっぱり!」

兄は、みるみる顔全体によろこびの色をあふれさせた。

……彼は話し出した。

「おれは、ゆうべも終電車で帰った。駅前の道をちょっと横に入ったところに喫茶店と酒場をいっしょにやっている店がある。あんまり目立たない家だが、おれはそこの常連なんだ。酒のあとでコーヒーを飲むくせがあるからね、おれは……。そんなことはどうでもいいや。ちょうど真向いに『七色の湯』と称する比較的高級な温泉マークがある。表通りから近いわりに、まわりが静かで暗いんだよ。ところで、おれはコーヒーを一ぱい飲んで店を出ようとした。すると表通りで止った自動車から二人づれが出てきて、おれの前をとおりすぎて『七色の湯』の方へ行くんだ。おれは、おや、と思ったね。男は着物の上に角袖をきてリュウとした恰好なんだ。女は黒い外套なんだが、背中をまるめているせいか、まるで桁ちがいに見すぼらしい……。ところが、おれがもっと驚いたのは男が奥村定一に似てるんだ。すぐ、まさか、と思いなおしたよ。……だが、人間というのは妙なことが忘れられないんだな。おれは奥村氏には一回しか会ったことがないんだが、そのときの眼鏡のツルを想い出したんだ。先生の眼鏡はプラチナかホワイト・ゴールドか知らないが、縁なしの玉についているツルに細かい唐草模様のようなものが彫ってあるだろう、おれの眼の前をとおって行ったやつの眼鏡が、あれなんだよ。おれは歩きかけていたが、もう一度立ちどまって、玄関へ入って行くところを見たんだ。すると男はまさしく奥村だが、俯向きかげんにすウっと後から体をすべりこませようとしているのが、お前の女房じゃないか……。これには、さすがのおれもタマげたね。まるで大三元のスウアンコだよ、国士無双をチャンカンで上りってもんだよ。長年、新聞記者をやっていても、こんな話ははじめてさね、おれが出て行く、くるまが止る、出てきたのが奥村とお前の女房で、その行く先が温泉マークだからな。……」

………

兄が一気にしゃべりつづける間、僕は自分の足のことばかり考えていた。コンクリートの濡れたタタキの上で靴をはいた足は指先から凍りつきそうになってきていた。僕はそれを我慢するために、ときどき床の上で足踏みした。

僕は別に、おどろくこともない、あわてることもないと思った。話をききながら僕はずっと、戸口の日の当るテーブルで酒を飲んでいる男をながめつづけていた。が、ふと気がつくと、その男の姿は見えなくなって、テーブルの上には黄色い日に照らされたコップがチカチカと眩しい光りをはなっているばかりなのだ。

僕は自分が、はじめて茫然自失の状態であることを知った。白木のテーブルの上には、酒がいっぱいに注がれた盃がある。中から魚の骨の突き出た味噌汁の碗がある。そして黒いベレをかぶった兄の口許には茶碗むしの玉子がついている。……僕はまるでたしかめでもするように、眼の前にあるそんなものを眺めてみた。すると、どうしたことか一瞬、いまだかつてなかった恐怖心そのもののような感覚が、それらのものからやってきて僕の全身を浸していった。

「おい、どうした。まア、いいじゃないか。これでお前もあの女と、五分五分の条件で愉快に別れられるわけだし……」

僕は吹き出すところだった。兄は親切気で報告をしてくれたのだ。僕が笑ったのを兄はどうとったのか、かさねて兄は云った。

「しかし女はシッカリしているもんだな、……奥村も、奥村だが」

その言葉で僕は平常心をとりもどしたと思った。いまさら何を怖れる必要があるだろう、僕はもう何も彼も失ってしまっているのに……。

それで僕はこたえた。

「まアいいですよ。相手が奥村さんで……。はじめに話をきいたときは兼子の相手が金貸しの倉橋という男かと思ったんだ」

その夜、僕は新宿の喫茶店の椅子に一人で腰かけていた。七時に陽子と待ち合せたのは銀座の喫茶店だったが、僕はわざと方角をとりちがえることにした。この際、来るか来ないかハッキリしない相手を一人で待つことは、考えただけでも怖ろしかったのである。……僕は陽子のくるはずのない喫茶店で、待っていた。十分たった。僕はワザと考えてみる。——陽子はこういう場所での待ち合せには十分とは遅れたことがない。女中が伝言をつたえるのを忘れたのだろうか？　そういうこともありうる。それとも彼女はまだ家にもどらないのだろうか？　そうかもしれない。

僕はまだこれまで、陽子を僕の方から裏切ったことがない。しかし、これは面白い遊戯だと思った。……色の青白いボーイがスタンドの流しで皿を拭きながら、僕の顔を見た。この店へ来てから一時間たっていた。ボーイの目つきは僕に席を立つことをうながしているのかもしれない。しかし僕は帰るわけには行かない。僕はまだ待ち合せる場所を間違えたことに気がついていないことになっているのだ。

コーヒーのコップはとっくに空になっている。給仕女が水を入れかえたグラスを、こつんと音を立てながらテーブルの上においで行った。僕はグラスの水で喉をしめしながら、昼間、飲み屋の戸口で酒をのんでいた男を想い出していた。あの男はぼんやり壁を見つめていた。あんなものを、あの男はなぜ、あんなに執っこく眺めていたのか。……そんなことをおもいながら僕は、泡立つ波の彼方にボンヤリけむった水平線を眺めていた自分の少年時代を、ふと考えた。潮の臭い、足のうらをくすぐりながら崩れて行く砂浜。波をよけようとして爪先立って危く前に倒れそうになる身体。

その時だった。僕は不意にある悪戯を想いついた。——これから出掛けてやろう、陽子にだけ別れの挨拶めいたものを送っておいて、誰にも知られない遠くの方へ……。ちょうど、いま僕がことさら取りちがえた場所で陽子を待つために待っているように、もっとフィクショナルな場所で彼女を待つことにしよう——。

この想いつきは僕を奇妙に勇気づけた。僕をこれまでの僕とはまったく異った場所に位置づけてみよう、つまり自分を本質的には行動的な人物なのだと考えよう。そういえばこれまでの僕だって「行動的」でないことはなかった。ただし、たとえば一日中ふとんのなかにもぐりこんだままでアフガニスタンの山奥の神秘的な湖にでも眺め入るような眼つきで天井板をながめているといった、いわば「居ながらの行動者」であった。今度はそれを裏返しにして文字どおりの行動的人物になってやろう。そう決心すると僕は、ただちに想いつきを実行にうつすことにした。

僕は喫茶店のテーブルで陽子にあてて「遺書」をしたためた。文面は、最初は舞文曲筆して、陽子のなかにある女学生趣味の部分に訴えようとしたものだったが、不真面目な気がしてやめた。すくなくともこれは真剣さを要する遊戯だからだ。で、次に出来るだけ事務的に、自分がこれ以上生きる気持を失ったということだけをしるした。

この手紙を速達で出せば、あくる日の昼までには彼女の手にわたるだろう。その時にはもう僕は彼女の知らないどこかへ行っている。

それを想うと僕は文字どおり全身がぞくぞくするほどうれしかった。僕は人波を掻き別けながら文房具屋へより、封筒を一枚だけ買って宛名をしたためる。あとはポストのあるところを探して、切手を貼り、鍵のかかった赤い函にポトリとそれを落しこむだけだ。……「狂言自殺」という言葉が頭にうかぶ。しかし僕がやろうとしているのは、そのようなことではない。同じ人騒がせなことではあっても、僕にはそれを利用して自分の負債をまぬがれたいなどという気持はすこしもない。それに僕はマネごとにしろ、本物にしろ、死ぬことで自分のダラシなさを清算しようとは夢にも考えたくない。僕のダラシなさは僕自身の問題であって、「死」は僕の外側にあるものだ。つまり僕自身の問題を、そんな外側のもので清算させたり、解決させたりしたくはない。……僕はただ、自分の書いた手紙がポストの底に落ちこむ音を、自分の耳で聞きたいだけだ。陽子がその手紙を読んで、嘆こうと嘆くまいと、また狼狽して僕のために心を動かそうと、動かすまいと、それはどっちでもいいことだ。彼女は僕の行方を八方に手をつくして探そうとするかもしれないし、また、死んだ人間には用はないからと巧妙に事件の表面から手をひくかもしれない。……どっちにしても僕には、この昂揚してくる気分がありさえすればよい。あとは自分自身を裏切らないために、ただちにここを出発すること——。そして行けるだけ遠くの地点へ行く、海ならば絶海の孤島、山ならば人を近づけぬ険阻な山岳……。

M岳は海抜二千八百三十八米突。山容は突兀として、頂上の附近はすべて岩壁に覆われ、時に冬期の登攀は極めて困難なりと察せらる。

昭和三十一年一月一日、夜。

昨夜、夜半の汽車で新宿をたった僕は、けさ早く、この高原の山小屋風のホテルに着いた。なぜここを選んだかということについては別段、深い理由もない。新宿から出た汽車を、明け方乗り換えた高原線の列車は、機関車のうしろに三等客車一輛と無蓋の貨車一輛だけの、遊覧地の子供の乗り物めいたものだったが、沿線には駅員を置くにはあまりに小さな駅ばかりしかないためか、切符も車内で首にカバンを掛けた車掌から買えるようになっていた。……そんな汽車の、北と南と、車窓の両側に輪廓の鋭い山々が白いパレードのごとくつづいていたなかに、北の窓に突然、壁のように突っ立った一群の山が見えたのだ。

車掌に山の名をきくと、こともなげに、M岳だと教えてくれた。僕はかさねて冗談のように、

「登れるだろうか?」と問うと、

「さアね、夏ならテッペンのかなり近くまでバスがとおっているだがね」

と、またあっさり答えられたのには、いささか拍子抜けと失望を感じさせられたが、ここは日本であり、アフガニスタンでもアフリカでもないことを考慮に入れれば、頂上ちかくまでバス道路が出来ていることは、やむを得ないであろう。しかも車掌はつづけて云った。

「だが冬にあの山に登ったというのは、わたしらは聞いたことがないね。何でも岩がみんな凍っちまってるって云うからね……」

それを聞いて僕は次の駅で下車することにきめたのだ。

実際、来てみて僕は自分のカンがたいして誤っていないのを知った。ひと気がまるでないのである。駅の附近には何軒かの人家があったが、そこからこのホテルまで、ゆるい傾斜の道を一時間ばかり上るのに、途中に一軒の家もなく、田や畑もない。落葉松やモミやツゲなどの林

があるばかりである。……それにこのホテルというのが、また僕の気に入った。いつごろ、誰が、どんなつもりで建てたものかは知らないが、岩礫を積み重ねた土台に白木でつくられたその古びた洋風の建物は、変にガランとして大きく、ホテルというよりは無住の寺か、一個小隊ぐらいの国境守備隊の兵舎のようである。住んでいるのは老人と若い男の二人の管理人だけ、客はどうやら僕一人の様子だ。

若い方の管理人がラウンジの壁煖炉に薪を燃しつけてくれる。

「ここへ泊りにくるのは主にどんな人?」

「夏、避暑にいらっしゃる方が一番多いでしょう。……」

「へえ、じゃ他の季節には」

「あんまりお見えになりませんね」

「スキーをしにくる客もこないの?」

「ええ、いらっしゃいません」

「どうしてだろう、雪の質はよさそうなもんなのに」

「ゲレンデがありませんし、それにブッシュが多いもんだから……。僕らもじつはスキーとなると、勤めを休んで汽車に乗って、よその土地へ行ってやるんです」

若い管理人とそんな話をしたあと、僕は煖炉の前に腰を下ろして夕刻まで漫然とすごした。

食欲もほとんどなかったので、昼食はとらなかった。若い管理人が、

「駅まで行ってまいりますが、何か御用がありましたら」

と云いにきたので、パン、コンビーフ、蜜柑、タバコなどを買ってきてもらった。

何のつもりで、そんな買い物をたのんだのか？　夕食の仕度なら管理人がしてくれることになっている。山に登るときの用意のつもりだったのだろうか。しかし、そのときの僕は、じつは別段そんなことは考えていなかった。……煖炉のある北側の壁の窓には、M岳の山肌がクッキリと切り取ったように青ずんだ色を見せていた。しかし僕はなぜか、ほとんど燃える火の方にばかり気をとられていた。直径二十糎はある太い白樺の幹を不器用に四つに割っただけの薪は、樹液のしたたる音をジュウジュウさせているうちに、たちまち真赤な炎を上げて燃えはじめる……。その間、僕は何も考えなかった。ただ感情が自分のなかに蓄積されて行き、その厚みを自分自身で感じとっていた。

どれぐらいたってからだろうか、僕はいつか居眠りしながら寒さで目をさました。煖炉の火はとぼしくなっており、炉棚の上にはさっき管理人にたのんだ買い物が置いてあった。僕は急いで窓の外をのぞいてみた。すでに、あたりは夕闇にひたされて、その凍りつくような薄墨色の空気の中に、M岳は想像しうるかぎりの最も巨大な黒い一頭の牡牛となってうずくまってい

た。——こいつに、これから僕は一人で立ち向って行かなければならないのだろうか？

僕は、いま眠りながら、ふと考えていたことを想い出した。これから駅へ行って陽子に電報を打つこと——

キュウヨウアリ　オイデ　コウ　Mコウゲンホテル

僕の名前はワザとぬかして、こう云ってやる。昨夜、汽車に乗るまえに出した速達が彼女の手許にとどいているとしたら、彼女はテッキリ僕がもう死んでしまったものだと思って飛んできはしないか？

僕は管理人の買ってきてくれたタバコに火を点けながら考えた。陽子はこの辺境の砦みたいな異様なかたちの建物をめがけて一目散に駈けてくる。僕は、こうして煖炉の前の椅子に腰を下ろして、何も知らずに火を見ている。ふと背後に、耳なれた足音をききつけて振り向くと陽子が立っている。

「なアんだ、生きてたの。ひとをさんざんオドかして」

僕は、黙って笑うだろう。そして不機嫌に口をとがらせている彼女に椅子を用意してやり、二人で並んで腰かけながら、薪をくべたす。やがて、あかあかと焰の色が彼女の頰を照らすだろう。彼女は機嫌をなおしてハシャギだすにちがいない……。それから二人ではじめる新しい生活のことを語り合うようになる。——新しい生活、これは見果てぬ夢だ。次から次へ拡がって、それを追っているだけで僕はウットリさせられてしまう。

しかし、僕は実際に電報を打ちに行く気にはなれなかった。なぜか？　ここから駅まで往復二時間ばかりの距離が億劫だということもある。（さっきトイレットに立ったとき、そこの寒暖計をみたら気温は零下三度だった。戸外はおそらく零下十度ぐらいだろう。管理人の云うところではM岳の山頂附近では零下四十度にもなるという）しかし外へ出るのがイヤさに電報を打ちに行かないということは本当の理由ではなさそうだ。陽子が果して僕の計算どおりに動いてくれるかどうかという危惧もある。しかし、そんなことより実は、まったく奇妙なことに、僕はいま描いた自分の夢が実現してしまうことを怖れる気持が、心のどこかにあるのだ。

夜になった。若い管理人が、夕食をどうするか、さっき買ってきたパンと罐詰ですませるか、それともこちらで用意したものをとるのかを訊きにきた。作ってもらったものを食べることにした。

メニューは、ライスカレーと土地のリンゴが一個、それに管理人が自分の粉末コーヒーを特にそえてくれた。それだけである。けれども食器は清潔であり、鶏肉を煮込んだカレーの味も悪くなかった。

夕食後、僕はまた窓から外をのぞいた。先刻までは南側の山脈だけは濃紺色の空を背景に、稜線を黒く鋭く見せていたのだが、いまは南北とも幕を張りめぐらしたように暗く、月も星も見えない。

ベッドの支度が出来たというので個室へ引き上げた。和室にすれば十畳か十二畳ぐらいの広さで、鉄製の寝台と、丸い小卓子、椅子、それに小判形に鉄板を曲げたストーヴがおいてある。荷物と食料品を持って僕のあとからついてきた管理人は、「お休みなさい」を云って出て行った。……これで僕は完全に、一人きりになったわけだ。

ストーヴに薪はいきおいよく燃えており、カーテンを閉めた窓の外は暗黒である。僕は先に、自分の夢が実現してしまうことを怖れる気持があると云った。つまり現在、僕はこれまでにないほど幸福なのだ。幸福といって悪ければ、そう呼ばなくてもいい。要するに僕は、はじめて自分自身を僕の手の中に収めたという感じがしている。そうである以上、このうえ何を求めることもないわけだ。……こころのこりといえば、ここへ出掛けてくるのに妙な手紙を陽子に出したことだが、そうしなくてはここへ来ることも出来ず、こうして自分自身とユックリ向きあうこともおそらくは不可能だったにちがいないことを思えば、あの手紙を書いたこともまた仕方がないといえる。……あの手紙を陽子は、どう読んだだろう? おどろくほど無知で無邪気なところがある半面、世智にかけては俊敏きわまりない彼女のことだから、即座に僕のインチキを見抜いて、笑って破り棄てたかもしれない。そうであってくれれば、これが一番いい。あるいはまた、縁起でもないと云って、もっぱら自分にかかる迷惑のことだけを考え、早速また新しいお客をつかまえる準備にとりかかろうとしているだろうか。これもいいことだ。困るのは、あの手紙をすっかり真に受けて、泣いたり、憐れんだりしてくれたあげく、警察へ捜査ねがいでも出されて、こんなところへ巡査に乗りこんでこられることだ。そうなればまた僕はたちまち細ごまと面倒な日常生活をこの山にまで持ちこまれるし、結局は長兄のところにまで迷惑は及ぶだろう……。しかし、いずれの場合にしても、対世間的なことでは僕はもう大して心を悩ませはしない。そして陽子に対する僕の愛情も、彼女の出方によっていろいろに変るということもないだろう。僕が問題にしなければならないのは、やはり僕自身のことだ。

いままた窓の外をのぞいてみた。この部屋には北に面して大きな窓があり、そこから出入りすることも出来る。……あいかわらず真暗で、窓の灯がとどく十米内外のところにある樹木のほかには何も見えぬが、M岳のどてっ腹に波打っている太い呼吸のようなものは、それとはなしに感じとることができる。

それにしても僕は、なぜ山に登ることなど想いついたのだろう。これまで、いわゆるスポーツということには、まったく無関心にすごしてきた。というよりは積極的に憎悪の念さえ抱いていた。これは別に僕が何をするにも不器用なタチであることと関係はない。また無駄骨を折って大汗をかいたりすることを嫌ったからでもない。僕にはそれが持っている偽善的な雰囲気が耐えられなかったのだ。「団結」とか「協同」とかいう言葉が、いかにもモットモらしく手軽に使われていることや、「酒も飲みません」、「タバコものみません」などとツマらぬことをさも一大事のように誇ってみたりすることからはじまって万事がそうだ。いや本当のスポーツマンシップとはそういうものではないと云われるかもしれないが、日本語で「スポーツマン」というと、もうそれだけである型にはまった人物が想像されはしないか。頭が小さくて、胸の幅が大きくて、手足が長くて、まじめくさった顔つきで馬鹿馬鹿しく派手なネクタイや靴下を着けている。……山登りにしても同じようなイヤらしさがある。山に憑かれる、などということがそもそも僕は大仰な気がして嫌いである。リュクサックをしょって鋲だらけの靴をはいて「孤独な人」を気取っているつもりかもしれないが、孤独な人間は街中でもっと当りまえな恰好をして暮している。……それがどうして急に山へ登ろうなどと考え出したのか。僕という男は、いつもわからぬ動機があってそれにつられて動き出すと、あとから事件の方が追いかけてくる、そういう運命があるらしい。兼子との結びつきが前もって嫂とのあやまちで準備されていたように、彼女と別れて東京へ出てきたことが陽子と知り合う原因になったように、ハイデッケ氏の家を出て行くと後から綿貫の子分に追われることになったように、そしてこんどもまた漠然と考えついたことから抜き差しならないところへ追いこまれて行きそうだ。

山へ登る、云ってみればそれは僕自身に対する自己弁護だった。傷ついた自尊心をそんなことで回復しようという。そのためには山が、できるだけ峻嶮な、近づきがたい様相のものでなければならなかった。……だが僕はそれを想い描いてみたにすぎなかった。汽車に乗ったことは実は単にわずらわしい生活を一時だけでもはなれたいという気持が大部分だった。すくなくとも僕は現実の山登りに何かを賭けようとはしていなかった。そういう気持は、この宿へ着いて、部屋の中の椅子に腰を下ろしているうちにキザしはじめた。それが何時からであったかは知らない。薪がハゼながら煖炉の中で燃えはじめたときか、北の窓からM岳の山容をのぞいたときか、それとも若い管理人と話していたときか（そういえば、この管理人はあきらかにスポーツマン型であるが、僕は彼のそういう点にもかかわらず好意を感じている）……。ともかく僕が自分自身を自分の手の中に収めたと感じたときには、もうM岳の登攀をこころみなくてはならぬという気持が義務感の程度まで強くなっていたことはたしかだ。一箇所にとどまっていては、この自分の手に自分の運命をにぎっているという感覚も、やがては手の中でひとりでに崩れ消え去ってしまうことはあきらかだからである。

ストーヴの薪が残りすくなになってきた。僕はこの薪が燃えつきないうちに出発しよう。僕の気持がはやり立っているうちに決行してしまおう。それにこれは自分にもちょっと説明しにくいことだが、山へ向って出て行くところを誰にも、あの管理人にも見られたくない気持がある。ちょうど本当に正直な心で書きつけた日記を誰からものぞかれたくないように。

あれから、もうどのくらいたっただろう? 僕は部屋からまるで壊れやすい器物でも持ち出すように、こっそり脱け出すと、北へ向って真直ぐに足を踏み出した。

外へ出ると案外、明るかった。はじめのうちは何という鳥か、低音の、しかも金属的な鋭い鳴き声や、羽ばたく音が、見えない林の中から聞えていたが、それももうなくなって、物音はただ雪と砂礫を踏みしだく自分の足音ばかりだ。

途中、一箇所、渓谷のあったことは氷の破れる音でわかった。橋がかかっていたところを見れば、あのあたりまでは人の往き来があるところなのだろうか。橋をわたりおわったところから急に雪が深くなった。と同時に風が出て、目の前が雪のために真白くなりはじめた。

すると、そのときまでほとんど感じていなかった恐怖心が、突然のようにハッキリしたものになってあらわれてきた。

引きかえそうか? しかし、いまそれを実行するためには絶大な意志の力が必要だった。足はまったく機械的に前へ進んで行くのである。もしこの歩みを止めようものなら、それこそその場で倒れかねない。

それにしても、いつまでもこの白い暗闇の中を歩かなければならないとは何と憂鬱なことか。眼がなれてくるにしたがって「暗さ」は一層重おもしくのしかかり、執拗にまつわりつき、体のあらゆる部分から侵入して「希望」をまったく食いつくしそうになる。……寒気のために皮膚の感覚は、よほど前から失われてしまった。凍りついた空気は衣服をとおして刺すようにやってくる。さっきまでは頤から耳へかけて骨の割れるような痛みを覚えていたが、いまはそれさえ感じなくなった。鼻が凍るとそこから腐り落ちて行くという話をふと想い出して、掌で摩擦しようとしたが、どういうわけか腕がもう肩から上へはあがらない。手先がかろうじて鼻のそばまで近づきそうになると、その拍子に腕が関節をはずされたようにダラリと垂れてしまうのだ。そして、そのたびに僕の体は前へ倒れ、膝まずきそうになる……。暗い、いつまでも暗い。……ことによるともう夜は明けているのではないだろうか。まわりには眩しいほど光があふれ、白い雪の肌に照りはえているのに、視力のなくなった僕の眼にはそれが見えないのではないだろうか。そう思うと体の中からすべての力が抜け出してしまったような気がした。マバタキをしようと思ったが睫毛の一本一本が凍りついてうごかない。

そのときだった。突然、白い幕をはったようなあたりの空気が、深い水の底をのぞきこんだようにすこしずつ透明になりはじめた。と、向うから白い外套に身をつつんだ女の駆けてくるのが見えた。

「陽子！」

僕は、あらんかぎりの声で呼んだ。しかし、それは外套の裾をひるがえしながら真直ぐに駆けてくるのに、どういうわけか一向に近づいてこない……。もう少し、もう少し……。ほとんど目の前に見えているのに、僕と彼女との距離は一向にちぢまらない。

「陽子……」

僕は、もう一度、彼女の名を呼んで駆け出した。しかし、彼女の姿は目の前で白い壁の中に溶けこむように消えて行こうとした。その瞬間、僕は云わなければならなかったことを想い出した。

(君をダマしたのは僕だ。あの手紙は嘘っぱちだ。何も彼も嘘だ。どうしてなかなか、こんなことでおれが死んでたまるものか)

だが、その言葉を云いおわらないうちに、ほとんど感覚を失っていた足の方から雪が音もたてずに崩れはじめた。と、目の前の雪肌が裂けたと見る間にたちまち、小さな、結晶の固い雪が僕の体をうずめつくして行った。

遁《とん》走《そう》

I

一体いつから、おれはこういうことになってしまったのかと、安木加介は思った。

多分、それは汽車が満鮮国境の鴨緑江《おうりょっこう》をこえたころだったようでもあるが、又また朝鮮海峡をわたる前からだったような気もする。どっちにしても、こんなにしょっ中、食欲を感じ、絶えず食物のことばかり考えるようになったのは、東京から孫呉まで、列車の中に閉じこめられた十日ばかりの期間のうちに、胃袋か腸か、あるいはもっと別の何かわかりにくい内臓が、突然これまでとは変った働きをするようになったためにちがいない。……加介はいまも、麻布《あざぶ》の歩兵連隊に入営した最初の日、二週間前に入ったという補充兵たちが雨に濡れた軍服のままで、アルミニュームの食器から飯を食っているさまを見たときの驚きをおぼえている。雨のシズクが、補充兵たちのドブネズミの毛皮のような色の袖口《そでぐち》からも、眼鏡の玉からも、赤くなった鼻からも、食器の中の黄色い飯の上にボタボタたれていたが、みんなそろって飯の湯気に彼等自身を溶けこましたいとでもいう風に、満足げな表情をうかべながら大急ぎで、味噌《みそ》とネギとあとは何かわけのわからぬヌタのかかった飯を口の中にほうり込んでいるのだ。——いつかは、おれもあんなにウマそうに食べるようになるだろう。そう加介は思ったが、自分の半分以上食いのこした食器と見較べると、それはずいぶん遠い先のことのような気もした。……それがどうだろう、いまでは朝、目を覚したときから、消燈ラッパで目をつぶるまで、食い物のことしか考えない。炊事場から中隊にやってくる食罐《しょっかん》のうち、どの班にくばられるのが最も重そうであるか。また、班内の食卓ではどの食器に一番たくさん盛られてあるか。その二つのことが片時も忘れられなくなってしまった。しかも、それが十日とたたないうちに起った変化なのだ。

軍隊の飯になれさせるためには、最初の二日間ぐらいに定量の倍も三倍も口の中へ押しこむように無理矢理食わせる。それがすんだら、こんどは目立たぬように少しずつ量をへらして、定量以下にもってくる。それを一、二度くりかえすと、誰でも、一体どれだけ食えば満腹するのかわからなくなって年じゅう腹がへったようで、ひと口食っただけで吐きそうになるようなマズイ飯が、うまくてたまらなくなる。——ある幹部候補生あがりの軍曹《ぐんそう》の説によれば、そうだった。しかし加介の場合、食欲と空腹とはあながち同一のものとは思えない、食欲とは端的に食いたい欲望なのであって、それ以外のものではない。加介が憶《おぼ》えているかぎりで最初にそれを感じたのは、汽車がハルピンを過ぎて、人家も樹木も田畑もない、まるで牛の背中を顕微鏡でながめたような所を一日中ノロノロと走っていたときのことだ。中隊ごとに分れた客車で、その軍用列車は食事のときだけ停車して、駅の炊事場から飯や菜や茶などの給与をうけることになっている。駅といっても附近には街らしいものが見当るわけでもなく、プラットフォームの上には兵隊がむらがって、飯盒《はんごう》をガチャガチャ鳴らしながら、「急げ。……中盒なくすな」と下士官の声に追いまわされているだけのことだ。しかし、それでも列車の箱の中には何十時間も押し込められているのにくらべれば、いくらかでも自由な空間をあたえられたことになる。……配られた飯盒の飯は、手にしているとポカポカと温かく、その温度の中に外界の自由な空気がのこっているような感じだ。加介ははじめて、その石炭くさい飯を口にふくんで、うまいと思った。それには石炭の臭いのほかにも、まだいろいろの臭いや、味や、舌ざわりがあって、頰ばったり、嚙んだり、嚥《の》んだりするたびに、いままでに味わったことのない一種微妙な喜びのあることを知った。……と同時に、となりの席で、やはり大切そうに飯盒をかかえながらボンヤリと、鳥のような目をみはっている石川二等兵の顔を急に憎たらしいものに思いはじめた。

「お前、なぜ食わねえ?」加介は訊《き》いた。

石川は飯盒を股の間にはさむようにかかえたまま、青ざめた顔を窓の外へ向けて黙りこんでいる。……もとはある時計工場の修理工だった石川は、東京の屯営《とんえい》にいた一週間、小銃の銃床に塗ったウルシにかぶれて、ずっと寝たっきりに寝かされていた。首筋や肩が目立って細く、まぶたのあたりは赤くはれぼったくなっている。これまで加介は、このあまり頑健《がんけん》ではなさそうな兵隊に優越心とも好意ともつかないものを感じて、蜂の巣のように顔をふくらませて寝ている枕もとに食事をはこんでやったり、乗車するときも隣あって坐れるように並んで列をつくったりしたのだ。

「腹でも痛むのか?」加介は、かさねて訊いた。

すると脅えたような石川の目が、厚ぼったいまぶたの下からキラリと光って、

「腹? 腹なんか悪くねえだ」と早口にこたえて箸《はし》をいそがしそうにとると、豚の煮こみをかけた飯を、とがった顎《あご》の骨を動かしながら食いはじめた。

そのとき加介は衝動的に、石川の飯盒を引ったくって食いたいと思った。

おもえば入営の日の朝、赤飯や鯛《たい》の塩焼や、そんなものを大半食べのこしてきてしまったことが不思議なようであった。——門の前には続々と集まってくる町会長、防護団長、そのほか顔も見知らぬ有志たちや、タスキがけの婦人会員、家の中には泊りがけで激励と慰問にきている友達、知人、それにふだんめったには顔を見せない親戚。……そんな中で、おろおろしている母親に給仕してもらった赤飯を茶碗に半分も食べないうちに、前夜まで連日夜ふけまで遊んで荒れた舌や胃袋がボソボソした小豆《あずき》の交じった米粒をうけつけず、加介はそのまま箸を置い

た。――そうしたことが、いまはひどく遠い昔の夢の中の出来ごととしか考えられない。(何だっておれはあの玉子焼や、きんとんを、手もつけずに置いてきてしまったのだろう。せめてそれを折詰にして持ってくるぐらいのチエが、どうして湧かなかったのだ)

しかし、その時の加介にしてみれば、そんな「御馳走《ごちそう》」はただ甘ったるく、わずらわしいだけのものだった。すでに三か月以前に、加介の友人の大多数は学徒動員の召集を受けて入営しており、学校に残されているのは、少数の理科系の学生か、朝鮮人その他の外国籍の者、でなければ一人前の男としてはどこか致命的な欠陥のありそうなひ弱な連中が大部分だった。その結果、教室も街もガランとして、これまでめったに腰かけることのできなかった学校行きの電車が、ほとんどカラッポのままで走り出すのだ。酒場や喫茶店で、顔見知りの女たちから、加介はこれまでになく歓待された。しかし、そうなると大抵のことは単なる事務的手続のくりかえしにすぎず、あとには理由のはっきりしないウシロメタサがのこるばかりだ。街で一度、朝鮮語らしい奇妙な発音の言葉で話しかけられて以来、彼は外出する気にさえなれなくなった。

……たしかに加介は毎日を倦き倦きしながら送っていた。だがそれは戦争に対してであるのか、それともこういう「平和」な日常生活に対してなのであるのか? 入営の日が定められてからも、一日一日の消えて行くイラ立たしさが、終りに近づく夏休みの日を見送る心持なのか、それとも待っている日のこないためか、どっちともつかなかった。……しかし、それは突然あらゆるものが切断されることによって瞬間的に明瞭になった。——母や、幼なじみの従妹たちや、四、五人の友達につきそわれ、やっとお祭りか葬式のような騒ぎの家をぬけ出して、連隊のそばの停留所で市電を下りると、そこに大きな立て札が眼についた。

　入営者見送りの方は、この位置で止って下さい。営門のそばへ近よると危険です

連隊区司令官

　それは、まったく予想外のことだった。なるほど立て札の地点から営門までは、およそ三百メートルほどの距離にすぎず、見送り人に営門までこられることと、その立て札の地点で別れることでは、とりたてていうほどの差違はないはずだ。しかしそれは、いかにも唐突な感じだった。まったくのところ、そのわずかばかりの距離で、加介は一瞬のうちにこれまでの彼の前半生とは完全に切り離されたところへ立たされてしまったのだ。……一体これは、どうしたことだ？　やがて自分も軍隊にとられ兵隊となるために営門をくぐるだろうとは、ものごころついたころから予期したことではなかったか。ことにこの数年間、自分の出征の場面は片時も彼の脳裡《のうり》をはなれることのない夢だった。それは眼をつぶっただけでただちに再現できる、ほとんど現実と変るところのない完璧な幻影だった。剣着き鉄砲の衛兵、旗の波、物悲しげな歓声。……ただ彼は、ここにあるちょっとした一本の立て札だけを想い忘れていた。しかも、それだけのことが、何年来つちかった彼の「覚悟」を一時に突き崩してしまったのだ。そして、軍隊

の現実の中にやはり突然、立たされてしまっていた。

眼の前にいる肉親や友達は、いまや別世界に住む幻の中の人物だった。加介にとって生きて動いているのは、営門の前にむらがり集まって、ときどき二、三十人の一団になりながら門を通過して行く入営者たちだけだった。

「まア、まだ時間があるのだから、そのタバコを吸ってしまってから行けよ……」

友達の一人のそんな言葉を、醒《さ》めかけた夢の呼び声のように聞き流して、加介は営門の列に向かって駈《か》け出した。……だが、列の後について営門をまさにくぐろうとしているときだった。「おい、待て」と、うしろから声がかかって、太い指が加介の頭にふれた。振り向くと、それは衛兵の上等兵がアミダにかぶった加介の学生帽に手をのばして、真直ぐにかぶりなおさせようとしているのだった。……その一瞬を最後に、加介の身体からあらゆるシャバの臭いが消え去った。

そして、その八日後に、この北満のソ連との国境から十里ほどへだてた孫呉へ、加介たち千名ほどの初年兵は送られてきた。

——ハルピン第〇〇軍事郵便所気付

部隊の宛名がそうなっているので、加介たちが手紙を受けとると、それにはきっと、教会の塔や、白系露人や、ハダカ踊りや、花売り娘などについてのことが書きそえられてある。また部隊の古兵のつくった「孫呉ブルース」という歌にも、

昼はスンガリー、舟をこぎ
夜は散歩の異人街

と、ある。……ところが、そんなものはどんなに想像力をたくましくしたってこのあたりに見当りっこない。「ハルピン第〇〇軍事郵便所」は単なる符号にすぎず、ここはハルピンから北へ汽車で約七十時間の距離である。内地から送られてくると初年兵たちは、自分たちの降りた場所が孫呉の駅ではなく、村からも駅からも遠くはずれた秘密の地点にちがいないと思いこむ。汽車の発車する時刻が大抵、深夜だからでもある。まわりには人家らしいものが一軒も見当らないからである。しかし、行けども行けども、夜空の星と、なだらかな起伏をつくっている地平線のほかには何も見えはしない。実際は彼等の下車した所こそ街の中心であり、彼等はメイン・ストリートをたどりながら街はずれの方に歩かせられているのだ。……凍った道を歩きながら加介たちは、汽車の中で輸送係の下士官のいったことを想い出す。

「中隊じゃ、お前たちの先輩がペーチカを一生懸命焚《た》いて待っているぞ……」

「ペーチカ」という言葉の中には、それが軍隊のものだとは十分に承知していても、なお漠然と、童謡にうたわれたり、サンタクロースがそこから出たり入ったりするオトギ話の道具立て

を感じさせるものがある。だが現実のそれは、部屋の奥の壁の中央に立って、古兵たちの手垢《てあか》や新兵たちの顔の油汗や涙のシズクやで鈍い銀色に光りながら、重おもしく、どっしりとかまえている一本の太い柱である。そのまわりに集まって温まることのできるのは古兵であり、新兵は石炭をはこび、燃えがらを取り出し、薪《まき》やマッチを何本もムダにしながら途中で他の用事に呼ばれてかえってくると、焚き口は真黒になっていてまた最初からやりなおさなくてはならず、運が悪ければその際、「セミ」をやらされる。――それはペーチカを女に見立て、腕いっぱいに抱擁し、「ペーチカさん、ペーチカさん、わたしの愛し方がたりなくて、こんなにあなたを冷たく、カゼをお引かせ申しました、こんごは二度とこんなことはいたしません」という文句を繰り返しのべさせられる芸当だが、それを発明したのは、やはり実際にそういう訴えを何度も心の中に呟《つぶや》いたことのある人間にちがいない。――加介たちが割り当てられた内務班にはじめて入ろうとしたとき、ペーチカを背にして、外科医のはめるような大きなマスクをかけた背の低い下士官が立っていた。そして先頭に立った加介に、いきなり、「何で敬礼せんのか」と、どなり上げた。すかさず後から二年兵が、「敬礼!」と号令をかけたので、その場はそれでおさまったが、以来、初年兵にとってはペーチカと敬礼とは切りはなしがたい印象をうえつけられてしまった。実際にペーチカのあるところ、かならず上級者ありといってもよかったが、夏になってからでも彼等はひと気のないペーチカに向かって、お辞儀せずにはとおれないような気がしていた。

マスクの下士官は、加介たちの班長の浜田伍長だった。志願兵上りで任官したての彼は中隊じゅうで（新兵をふくめて）誰よりも年若だったから、他の班へまわすよりは初年兵の教育係の方が適していると隊長からも思われていた。

「おれはオニだ、オニ伍長だぞ。……おれがオニ伍長だということは、連隊中でも、師団でも、ピイ屋でも、知らないものはいないんだ」

到着の翌日、一人ずつ自己紹介をさせたあとで、班長は皆の顔を睨《にら》みまわしながら、そういった。……いわれなくとも加介たちはすでに、まさしくこれは鬼にちがいあるまいと思っていた。

いかった肩、とがった頬骨、土色の皮膚、その容貌《ようぼう》を一見しただけで、その塩からいカスレた声をきいただけで、それがやっと満十九歳何か月かの若僧だと、わざわざ考える者がどこにいるだろうか。仮に上級者だという観念をのぞいたとしても、生活のあらゆる細部のまるで異なった環境の中では、よそでくらした年月の経験は何の役にも立ちはしない。寝床一つつくるにしても浜田伍長のそれは神業のように速く、その点だけからみても初年兵は赤ん坊のように無能なものであるにすぎない。その上、体力の頑健さ強靭《きようじん》さは中隊じゅうでも抜群であり、演習や行軍のさいは小柄な体軀《たいく》にエネルギーを充満させて、他の兵隊の分まで二台の軽機関銃を両肩にかつぎ、先頭から後尾まで駈け足で往復しながら、落伍しそうな者の尻を蹴り上げて行くのである。……だが、ただこのオニ伍長の「ピイ屋」でその名を知られているということだけは全然の誇張だった。彼はピイ屋どころか、公用の他には入隊以来、一度も外出したことさえなかった。偕行社《かいこうしゃ》と将校官舎の他は同じような兵舎の四角い建物が数えきれないほどたくさん並んでいるだけのこの街で、何か外出の愉《たの》しみでもあるところといえば、正式の部隊名をもった慰安所が一軒、陸軍病院のとなりにあるきりだが、そこへは誰でも行けるというのではなかった。別段、止められてはいないにしても、一人でそちらへ足を向けようとするには、ふだんとはまた違った勇気を要する。ことにまだ童貞である場合はなおさらだった。で、この班長の慰安はもっぱら、刃もついていない銃剣を顔がうつるほどピカピカに磨き上げて、さも銘刀でもあるかのようにジッと青眼にかまえてみたり、肩章の星を新しいのや古いのやいろいろと蒐集《しゅうしゅう》したりすることに向けられていた。……

「おれはオニだ。しかし、おれはお前たちを理由なしには殴らん。お前たちに服従心がないと思ったときに殴る。そのときは死ぬほど殴る……」

このとき班長はつづけてそういった。……しかし、服従すれば殴られないですむといっても、一体どうすれば服従したことになるのだろう？　加介は入営して、はじめて兵営の便所に行ったときから、このことでは戸惑っている。入るとすぐ、軍服上下、外套《がいとう》から下着の上下に靴下まで、すっかり新しいのをあたえられて着換えたが、どういうものか上靴だけは渡されていなかった。廊下はそれでもよかったが、便所の床はコンクリートのタタキで、それも濡れて黒くシミになっている。「一歩前へ！」と壁には書いてあるが、そのとおりにすれば足は確実に汚れる。……足のうらからゾクゾクとしみこんでくる小便の冷たさを我慢することは、たぶん服従精神にかなうだろう。しかし、そうすれば後で官給品の靴下を汚したというので罰せられるにきまっている。では靴下を脱いで行うべきだろうか。しかし素足であることは衛生的でないという理由で許されないだろう。

結局のところ、軍隊での服従とは、単に我慢することではなくて、見つけられないようにすることだし、また他人が罰せられるのを観察して、どの点まで服従するべきものかを推察することだろう。……で、加介たちはお互い同士で用心しあいながら、一番先に殴られる者が出てくるのを待っていた。

最初の犠牲者が出るまでに五日間あった。——これは非常に長いことを待たされることになる、普通は二十四時間のうちに誰かが殴られないことはない——それは大山という、これといった特色のない男だが、彼は朝の点呼に寝床をたたみなおさずに出ていったということだった。

起床ラッパが鳴ると同時に、寝床をなおし、軍服を着、顔と歯を洗い、ウガイ瓶《びん》をもって飛び出し、早い者の順に整列する。半分より後に並んだ者はあとで駆足させられる。その競争で大山は順序を一つ省略したのだから、罰せられて当然である。二番目は、自動車屋の息子で不良少年上りの尾登だ。食事当番についていた彼は、皆の飯を盛りおわるとタバコをくわえて火を点《つ》けながら、「大体みんな平均に行きわたったようだな」と、食卓のまわりを眺めたものだ。彼にすれば自分の家の運転手たちに食事を分配しているような気持に、ついなったのかもしれない。だが、タバコを吹かすことだけは遠慮すべきであった。……しかし次の犠牲者、剣持の場合は事情がちがった。彼は前歯が二本出ていることと、頬の筋肉が肥ってタルミが出来ているために罰せられた。

舎前に整列して、気を付けの演習があったときだ。「おい剣持、口を閉めろ！」といわれて、鼻の下の肉をのばしたのだが、かえってそのため剣持の面相はブタのようなカラス天狗《てんぐ》のような奇妙なものになってしまった。一瞬、空気が凍りついたようになった。いっせいに吹き出しそうになったのを皆、懸命にこらえたからだ。すると剣持は顔を耳から真赤にして俯向《うつむ》けてしまった。そのときだった。

「なぜ笑うか」と浜田伍長の叱咤《じった》とともに、火のような拳《こぶし》が眼にもとまらぬ速さで飛んだ。その一撃で剣持のまるい身体は空気のぬけて行く風船人形のように倒れた。……見ていて加介は胸のおくから真黒な塊りのようなものが突き上げてくるような気がした、軍靴《ぐんか》をはいた班長の足が剣持の体に当って、鈍い、氷枕を叩くような音が聞えたからである。……だが、剣持は立ち上ると、一層みんなを驚かせた。のろのろと肉の厚い胸をそらせながら気を付けの姿勢にかえると、鼻血で赤くなった口のまわりに、うす笑いを浮べているのだ。

浜田伍長は完全に気が狂ったように見えた。もし、窓から首を出した中隊長からその名を呼ばれなかったら、彼は本気で剣持を殺そうとしたかもしれない。

「反抗する気か」そう叫ぶと、彼は帯剣に手をかけていたのだ。

……その晩、日夕点呼のあとで、内務班の初年兵全員は、教育係助手の河西上等兵から整列して殴られた。それはまったく儀式めいたものだった。班内の初年兵が一人、班長を怒らせたことについて全員がその責任をとわれるということもだが、班長があのように激怒しているのを助手が黙って見すごしてはならないということは何の理由もない。ただ習慣上、上等兵は班長の怒りにつれて自分も怒らなくてはならず、初年兵はそれを受けとめなくてはならないのであった。食卓も椅子もとりのけられた部屋の中央に河西上等兵が立ち、全員が馬蹄形《ばていけい》にとりかこんで、一人一人が進み出ては、両頬にスリッパの力いっぱいの殴打をうけてかえってくる。

……はじめのうち、それは免疫のための予防注射でもされるような事務的な雰囲気だった。しかし一人殴られるたびに部屋の中は昂奮《こうふん》した空気につつまれはじめた。そしてそれが絶頂に達すると、とうとう班内で一番背が高く、大食漢の青木という男は、眼鏡をはずすと、上等兵の前に立って、不動の姿で、「ありがたくあります」と礼をのべた。そのため次からは皆が、それを真似《まね》しなくてはならなくなった。殴られる順番を待ちながら、ようやく加介はいいようのない嫌悪をおぼえはじめた。……その礼を、いおうかいうまいか、加介はしばらく迷った。そして、ついにいうまいと決心しながら上等兵の前に進み出た。が、どうしたことだろう。上等兵のカニの甲羅のようにこわばった顔や、革のスリッパをにぎりしめた手首にボタンでとめる襦袢《じゅばん》の袖口ののぞくのを見た瞬間、加介は不意にこれまでの気持とは何の関連もなしに憐憫《れんびん》の情の起るのを感じた。同時に、口をついて、

「ありがたくあります」と叫んでいたのだ。どうしてシャツの手首のボタンが自分に憐憫を起させたのか。いや、はたしてそれは憐憫であったかどうか、彼にはわからなかった。しかし頬に鋲《びょう》を打った分厚い革の一撃が加わると同時に、そうした感情は一切消えた。それが痛さのためであるのか、それともほんの少しでも共感をおぼえて差し出した手がふりはらわれたのであるのか、ともかく彼はいまさらのように屈辱感をかんじた。……しかし殴られおわって列にもどると加介はまた別のことを考えた。一体だまって殴らせて置くことと、礼をいって殴られることには、この際どれほどの差があるというのだ。礼をいったからといって、積極的に自分の頬を差し出したことにもならないかわり、どうせ虚礼にすぎないことを機械的に口に出したこ

とで卑屈になる理由もないじゃないか。

　ともあれ、そのことがあって以来、加介は殴られることに対する恐怖心や屈辱感をなくした。と同時に、毎日の生活がひどく退屈なものになってきた。退屈？　たしかに正当な理由もなく、またそれに対する屈辱感なしに、ただ殴られているということは退屈なことにちがいなかった。最初の一撃で焼けつく火花のようなものが体内をとおりすぎると、あとにはある重苦しい放心状態がやってくる。それは何かを待って待って待ちくたびれて、何を待っているのか忘れてしまったとでもいうような、そのあまりのイラ立たしさに却《かえ》ってウットリとさせられるような焦燥感である。……あの剣持の殴られた直後の笑い顔も、またこのイラ立たしい退屈さから、ひとりでに出てきたものにちがいなかった。あの笑いが別段、反抗の意志から出たものでないことはたしかだ。眼や頰や頭の筋肉が、ただこの退屈を耐えるためにボンヤリとゆるんで、あんな風に垂れ下ってしまっただけのことなのだ。

　そして、一旦殴られてからの加介もまた、このような笑い顔をしょっ中うかべることになった。

それはまるで太鼓の皮が破れたようなもので、叩けば叩くほど音が悪くなり、それでますます大きく破られて行くような具合になるのであった。……殴られるための正当な理由、そんなものはどこにもあるはずはない。けれども殴られた直後には、どうしたってその理由を考えずにはいられない。考えるという習慣がすこしでも残っている間は犬だって考える。ところが軍隊では「考える」などということで余計な精力を浪費させないためにも、殴って殴りぬく。

剣持が殴られた翌日、加介は中隊の石畳の中廊下で凍ったタマネギの皮剝《かわは》ぎの使役をやらされて帰ってくると、班内ではマスクの配給が行われていた。加介は自分のぶんをとりに河西上等兵に申し出ると、上等兵はいきなり、

「さっきおれがマスクのいる者は手をあげろといったとき、なぜ手をあげねえんだ」と頰をはった。

それは加介が吹きさらしの石廊下で凍りついたタマネギを剝《む》いている間のことにちがいないのだ。が、先刻、加介にその使役に出るようにいいつけたのもこの上等兵である。弁解しても仕方のないことだから、そのまま引きさがった。……すると、それがキッカケになったのか、ほとんど毎日、加介は中隊の誰彼から殴られてばかりいるようになった。

それはまったく、意地悪な兵の一人が、

「安木、お前はよっぽど殴られるのが好きと見えるな」といったように、好きこのんで殴られ

るような状態を自分の方から招きよせているみたいであった。

たまたま、破れたズボンの補《つ》ぎ布が中隊に配給されたときのことだ。加介が補修布箱と書かれた箱の中をのぞきこむと、そこには三十センチ平方大の不等辺五角形の毛布の切れはしが入っているばかりだった。それ以外のものは布というよりヒモのように細いものか、でなければすり切れて網のように弱ったものばかりだったから、加介は日夕点呼間際のあわただしさの中で、その毛布の端切れをズボンの尻に縫いつけたのだ。すると点呼のとき一列横隊にならべた兵隊を横からながめていた班長が、

「安木、尻を引け、尻を」

しきりにそういっていたかと思うと、近よってきて、けげんな顔つきで加介のズボンを見た。そして毛足の長い毛布の切れ端が星型にぺたりとその尻に貼りつけてあるのを認めると、腹立たしげに加介の尻を蹴り上げて行ってしまった。その週の週番司令の要望事項は、「服装、態度の厳正」であったし、そのためにこそわざわざ被服庫から補修布をとりよせて修理にあたらせたのに、加介のズボンはまるでワザとそうしたとしか思えないほど奇妙なかたちにふくらみ上っているというのだった。点呼後、浜田班長と河西上等兵とは、かわるがわる加介の頬を殴打した。

「てめえはヤル気がねえんだろう。こんなものをわざわざ尻っぺたにくっつけやがって、おれ

に恥をかかせる気か……」

そういわれれば、たしかに加介は自分でも「ヤル気」がないのだと思う。しかし仮にそのヤル気があったところで、イビツな五角形の毛布をどのように処理すれば、厳粛端正な帝国軍人にふさわしい服装に密着させることができるだろうか。それはむしろ加介が苦心して工夫し、縫いなおせば縫いなおすほど、ますます不体裁にふくらんでしまうばかりなのだ。そして所詮《しよせん》は、半ば運命的に毛布の方から加介の尻に、意固地な女のふかなさけのようにブラ下ってきたものと解釈するより仕方がなかった。

尻の毛布は万事に悪影響をおよぼした。そのもっとも端的な例として銃剣術の刺突があげられる。

刺突の訓練とは、「ひとつ!」と号令をかけられるたびに、脚を半歩ひらいた姿勢で、

「やア」

と叫びながら、跳び上って木銃を斜め前に突き出す、きわめて単純な運動である。

「いいか、刺突の要領は、跳んだ体が地上にふたたび達すると同時に、木銃を突き出した右の腕をピンとのばし、右腕をシッカリ胴にかいこむ。跳んだ足が地面につくのは左足も右足も同時だぞ。右足、左足、腕をかいこむ、この三つが同時に行われて、はじめて、ポン! という

気持の好い音が出る。三つがバラバラだと音は、ばたん、となる……」

浜田班長はそう教えた。

加介が自分の耳できくかぎり、彼の靴はいつも、ポンと鳴った。しかるに浜田班長は、「ひとつ！ ひとつ！」と号令をかけながら、だんだん加介の方に近よってくるにしたがって、不思議そうに耳をかたむけ、

「おい安木、お前の跳び方は、それは何だ。……ばたん、という音がするのはまだしもだが、お前はバクン、バクンじゃないか。おれが初年兵の教育をはじめて以来、そんな妙な音をたてて跳ぶのはお前が最初だぞ」というのだ。

加介は列外に出されると、一人だけ何度もやりなおしをさせられたが、何度こころみても班長の気に入るようなスッキリとした音は出ないのである。ついに加介は浴場の往きかえりにただ歩くことは許されず、木銃の代用に手拭いを両手にかまえ、刺突の要領で跳びはねながら行かされることになった。……ひろい連隊の中にも、そんな姿勢で風呂へ行く兵隊は彼一人だったから、巡察の士官や他の中隊の兵隊たちの眼には、それはいかにも奇妙なものにうつった。週番肩章のタスキをかけた将校は、跳びはねながら敬礼する加介に疑わしげな眼を向けて、

「おい、何を踊り狂うておるのか」と訊問《じんもん》したのである。

そのような猛訓練にもかかわらず、加介の剣術は一向に上達をしめさなかった。第一、タオ

ルは銃剣や木銃にくらべて、あまりに柔らかく軽すぎて力の入れどころがどこにもなく、彼の全精力はもっぱら両脚の足のウラに集中される結果、ますますボトリ、バタンと、自分ながら醜怪に重苦しく感じられる音をひびかせるばかりだった。……しかし、実のところ、この重苦しい足音の原因は、加介の不器用さや、タオルや、どた靴などにあるのではなかった。その本当の原因は、彼のズボンにあたっているイビツな五角形の毛布であった。加介が最初の一と突きで、

「えい!」と、掛け声もろとも、半歩ひらいた脚を跳躍させながら敵のふところに飛び込んで行こうとした拍子に、その腰のあたりがフワリとして帆のように風をはらみ、両足が地上についてもなお尻の部分だけは、空中から吊り上げられたみたいな恰好にふくらみ、加介の姿は誰の眼にもひどく安定を欠いた異様な姿勢に見えたのである。したがって加介の耳には「ぽん」と聞える足音も、はたからはいかにも半端な「バクン、バクン」という音にしかひびかないのであった。そして風呂場の往復にさえ課せられる猛訓練は、いたずらに疲労を加えるだけだったのである。

(みんなこいつのせいだ!)

加介は何度、この毛布を呪《のろ》わしく思ったかしれない。……刺突からはじまって一事が万事、不動の姿勢、射撃姿勢、はては班内のゾウキン掛けの姿勢まで、あらゆることにこの手布の補

修布は加介の邪魔立てをするのだった。……イラ立たしさのあまり、彼は便所でその布を引き剝いてもどってきたことさえあった。引き千切って糞溜《くそだ》めの中に棄《す》ててしまおうと決心したのである。しかし、いざ引っぱってみると、それは到底加介の指先の力ではおよばぬほど堅固に分厚く織られており、ますます毛バ立ってくるばかりなのであった。仕方なく彼は、またもとどおりに縫いつけたが、無理に引っぱられたせいでタルんだ布は、いよいよ不様なすがたで彼にまつわりついた。

そのときから、しかし加介はもはやその布を意に介さなくなりはじめた。はじめのころこそ、その布のおかげで「ヤル気」がないように見えるのだと思っていたが、すでに彼は以前から「ヤル気」をまるで持っていなかったことを、こころの底から自認せざるを得なくなったせいである。……「ヤル気」とは何か？　それは愛国的情熱にもとづくファイティング・スピリットのようにいわれている。けれども、それはごく表面上の意味にすぎない。実際は、ただの利己的な競争のことである。兵隊たちは、あらゆる点で他人よりも早く、利巧に、自分の有利な立場をきずいておこうとする。それが「ヤル気」である。

起床、点呼、間稽古《まげいこ》、飯上げ、朝食、演習整列、と朝起きてからせいぜい二時間ばかりのうちにも、これだけの日課がつまっている。しかもこれは単なる日課だ。兵営生活の骨組であるにすぎない。細い骨のまわりには筋肉やら脂肪やら血液などがタップリついている。たとえば朝食がおわって演習整列までに十五分ないし二十分の余裕があるとすれば、その間に食器を洗って片づけ、班内と班長室と事務室とを掃除し、背囊《はいのう》には天幕や中旗や円匙《まるさじ》などといっしょに、グニャグニャした毛織地の外套を箱のように四角をピンと折ってキチンと巻きつけなくてはならない。――しかもそれは一日の演習がおわれば、また別の折り方で四角く畳んで中箱の中に片づけられ、そして翌朝はまた巻かれるという風に、厄介きわまる操作が永遠のようにくりかえされるのだ――。それからやっと前日手入れした帯剣や銃を持ち、両肩には背囊、水筒、雑囊、防毒面、等をぶらさげ、「誰某、演習に行ってまいります」と大声で叫んで内務班を逃げるように舎前にとび出す。けれども、それで直ちに整列するというわけには行かない。まだ巻《まき》脚絆《ぎゃはん》の問題が残っている。一体、とるにもつけるにも、これほど面倒なものを、ほとんど世界中の軍隊が採用しているのはどういうわけだろうか。どんなに熟練したものでも、それを両方の脚にシッカリと巻きつけるためには最小限一分間は要するだろう。仮に整列までに三分間の余裕があるものとして、その三分の一、ないしは半分まではどうしても脚絆のためについやさなくてはならないわけだが、それも順調に行ってのことだ。脚絆を巻くためには体を前にかがませなくてはならないが、すると胸の前にぶらさげた防毒面や何や彼やが、ぶらんぶらん垂れさがって、手がいうことをきかない。防毒面は決して体からはなしてはならない規則になっているから、邪魔になるからといって、はずしてそのへんに置くわけには行かない。そうして苦心惨憺、やっと膝頭《ひざがしら》のちかくまで巻きおわろうとするとき、突然、

「敬礼！」

と、声がかかるのだ。みると、はるか彼方に豆粒ほどの大きさに長靴をはいた将校の姿がこっちへやってこようとしている。それでやむをえず直立不動にかえって、「捧げ銃《つつ》」をしなくてはならない。勿論、巻きかけた脚絆はダラリと足もとにほどけてしまっている。ひろい上げた脚絆を、もう一度巻きかえしながら加介は、シナや、ドイツや、フランスやブラジルやの国々で、兵隊たちが自分と同じく海老《えび》のように上体を曲げて、この厄介きわまる布切れと闘っているところを想像した。……兵隊に課せられた任務というのはどこの国でも、大部分がこの脚絆巻きのようなものではないだろうか。こうした無益な、何度でも際限なしにくりかえされる作業が兵営生活のあらゆる細部に一から十までつきまとっており、それがすべて「訓練」という名目で正常化されている。ちょっと便所へ行くだけに帽子をかぶらなければならないことから、空砲を一発うっただけで一時間もかけて銃の分解手入れをしなくてはならないことまで、兵営の中には、やっても、やりとげることのない仕事が溢れるように充満していたり、その一番下のところで、絶えず水の中につかりっぱなしでいるのが初年兵だ。……こうした洪水の中

から這い上るためには、どうしたって誰かの肩や頭を踏み台にして上る以外に方法はない。躊《ちゅう》躇《ちょ》なくそれが出来る連中——この班ではたとえばノッポの青木とか、経理将校志願の内村とか——だけが「ヤル気」のある兵隊だということになる。

ペーチカの火を落して焚き口に使用禁止の札が貼られると、天候は梅雨型《つゆがた》にかわり、連日雨がふった。すると兵舎の内部は外と同様、泥水だらけになった。ぬかるみの中を歩いてきた軍靴で汚れた班内は、水をまいて洗い流すより仕方がなく、その上をまた泥靴で踏むので、床は絶えず濡れた赤土でコネ返したようになっているのだ。洗濯物の湿気と、銃器や革具の臭い、それに体臭が入り交じって、どの班も重苦しい空気で蒸せかえるようだった。

雨がふりつづくので、戸外での演習はすくなくなった。

浜田班長は、そのためイライラするらしく、廊下で木銃をついたり、例の銘刀の手入れをしたりして気をまぎらわせていたが、ある日、夕食の席でふと奇怪なことをいい出した。

「お前たち、いつどこで童貞を破ったか、その状況を話してみろ」

誰も黙ったままだった。いわれたとおりにすれば、その場はよくても、後できっと何かしら悪いことになるのを、皆、心得てきたからだ。すると班長は深く追求もせず、むしろ満足そうに笑って、

「そうか。お前たちはみんな童貞か。感心だ。おれなんかはずいぶん遊んだものだが。……お前たち、おれの眼がゴマ化せると思ったら間違いだぞ。お前たちがセンズリをかいたりすれば、おれは顔色を見ただけで見破ってしまうぞ。そんなやつがおったら、おれがうんと絞ってやる。……顔色がわからなくても便所へ行けば、すぐわかるぞ。怪しいやつが入ったあとを懐中電気で照らしてみれば、一目瞭然におれはわかる……」

そのとき班長が何のつもりで、そういうことをいうのか誰にもわからなかった。班長の土色の皮膚の底からは赤味ざしたものがにじみ出ていたが、その語ったところは非常に遠い世界のことのようで、誰もその顔色の変化を気にとめるものはなかった。……しかし、すでに班長は、この隠微な遊びをずっと以前から実行にうつしていた。夜間、目星をつけた兵隊が便所からかえってくるのを見すますと、彼は懐中電燈を手に、飛鳥のごとく寝台をとび下り、生温かい臭いのする扉の方へ駈けつける。……懐中電燈の光の輪の中にうかび上るのは単なる汚物にすぎない。しかし見つめると、それは何と陰影にとんだ形をしていることだろう。彼は俯向いたまま、しばらくは胸の鼓動を抑えることができないのである。……しかし、いまや班長は誰彼の区別なしに汚物そのものについて関心をしめしはじめていた。あるものは流れ出しそうであり、あるものは太い。そして、まったく形をなさないような糞をみると、彼は腹立たしくなって呟くのだ。——ちぇッ、なっちゃいねえ。

勿論、未教育兵の衛生ならびに健康状態について常に注意と関心をはらうことは班長としての彼の義務である。……しかし彼は不健康な排泄物《はいせつぶつ》をながめると、それ自体を端的に憎んだ。その結果、彼のふだんから憎んでいる兵隊と、そのようなダラシのない排泄物とは、ぴったりそのイメージが合致してしまうのであった。

「安木!」と、ある日、班長は加介の名を呼んだ。「お前は昨夜から下痢しているな」

「はい」

加介は反射的に答えたが、それがどんなに恐ろしい宣告であるのか知らなかった。おまけに彼の消化器官は健全で普通の状態だったからほとんど気にもとめずに、つねに否定よりは簡単にすむ肯定の返辞をしたのだ。すると班長は、これまで加介に見せたことのない優しい笑いを口もとにうかべながらいった。

「そうか、じゃお前きょう一日絶食せえ、すぐになおる」

はじめのうち加介は、その不当な罰則にそれほどの苦痛もおぼえなかった。それが浜田伍長の意地悪さから出ていても、その日の演習に手ごころを加えてもらったことはありがたかったからである。けれども夕食後、配給になった羊羹《ようかん》を没収されてしまったことから、彼は急に空腹を感じだした。そして翌朝、アルミニュームの食器に湯気を立てている味噌汁の並んだ食卓で、皆のうごいている唇の中に、箸のさきにかかっている飯の一粒一粒が吸いこまれるのを見ていると、まるで自分の心臓を針で突つかれているような思いだった。ことに班長の特別に刻んだネギをかけた汁は、見ただけでも身体がふるえるほどウマそうだった。……しかも待ちに待った昼食のときになると、加介の食器にはほんの一としゃくいほどの飯しか入っていないのだ。急に食べると、せっかく治りかけた胃に悪いからというのであった。

夕食の時間になると、こんどは皆の眼が彼を脅かした。これまでとちがって皆が自分の食餌を狙《ねら》っているように思われた。——彼一人分の飯が班内の二十人分ちかくの食器に分配されたところで、いくらもちがいはしないのだが、明らかに彼等はそれを期待しているのだ。いまになって彼は、汽車の中で「腹なんか悪くねえだ」と大急ぎで箸をうごかしだした石川の気持を了解した。……なかでも加介は青木の眼をもっとも警戒した。青木は下士官候補者の志願者で、将来は憲兵になってシナかモウコへ行って活躍するつもりだ、といっている。背が高く、ビンタをとられるとき「ありがたくあります」と礼をいいはじめたのは彼だが、掃除や使役に出されたときもイニシャティヴをとって、ほかの初年兵を指揮する。入営直後、はじめての飯を一粒のこさず平らげたのも彼だけだが、いまでは食事も古兵のするように箸でなく一人だけフォークですくって食う。そして少しでも飯をのこす者があれば、手をのばして自分の食器へすぐにうつしてしまう。そんなときの青木の顔は深海の底に岩のようにヒッソリとかまえながら、

獲物《えもの》を見ればたちまち脚をからませ襲いかかる大蛸《おおだこ》のようである。で、彼のまわりに坐ってい
る連中は、あの防衛本能のようなものから、いまではどんなチビでも彼に劣らぬ大飯食いにな
っているのだ。……その青木が、いま食卓をはさんで斜右の方向から、額に皺《しわ》をよせて眼鏡の
奥の細い眼でジッと加介の方を見つめている。

ところで皮肉なことに、そのころから加介は実際に下痢しはじめた。空腹をゴマ化すために
無闇《むやみ》に茶や水ばかりのんだためだった。

いったん下痢しはじめると、それはなかなか直りにくかった。できるだけよく咀嚼《そしやく》してみよ
うとしたが、食事の時間は短かかったし、それにノロノロと噛んでばかりいては怪しまれて、
また絶食の宣告を受けるおそれがある。……便所へ行くときは極度に細心でなければならなか
った。班を一歩でも外にするときには実行報告といって、「何某は何処へ行ってまいります」
と大声に名のりを上げねばならず、その声が小さいと何度でもやりなおさせられるから、便所
へ通う度数などは容易に中隊じゅうに知れわたってしまう。だからなるべく混み合う点呼後と
か、入浴の前後などに、出来るだけ大声の早口で、あいまいにワメクように名前をいって出て
くる。それだけに、やっとたどりついた便所の扉を、中からぴたりと閉めるときの安堵もまた
格別である。三尺四方のかぎられた空間だが、ともかくもそれだけの空間を自分一人で使用で

きる場所は他にはない。脱糞をおわってからも、しばらく加介はしゃがみこんだまま立ち上る気をなくしてしまう。……うすい白木の板戸と相対した壁には換気用の小窓がとりつけられてあるが、そこには蠅《はえ》の発生を防ぐためといって片面を墨で真黒く塗りつぶした新聞紙が一面に貼りつけてある。しかし、ふと見上げると、新聞紙の折目についた傷から日光があたりの空気を灰色に浮び上らせながら一本の棒のように射しこんでいるのだ。一本の空気がそこだけ外界の空気のようにみえる。それはまるで映画館のスクリーンに投射される光線のように、自分一個の愉しみのために所有できる唯一のものだという気がするのだ。加介は頰杖をついた肘《ひじ》を両《りよう》腿《もも》に落すと、眼をつぶって想う。もしここに十分の食料を運びこみ、睡りたいときには睡り、食べたいときには食べ、こうやって二六時中この中でくらすことが出来たら、どんなに幸福だろう、と。……といって、いつまでもそんな風に安心しきるわけに行かないのはいうまでもない。それはあくまで軍隊の、兵営の一部なのだ。いつ巡察の将校がやってきて戸を叩くかもわからない。また、いつ乱暴な兵隊が上部の明け放しになっている隣の便所との境い目から侵入し、軍帽なり何なりを掻っさらって行かないともかぎらない。ことに板戸一枚の仕切りは、すべての音が外へつつぬけである。

下痢患者のためには患者用の便所があるが、加介はそれに入るわけには行かない。普通の方へ入って出来るだけ、そっと落してくる。それはたとえば何枚も積み重ねた皿を持って階段を上ったり、高価なガラスの器を磨いたりするものと同じ作業である。ちょっと音が洩れただけで全部がだめになる。……しかし、ある日、加介はしゃがもうとしながら、ついひどい音を立ててしまった。

そのときだった。となりの仕切りからも同じような音がつづいて起った。その音が加介を絶望からすくった。……加介が外へ出ようとすると、ほとんど同時にとなりの戸も開いて、思わず顔を見合わせると意外にも、それは青木なのだ。

「よう」

声をかけると、青木は一瞬、顔をこわばらせて眼鏡の奥からボウと見ひらいた眼を、おどおどした様子で向けてきた。が、相手が加介だとわかると、彼も、

「よう」と手を上げて笑った。

彼等はつれ立って、洗濯場で手を洗いながら、もう一度顔を見合わせると笑った。それは加介の入営以来、はじめての笑いかもしれなかった。

青木はいった。

「おれ、とうとうやっちゃったんだ。ゆうべ残飯桶《ざんぱんおけ》の飯を食った」

「残飯?」

「そうだ。となりの古兵班のやつだ、不寝番が交代しているすきに、樽《たる》のそばまで匍匐《ほふく》して、

飯盒に一ぱいに取ってきてやった。……初年兵のときは誰でも一度はやるものだそうだが、おれもついにやってしまったんだなア」

青木は嘆息して、自らさげすむような言葉つきだった。けれども加介は、その態度を自分とくらべて明朗なものだと思った。

――青木にとっては軍隊は自分のヒロイズムを見出す場所なのだ、と加介は思った。青木にとっては人並み以上に腹がへるということは、自分の胃袋が人並み以上に頑健である証拠なのだし、古兵の眼をかすめて残飯をひろいに行くことは愉快な冒険である。そして汚いものを腹いっぱい詰めこむことは勇ましさのあらわれなのだ。……いまは加介は、そんな青木にある好意を感じた。そして、そんなに腹がへるのなら、おれのを少し分けてやってもいいとさえ思った。

ところが、それから二、三日たって日曜日の夕方、加介は青木に呼ばれて便所のうらへ行くと、彼は上衣の裏ポケットから半斤ぐらいのパンの塊りを取り出して、二つに割って手渡しながらいった。

「早く食っちまえ。他のやつらに見つからないうちに」

それは出来てから半月はたっていそうな固さのパンだった。

「どうしたんだ、これも残飯桶か」

「いいや、そうじゃねえ。これは立派にとなりの班の上等兵からもらってきたものだ」

青木の話はこうだった。——となりの班では国境守備に出掛けたり、方々の隊へ分遣されたりで、兵隊の出入が多いから残飯が沢山出る。ことに古兵たちは酒保へ行く権利があるから、なおさらだ。ところがこんど国境守備の兵隊がかえってくるについて、いままでどおりに炊事場へ残飯をかえしに行ったのでは実績がすくなくなって、分配される飯の量がへってしまう。だから、あすの朝はやく、初年兵を使役につかって直接、養豚場へ残飯をすてに行かせる。

「どうだ、お前、おれといっしょにやらんか？」

「よしきた。しかし何かよこすだろうな」

「それは、よこすさ。マンジュウか、ギョオザかだな」

翌朝、二人は起床ラッパの鳴らないうちに起き出した。中隊内ではともかく、外では隠密を要する作業だからだ。

残飯は四斗樽《しとだる》に一本と一斗樽に二本あった。青木は最初、その全部を一本の丸太にとおそうとしたが、はたで見ていた上等兵がとめたので、小さい樽の一本は置いて行くことにした。……しかし、担ぎ上げてみると、それでもふだん炊事場から運んでくる新しい飯よりも重かった。上等兵はいった。「巡察はたぶん大丈夫だろうが、気をつけて行け。特に途中にこぼさないようにしろ、あとがウルせえから。見つかると中隊全員の飯をけずられるのだぞ」

「はい。気をつけます」二人は爆弾をかかえて斥候にでも出されるように敬礼して、ケムリのような雨の中を出発した。

……豚小屋への道はひどく遠かった。青木も加介も、まだろくに連隊内の地理さえわきまえなかったが、時間に合わせて巡察の通路をさけたので、ますますわかりにくく、見たこともないような林や丘が忽然《こつぜん》として雨の中からあらわれたりするのだった。

青木が先棒を、加介が後を担ったが、身長六尺ちかい青木と五尺三、四寸の加介とでは、どうしても樽の重みは背の低い加介の方にかかってくる。……ゴムの営内靴が、ぬかるみの道にすべると、そのたびに樽をぶら下げた直径四寸ほどの丸太棒はキシみ、樽の中の重い水が踊って加介の胸にぶつかった。それは白っぽく濁って、かすかな甘酸っぱい臭いをはなちながら、水面に魚の骨や菜の茎やを突き出させていたが、その上に雨のシズクが絶え間なく大小の波紋を落して行った。

……すると加介には、その波紋の一つ一つが肩の重みを増して行くように思われるのだった。

もはや彼等は兵営のはずれに達したらしく、ふと振りかえった草原の中に、ゆるんだ鉄線の柵があり、その向こうに満人の不器用に歪《ゆが》んだ車をロバに引っぱらせて行く姿がみえた。それは明け方の、うすムラサキ色の空気のなかで、夢をみている錯覚を起させるような光景だった。

「休もうか」

加介は声を掛けた。だが青木は固い、張板のような背中をみせながら黙って歩きつづけた。

……道はほとんど絶望的にとおかった。さっきやりすごしたロバのいななく声が、まだ自分のすぐうしろをくっついてくるように耳ぢかに聞える。

——ああ、あいつは何て変な声で鳴きやがるんだ。

あの馬ともウサギともつかぬ役畜の鳴き声は、この満州へやってきてはじめて耳にしたものだが、まったくのところそれは何とも理解しようのない奇妙な声だ。古ぼけた機関車が錆《さ》びついたレールの上で急ブレーキをかけたような、子供の爪がブリキの罐をひっ掻くような、「キイキイ、キュル、キュル」と金属性の機械めいた、それでいてへんにナマナマしい声を、連隊中にひびかせながら三十分でも一時間でも、そいつは鳴きつづけるのである。……一体、何のためにそんなに大きな声で、悲しそうにワメきちらすのか？　最初にその声をきいたとき加介は、どこかで満人のクーリーが日本軍の兵隊に殴られているのかと思った。それがロバの声だとわかってからは、きっと満人の百姓がロバの尻を丸太か棍棒で引っ叩いているのだろうと考えた。しかし、そのうちどちらの想像もまちがっていた。実際は、ロバはただ単に鳴いていたにすぎなかったのだ。ドロ柳の下に手綱をゆるめてつながれながら、ただいかにも所在なげに、首をふりふり、「キーコ、キーコ、ヒュルヒュルヒュル」と鳴いていたのだ。まるでそれは自分で面白がって、あるいは職業的に、嘆いてみせているかのようだ。それは、いかにも騒々しい、いやな、不潔な感じさえする叫び声だ。しかし、そうかといってロバにしてみれば、いやな労役を逃げ出すこともできず、嚙みつくこともできないとすれば、嘆くより他に方法がないではないか……。

加介は、息切れして乾いてくる口の中で舌をからませながら、考えるともなしに、そんな考えを追った。そして彼自身、知らずに同じような呼び声を口の中でくりかえした。——仕方がないさ、どうせおれは自分で来たくもないところへ、ひっぱられてやってきたんだから。

……雨は小《お》やみなく降りつづいていた。濡れた丸太棒は、どうかすると肩先から滑り落ちそうになりながら、ぐいぐい身体に食いこんできた。青木は依然として無表情な背中を見せながら歩いている。まるで生れたときから歩くことだけが目的で歩いているようだ。——やっぱりこいつの真似はできねえや。加介は疲労とともに増してくる後悔の念でつぶやいた。が、ふと見ると、青木のフェルト製の軍帽だけは一と足ごとに、かたむきながら、右、左、とゆれている。……それは初年兵だけにあたえられる最も粗末な軍帽で、ノモンハンで全滅した部隊がこれをかぶっていたことからノモンハン帽と呼ばれているのだが、そうでなくとも型がくずれているのに、雨に打たれてノビたり縮んだりしたフェルト帽は、いまはいいようもない奇妙なかっこうで青木の頭の上にゆれている。

——何てこった。……加介はイライラしながら呟いた。すると、そのときまで思ってもいなかったことが突然、口から飛び出した。

「おい青木、おれはじつはアンチミリタリストなんだ」

青木は前を向いたままだった。が、その拍子に加介が足をヌカルミにすべらせて、丸太にぶら下った樽を大きく一と揺れさせると、ふと気がついたように、

「何だねそれは……」

と問いかえした。加介は驚いた。自分が何をいったのか、やっと気がついたからだ。

「ハングンシュギシャってことよ」

加介はそうこたえて、口の中にねばねばするようなその言葉をくりかえしながら、急に体のシンから力がぬけて行くような気がした。——そういえば彼もまた、たったいま思いついて「反軍主義者」などと口走ったのだった。それにしても、それは何と無益な空《むな》しい言葉だろう。軍隊に反する主義とは一体どういうことなのか？　学生が教練の授業をサボって喫茶店へ行くことだろうか。それとも徴兵検査の前日、しこたまショウ油をのんで心臓病のように見せかけることだろうか。どっちにしてもそれは、いま眼の前に、志願兵の青木と片棒かついでいる残飯樽が、チャブチャブと音を立てながら甘酸っぱい水を加介の顔にはねかしそうになっていることにくらべては何と力なく、ソラゾラしい言葉だろうか。……だが、それにしても青木のこ

んなにソッケない返辞をきくと、彼はまたいまさらのように裏切られた気持になるのだった。加介にすれば、この際、この憲兵のタマゴに同意をもとめるほどではなくても、せめて相手を一瞬ギクッとさせるだけの効果をこのハングンシュギという言葉に期待していたのだ。……加介は不精ヒゲにまみれた顔を苦痛にゆがめながら、背の高い青木の肩からずっと自分の方に重みのズリ落ちてくる残飯樽を、いまにもその場に投げ棄てたい気持だったが、肩に食いこんでくる丸太棒をはずすことさえできず、そのままヨロヨロと、いつおわるともないブタ小舎《ごや》への道を歩いて行った。

国境から古兵たちが帰ってくると、屯営は急に忙しさを増した。彼等の銃器は赤錆だらけになっており、下着類はシラミの巣だった。おまけに途中、氷の溶けた沼地を突っ切ってきたので、軍服は泥で染めつけたようになっている。そして、それらの手入れや洗濯は全部、加介たち初年兵の役目だったからだ。……班内はギッシリ一ぱいにつまり、上下二段になっている寝台の上段は古兵の占領するところとなったが、そのため加介たちにとっては監視人の数がいままでの十倍にも二十倍にもふえたことになった。他に楽しみもないところから古兵たちはいつも初年兵に「芸」をやらせるタネをさがして、寝台の二階から見下ろしているからだ。何年間もそれをつづけている彼等は見巧者な見物人で、寝台にねそべったまま、初年兵の一挙手一投足のカンどころだけをたくみに抑えて見ている。

ちょうど、そんなときになって、加介は銃架に掛けておいた銃から銃口蓋を紛失してしまった。

戦場でならばともかく、軍隊内で官給品の員数を失うことは、どんなに細かなものにしろ重大な過失である。ことに兵器の場合はその物質が精神のよりどころだとされているくらいだったから、なおさら厳重にまもられなくてはならなかった。

それで加介に課せられることになった芸当は、当然これまでのなかで最も困難なやつだった。……まず、兵器係上等兵と教育係上等兵と、それに傍でそれを見ていた古兵の一人か二人から、力いっぱいに殴打されることを覚悟していたが、それはそのとおり、素手とスリッパと交互に、それぞれ十回か二十回ぐらい殴られた。けれども難しくなるのは、それからだった。与えられたのは実に簡単明瞭な一と言、——「探せ。……みつかるまで探せ」という。……しかし、芸はどんな芸でも単純に見えるものが一番むつかしい。

一体、どこを、どのように探せばいいというのだ。……

もともと銃架にかかっている銃口蓋が消え失せるということはあり得ないのだから、それは既に誰かの手に収まっていることは明らかなのだ。しかし初年兵の加介には、そのことを訴えて出ることは許されない。――訴え出たとしても、画一的な官給品である銃口蓋のようなものには誰の所有にかかるという目印はどこにもないのだから、盗難品が上げられる可能性はほとんど絶対にあり得ない上に、もしそれを盗んだ者が古兵であった場合には、その品物が返されないばかりでなく、逆に公然と許されている私刑で、どんな目に会わされるかしれないからである。――したがって探すとすれば加介もスキを狙って誰かの銃からそれを外してくるより外に方法はない。しかもこの見物人沢山の中でそれが不可能だとすれば、あとはただ探すふりだけしているより仕方がない。それも二等兵である加介が兵舎内で勝手に動きまわれるところといえば自分の内務班の二メートル四方ほどの床の上だけしかないのだ。他人の手箱や、私物包みや、寝床などをさぐることは勿論、廊下へ出ることや兵舎のまわりを歩いてみることさえ自由には許されない。……それで加介は、せいぜい眼を出来るだけみひらいて床の木目をみつめた。次には腹這いになって床の上をクマのように歩いた。けれども、その二種類の動作だけでは、ものの一分間もマがもてはしないのだ。どんなに探し廻ったところで、床の上には長方形の食卓が二台、四脚の縁台のような腰掛け、それにキチンと班内の人員の倍数だけの上靴、その外には何もない。

「もっと、ていねいに探せ、ていねいに。……そんなインズウな探し方をしやがって何が出てくるものか」

見物席からは掛け声がかかる。さらに熱心な客は飛び下りてきてビンタの花束をくれる。……たしかに加介のやっていることは、ただ、「探す」という一個の形式であるにすぎない。しかも見物衆はその形式を鑑賞しようというのだ。ただ形式のための形式ではなく、もっと実のこもっているらしいところを演じなくてはならない。しかし、歩き廻ることと、這うことと、それ以外には何が出来るだろう。ポケットに手をつっこむことも、腕を組むことも、小首をかしげることも、そんな動作はすべて軍人らしくないものとして、たちまち見物席から指弾されるにきまっている。したがって彼はただ力いっぱい床板を睨みつけていなくてはならない。どんなに努力しても、そこから何かが湧いてくるものではないにきまっているはずの床板を、いつまでも睨みつづけていなくてはならないのだ、「見つかりました!」ということのできる奇蹟のような日がやってくるまでは。……

夜も、昼も、加介は紛失した銃口蓋を探しつづけた。……

消燈ラッパが鳴ると同時に、兵隊はいっせいに袋状にたたんだ毛布の中にもぐりこまなくてはならない。不寝番と、特別の許可ある者のほかは、みなそうしなくてはならないのだ。……しかし、加介が寝台に入ろうとすると、古兵が訊く。

「おう安木、銃口蓋はもう見つかったのか?　それなら、もう安心して眠れるわけだな」

それで加介は、もう一度起き出して、班内をぐるぐるクマの子のように歩きまわらなくてはならない。するとそこへ、となりの班の週番上等兵がやってくる。

「おい、そこの初年兵、消燈後に何をウロウロしていやがる。おれのいうことがおかしくて聞けねえのか」

それで加介は、こんどは寝台にもぐりこむマネだけする。週番が行ってしまうと、すかさず頭の上から、

「いい軍隊になったなア、兵器を失くしたその日でも、ラッパが鳴れば寝台でグウスカ眠れる世の中だからなア」

と、そんなことをシッコク浴びせかけられるからである。こうして加介はまた起き上り、探すフリと寝るフリを何遍でもくりかえしてしなければならないのだ。自分ではもう眠りたくもなければ、探したくもないと思いながら。

彼は眠っている間も、古兵や、班長や、准尉や、教官や、中隊長やの監視の眼を感じた。まぶたを閉じると、自分の眼玉の中に浜田伍長や河西上等兵の眼が光って見える。……それはことあるごとにグッとこちらに額をよせながら、まるでブヨブヨした水晶体から指をつっこんで脳味噌を手探りするような眼つきだ。彼等はいった。

「昔、この連隊に、上靴一つ厠《かわや》の中に落したために首をくくった奴がいる。銃剣の柄の発条を

失くして自分の小指をツメた者や、銃の木被に傷をつけて自分のひたいを切り裂いた者などは数えきれないくらいだ」……仮に銃剣のバネ一つが小指一本に換算されるのだとしたら、ごぼう剣の刀身を折ったときには腕一本切り落せばいいのだろうか？

ここでは誰もが員数を見失うまいと、絶えず必死で気を配っている。小銃、帯剣、弾薬、等々の兵器をはじめ、軍衣、軍袴《ぐんこ》、襦袢《じゅばん》、袴下、ボタン穴の一つ一つまで、兵隊の身体を取りまいているものはすべて、一定の数に限って配慮されたものであり、その数量はどんなことがあっても保持されなくてはならない。それは軍人の守るべき鉄則であり、最高無比の教義である。……その結果、あらゆるものは数量に換算され、数量だけが、価値判断の基準になる。たとえば天井からブラ下っている電燈は、あたりを明るく照らし出すために重要なものではなく、コードとソケットが営繕係に、電球と笠とが陣営具係に、それぞれ員数として登録されているために重要なのである。同様に兵隊の身体も、それが生命あるものとして重要なのではない。耳や眼や手や脚や、それらのものが果す機能が、「員数」として価値あるものと考えられるだけだ。朝起きてから夜寝るまでの動作、洗面、喫飯、臥床、等みな員数である。そして、ないにきまっているものを探させることも員数である。

実際、加介はこのごろではもはや自分の身体の各部が分解された小銃の部品のように思われ出してきていた。古兵の監視の眼にうるさくつきまとわれればつきまとわれるだけ、自分の脳髄も胃袋も心臓も、ことごとくが他人の手にゆだねられて、自分自身からはなれて行った。

「おい、安木。そんなところで何をボンヤリ考えていやがるんだ」

教育係の河西上等兵に声を掛けられて、加介はあるいいようもない奇妙な戸惑いにおそわれた。あたりを眺めまわすとカンカン日の当るゴミ棄て場の穴のほとりに腕組みして突っ立っている自分を発見したからである。そして、おどろいたことに自分のグリグリ坊主の頭の上には軍帽のかわりに、水のついたアルミニュームの飯食器が載っているのであった。

これは一体、どうしたことか?

加介は、わがことながらまったく合点が行かなかった。たぶん自分は班内二十二名分の食器を入れた籠《かご》をかついで、それを洗うために水呑み場へ行ってきたにちがいない。食器の中には班長や古兵の食いのこしたオカズや飯が入っていた。それを棄てるためか、あるいはコッソリ食べるために、このゴミ棄て場にやってきたのであろう。けれども何故に、その食器が頭にかぶさっているのか、そうして軍帽がちゃんとズボンの物入れの中にたたんでしまいこまれてあるのか、理解に苦しむのである。大陸の初夏の太陽は頭上にかがやいており、セメントと煉瓦の四角い兵舎も、踏みかためられた赤土の営庭も、貯炭場の石炭も、一様に白く光ってみえた。しかし、アルミニュームのどんぶりをかぶった頭は冷たくすずしい空気につつまれているようであった。足もとでは、黒くて胴のふとい蠅が何匹も、頑丈そうな翼をにぶく鳴らしながら、裂けた靴下や、石炭の粉や、玉ネギの皮のまわりを飛びまわっている。……それは、いかにもふてぶてしく、強烈で、現実そのもののような光景であった。一方、自分の頭にドンブリが載っていることも厳然たる事実なのだ。――ウッツに夢みるこころもちとは、こういうことを指すのだろうか。

それにしても加介を愕然《がくぜん》とさせたのは河西上等兵の「何を考えている？」という訊問だった。……考える？　それは、いまや何か苦笑を誘うような言葉だった。加介はおもった。おれはもはや一個の銃口蓋にひとしいものではないか、そのおれがどうして「考え」たりなんかするのだ。実際、加介は入営するときまった日から、誰に命令されるともなく暗示されるともなく、(軍隊に入ったら、もう考えるのはよそう)と決心していた。しかし、それは何と無意味な決心だったろう。眼をつむって「見ない」でいるように、心を閉ざして「考えない」でいることなど出来るはずもないことではないか。そのような加介をいちはやく見破り、

「何を考えていやがるんだ。そんな恰好をして……。　考えていたって銃口蓋はおろか、針金一本だって出てこやしねえんだぞ」

と叱責する教育係上等兵の洞察力には一層おどろかされた。

「はい」

と反射的にこたえながら、では一体おれはいま何を考えていたのか？　と思いかえすと、加介はただ直射日光に蒸せかえるような熱気と、臭気をはなっていたゴミの山、それに冷たいシズクを頭の皮にしたたらせているアルミニュームのどんぶりの他に、何一つとして憶いあたるものはないのであった。とすればおれはもう銃口蓋といっしょに、自分自身までもどこかへ失くしてしまったのだろうか。

こんな風にして、半月ばかりたったころ、加介はようやく銃口蓋を探す役目から解き放されることになった。加介の銃口蓋につづいて、尾登の銃から撃芯《げきしん》が、それからほどなく内村の銃から弾倉バネが失くなったからである。……銃口蓋とちがって、それらのものは分解手入れ中に紛失することが考えられるほか、不注意に演習中に失くなるのではない。それでも尾登の場合は、あやまって撃芯の先端を折ってしまったのをゴマ化しているのではないかという疑いをもたれたが。内村の弾倉バネはもうその余地はなかった。九九式短小銃の弾倉バネは蝶《ちょう》ツガイで銃にとりつけられるようになっており、班内での分解手入れ中に見失うということも、まず絶対にないといっていいからである。

このことがあってから、浜田班長の態度に不思議な変化があらわれはじめた。彼が突然のように機嫌がよくなり、食事のあとで自分のタバコを班内全員にふるまったり、また加介には慰問袋の配給を一つ多くくれたりした。もっとも袋の中にはカビた唐ガラシと塩辛いフリカケ粉のほかには古雑誌と新聞紙しかつまっていなかったけれど……。そうかと思うと、しかしまた青木のような、内村のような、ふだんはあまり殴ったことのない兵隊を、やにわにぶん殴って、しばらくは部屋のすみでじっと考えこんだりする。

「お前たちの中に、盗っとがいるぞ、盗っとが……」

いつか加介が銃口蓋を失ったことを報告したときには、「お前は戦友が泥棒だと思いたいのか」とドナリつけたくせに、いまは彼自身がそんなことを口走りながら、初年兵の一人一人の顔と寝台とを見較べ、それから全員に四つん這いになることを命じて、食卓や寝台の下など、班内をグルグルと這い廻らせたりする。しかしそんなときでも将校や古参の下士官の姿がみえると、あらゆることを中止して、ふと何気ない顔つきになって、得意の剣をみがきはじめたりする。……要するに浜田班長は自分の班から二人も三人も兵器の員数を失う者が出てきたことに、ただ狼狽《ろうばい》していた。中隊最年少の下士官である彼には、薬莢《やっきょう》や銃口蓋ぐらいのものならともかく、弾倉バネや撃芯の補充を内々ですませるだけの才覚はまったくなかったし、それかといって自分が初年兵のときさんざん傷めつけられた兵器係班長の関根軍曹に相談をもちかけるだけの決心も、まだつけかねていたのである。

けれども浜田班長は、そんな苦境を二、三日で脱け出すことができた。というのは他の班の古年次兵の銃器からも、なくなるはずのない部品が失くなりはじめたのだ。師団司令部の衛兵につこうとしていた上等兵の三八式小銃から、やはり撃芯が抜き取られていた。と、それがキッカケになったように、あちらからもこちらからも兵器の部品の紛失事件が発見されだした。それも、これまでのように小銃や帯剣なぞ個人にわたされてある携行兵器ばかりでなく、軽機関銃、擲弾筒《てきだんとう》などの部品が紛失していた。……

いまや中隊には一種言いようのない不安な空気が流れはじめた。

最初に初年兵の銃、次に古年次兵の銃、つづいて軽機、擲弾筒の順で事故が発見されたというのは、それらの兵器が兵隊の一人一人にあたえる負担の順位をあらわしていた。おそらく兵器そのものの重要さの順序は、その逆であるにちがいない。しかし、屯営で訓練をうけている兵隊にとっては、兵器は単なる厄介ものであり、自分たちを束縛する道具であるにすぎない。――実際、十一年式軽機関銃などは、どうみたって敵をうつためのものよりは、演習のたびに故障を起して兵隊を泣かせるためにあるとしか思えないほどだ。――したがって初年兵の小銃はもっとももしばしば点検され、兵隊が個人で責任を負わされることのない軽機、擲弾筒はもっとも粗略に扱われる。責任ということが員数保持の観念だけで問われる以上、それは当然のことだった。

だから兵隊たちにとっては、これは何でもないことだった。自分の銃器を盗まれた加介や、尾登や、内村は、被害がひろまるほど安心できるわけだし、浜田伍長にしても他の班からの被害者がふえるたびにホッとするのであった。だが兵器係班長である関根軍曹にとって事態はまったく逆だった。……関根軍曹はあと半年で曹長になれることは確実だったし、そうなればもう営外居住の身分になれるのはすぐ目の前だ。営外居住となれば気ままな下宿ぐらしもできるし、女房ももらえる。仮に営内でくらすにしたところで、これまでよりは余計に手当てをもらって、点呼もうけずに、好きなときに外出もできる。それでこそ「道楽商売」である下士官の本領が発揮できるというものだ。……彼の目には、将校のように長い剣を吊った半年後の自分の姿がチラついてはなれない。それが、銃口蓋一つ、弾倉バネ一つ、と紛失の報告を受けるたびに、一層強く彼の頭にうつってくるのだ。ただしこんどは半年後の自分としてではなく、そうなるはずだった自分として、である。

それを思うと関根軍曹は苦痛のあまり、下士官室や廊下のすみで頭をかかえてしゃがみこんだ。そして他に、これといった打開策もうかばぬまま、

(こんなとき、せめて中隊長がもうすこし、しっかりした人だったらなア)と、つぶやくのだった。

ところで中隊長の光尾中尉は、幹部候補生上りの、もとは映画会社につとめていたという、ものごとをキチンと片づければ後はどうでもかまわないといった性質の男で、ふだんはウルさいこともいわないかわり、こんな場合はまったくたよりにならなかった。現に一年ほど前、国境で三年兵の上等兵が原因不明の自殺をとげたときも、彼は将校室で白いセーターに運動靴をはき、鏡に向かってテニスの打球の恰好を練習しながら、「そうか、じゃ連隊長に報告しとくんだな」と言ったきりだった。

中尉にしてみれば、それで自分の昇進がおくれようと、考課表がどうなろうと、かまいはしないのだから、それでもいいわけだった。こんどだって、それ以上の答を期待するわけには行かない。

結局のところ、非常呼集をかけて、中隊全員の持ち物の包みを一つ一つしらべて見るより他には何の方法もなかった。

非常呼集は表面、訓練のかたちを装って行われる。たとえば夜、兵隊が寝床について、ようやく眠りかかったころ、いきなり毒ガス警報が出される。

「全員、防毒面をかぶって舎前に集合——」

眠い目をこすりながら兵隊が、とりあえず防毒面だけもって表へ飛び出したところで、兵舎の扉は閉じられる。そしてそれから兵舎の中では兵器係その他の下士官の手によって、兵隊の私物の包みが一つ一つ開かれ、疑わしげなものが没収されて行く。たとえば、乾パンの空き罐でこしらえたフデバコだとか、毛布のへりをかがった毛糸をほぐして編みなおされた靴下だとか、また軍服のツギ当てにくばられた布でこしらえた財布や帽子や、敷布を切ってつくったマスクや襟布。それらはみんな、おそろしく手間や暇をかけて、官物から私物につくりかえられたものである。またどこからどんな風にして持ちこまれてきたのかわからないような奇妙なものも発見される。たとえばスキヤキ用の鉄鍋、靴なおし屋が釘打ちにつかう靴型の鉄の台。

……しかし一体、彼等はそれを何の役に立てようというのか、なるほど、それらはどれもこれも実用品ばかりである。しかし靴下や、マスクや、襟布や、帽子は配給された官物で間に合うのだし、それさえあれば邪魔にこそなれ必要ないものだ。またスキヤキ用の鍋にいたっては火のない所では全く用をなさないものなのに、ちゃんと錆びさせもしないで手箱のうらの壁の中にしまい込まれてあるのは、冬になってペーチカの火を利用しようというのかもしれないが、あいにくペーチカは壁の中で燃えるもので、鍋をのせるようには出来ていない。——言ってみれば、それらは兵隊が一人一人でもっている内臓器官の一部なのだ。外側からは何の役目を果しているのかわからないけれど、また兵隊自身も何のために所有しているのか知ってはいないけれど、ある必要から自然とかたちづくられて出来上ってしまった品々なのだ。……だからこそ、それらは別に害になるとも思えぬごくクダラないものなのに、どうかすると観る者に、ある不可解な衝撃をあたえる。軍隊という体の皮膚にたまった垢《あか》のような、または湿疹のようなものにおもえる場合もある。それで、こういう不意うちの内務検査のときには真先に没収されてしまうのだが、なかなかもって根絶してしまうわけにはゆかない。もともとそれは不毛の地に咲いた花みたいなものだから雑草のような繁殖力があって、たちまちもとどおりに増えてしまうのである。……もっとも、すべての兵隊がこういうものを所持しているわけでは勿論ない。そんなものは持ちたがらない連中もいるし、持とうにも持てないのもいる。初年兵の大多数はそうである。彼等にはその暇もないし、技術もない。では、そういう連中は何をするか？ 彼等は大体、ただ食べたがってばかりいる。

寒い夜空に二時間以上も立たされたあげく、班内にかえると自分の荷物がメチャクチャにして放り出されてあるのを見て、まだ怒るだけの元気をもっている古兵たちは憤激する。実際、彼等には怒るだけの正当な理由があるわけだが、そんなことよりも彼等はただ一途《いちず》にイラ立たしさにかられて、それを鎮めるために整列させた初年兵を気のすむまで殴るのである。……こんな際、特に強く殴られるのは加介や剣持ではなく、青木や内村のようにふだん積極的に活躍している兵隊である。なぜなら古兵は軍隊そのものに対してイラ立っているからだ。内村はカン高い泣き叫ぶような声でいう。

「じぶんが悪いのであります。じぶんの不注意のため、大切な兵器を失ったばかりか、古兵の皆さんにまでご迷惑をかけ……」

すると帯剣を手に、内村の頬を張ろうとしていた上等兵のうしろから、もう一人の古兵がすかさず、

「何、古兵の皆さんだと？　それは一体どこのどいつだ。おれたちはミナサンじゃねえぞ……」

それならば古兵の一人一人の前で謝ればいいかといえば、勿論そうではない。彼はただ内村の絶叫するようなカン高い声が気に入らないだけだ。……軍隊では、とくに初年兵はつねに大きな声をハリ上げていなくてはならない。それは大きければ大きいほどよろこばれる。しかし、どうかすると声の質によってやっぱり嫌われる声がある。経理将校志願の内村は洗濯でも靴みがきでも、ひとの二、三割方多くやり、演習や行軍のときも落伍したことは一度もない。要するに非のうちどころのない初年兵だ。しかし度の強い近眼鏡のおくから白く光る眼をすえ、

「内村ヒカル、便所からもどりました！」と班の入口で実行報告する彼の声をきくと、誰しもギクリとするのである。そのセッパつまった声は、いま自分が便所からもどったところだとい

うことを、隣の班まで聞えるほど大げさに伝えるのだが、彼の場合にかぎってそれは変に押しつけがましく、イヤでもオウでも、それを事実として納得し承服せざるをえないような気持を起させ、ともすれば古兵の方から、

「ゴ苦労サマデアリマシタ！」と答えたくなるハメに追いこむのである。そして、それは裏返って彼等の心に、この泣き声を発している男は九州の殿様の子孫であること、その邸には黒塗の馬車もあれば馬丁もいるということ、あと一年たつと確実に自分たちを追いこして将校になってしまうこと、等を刻みつけるのだ。

一方、青木は背が高く、堂々とした体格のために殴られる。とおくから、あるいは暗い場所でみると、もはや下士官そのもののように見える彼は、こんな晩には何の理由がなくても殴られる。もっとも軍人らしく見えるということが、そのまま古兵たちの神経をイラ立たせるのである。

それから一週、非常呼集はこんな具合にして毎晩――多いときは一と晩に二度も――つづけざまに掛けられた。また昼間は、主として初年兵が演習を行った地域を、中隊の全員、あるいは一部が匍匐前進の訓練その他の名目で、這いまわらされたけれど、失われた銃器の部品はまったくどこにも見当らなかった。……とうとう、ある払暁、非常呼集のラッパが連隊全部にひ

びきわたり、全員が連隊本部前に集合させられた。

数千の兵隊を前にして、台の上には一人の縄にしばられた満人の男が立っていた。それが犯人であるかどうか？　兵隊たちはその男の前をとおって、彼の顔に見おぼえがあるかどうかを確めさせられた。首実検の結果、もし見おぼえのある者がいたら怪しいというわけだった。……果して、それが銃器具の盗難事件に関してだけの容疑者であったのかどうかはわからなかったが、もしそうだとすれば、いかにもそれは心もとない探索法だった。加介たちは、見たこともないその男の前を、ただ黙って通りすぎただけだったのである。しかし、もしそれが軍隊というものを皆の心にしみこませようとするのが目的だったとすれば、たしかに効果があった。麻縄で胸を亀甲型《きつこうがた》に縛られ、両手を後にくくられたその中年の男が、目を真正面に大きくみひらいて立っているところは、加介たちに、軍隊そのものを感じさせたからである。どっちにしても、その大掛りな非常呼集も、失くなった指一本にも足りない大きさの銃の部品を発見する手がかりにはならなかった。

中隊の全員が、ひどく疲れてしまった。事件以来、古兵たちも被疑者になったり被害者になったりで初年兵と同列にあつかわれたせいでか、以前ほどには鋭い監視の眼を加介たちに向けなくなった。浜田班長でさえ、一と頃ほどの元気がない。そうして初年兵たちは、もうすっかり変ってしまった。これまでは、まだどこか顔のウブ毛のようなものが残っていたが、気がつくと、もう誰にもそんなところはなかった。なかでは、はじめから一番兵隊らしさ、軍人らしさをもっていそうだった青木も、いまはすっかり痩《や》せて（彼もまた加介と同じように、いくら食べても、それが肉や脂肪にはならないのだ）、背がいよいよ高く、頬がこけて病人のようなおとろえようだが、そうなってはじめて、暗いギョロギョロした眼玉のすわり方や、青黒い皮膚が、いかにも本物の兵隊くさくなっている。そのほか尾登にしても、大山にしても、加介にしても、肥っているのは肥っているなりに、細いのは細いなりに、もうどこから見ても間違いなしに最下級の兵隊である。もし変っていないやつがいるとしたら……一人だけいる。それは渡部だ。

どの中隊にでもかならず、こんな兵隊が一人はいるかもしれない。しかし、それ以上はいないだろう。……気をつけのとき前歯が出ているというだけで、死ぬほど殴られたのは剣持だが、この渡部は絶えず実際に笑っているくせに、一度も殴られたことがない。孫呉へやってきて間もなくのことだ。浜田班長が皆に襟布のつけ方を教えるとき、そばにいた渡部の上衣を脱がせて、それで実例をしめしながら説明した。ところで四、五日たつと、渡部は上衣をぬいで班長にさし出しながら言ったものだ。――「班長どの、襟布がよごれて気持わるくてしょウねえだ。またつけかえてください」

その言葉はオニの浜田班長にも、まわりの初年兵にも、信じかねるほど奇妙なものだった。みなはただ唖然とし、浜田伍長もまた気をのまれて「処置ねえ」といいながら針と糸とをとり上げた。……しかし加介はいまになっておもうのだが、一体、渡部の言葉が何でそんなに奇妙なものに聞えるのだろう。下級の者が上級の者に、ものをたのむことがどうしてそんなに破天荒のことに思えるのだろう。たのむだけならたのんだっていいはずではないか。彼はまた、上靴のことはスリッパ、薬莢のことはケース、軍帽のことは帽子としか言わない。何度なおされても彼の場合には、それが天来の言葉のように軍隊以外の言葉の方が出てくるのだ。したがって、それを誰も怒ることができない。……あるとき加介は、分隊の散開の教練で、渡部ととなり合わせの番号で傘型《かさがた》にひらいた列の一番端にいた。草むらの陰から射撃をおわって、「突撃」の号令をまちながら、ふと横をみると渡部が四つ這いで近よってきて、「おい、安木、おらのケースがねえだ」と言う。例によって彼はまた弾のうち殻を落したからひろってくれというのだ。だが、突撃は部隊全員が一丸となって敵陣へ飛び込むことになっているし、その号令はいまにもかかりそうなのだ。……ところが渡部が三日月形の眉をひそめながら、あたりの草むらを四つ這いで掻きわけているところを見ているとマツタケ狩りかツミ草の人をみるようで、それが軍隊の掟《おきて》や歩兵操典を架空な夢のようにボンヤリしたものにしてしまう。

「おい何発ぐらい失くしたんだ」

「五発だ」

「じゃ全部落したんじゃないか。そいつは大変だ。はやく探そう」

薬莢の員数を失くすと分隊全員が連帯責任で殴られる。だから、いっしょになって探すことはムダなことではない。……だが実際のところ、それはその場で加介が考えた口実にすぎない。加介はただ、劇しい運動で真赤になった顔を草むらの青い葉で冷しながら、渡部と二人で、その辺を這いまわることに、何ものにもかえられない解放感を味わっていたかっただけのことだ。

……その日も、「ないもの探し」をかねた訓練をおわって、班長以下内務班へもどってきたところだった。渡部はその日、風邪をひいて練兵休で、やすんでいたのだが、いきなり近づいて、

「班長どの、これいりませんか」と、キラキラ光る銀色のシャープ・ペンシルのようなものを突き出したのをみると、三八式小銃の撃芯なのだ。

浜田伍長は顔色を変えた。

「貴様」

渡部は、はじめて班長の殴打をうけた。

「貴様は何という野郎だ。とぼけるのも、いいかげんにしろ。貴様のおかげで、このおれはどういうことになるのか知っているのか。貴様がこんなすッとぼけたマネをしやがると、その責任は全部おれのところへかかってくるのだぞ。……おい、一体どうしてくれるのだ。おれの出世はもう止まったぞ。おれはもう一生、准尉殿からニラまれるぞ。兵器係下士官にはもうなれんのだぞ。このおれが関根軍曹の野郎に一生アタマが上らんのだぞ。……」

すでに最初の一撃で、その場に倒れ伏し、床の上に泣きじゃくっている渡部を足もとに見下ろしながら、班長はヒステリックにどなりつづけた。彼は、この甘ったれた兵隊が、テッキリ犯人だと思いこんだのだ。ところが驚いたことに渡部は、その撃芯がこんなに毎日、中隊じゅうを騒がせていることもしらずに、ただとなりに寝ている石川のワラ蒲団との間から見つけ出したのを拾っておいただけだという……。

石川？　その名をきいて誰もがケゲンな思いをした。それは東京からやってくると、そのまま、ほとんど練兵休で寝てばかりいる兵隊ではないか。

狼狽した班長は、そのまま中隊事務室へ、兵器係下士官をさがしに駈け出した。……三八式歩兵銃は中隊では二年兵以上のものにあたえられており、初年兵のものではない。初年兵にあたえられているのは新しく濫造されている九九式短小銃なのだ。そうであるからには、どっちにしろその撃芯が盗まれた部品であることは明らかなのだ。班長にとって、自分の班の教育中の初年兵がこうした事故を起したとなれば、その考課表に何点かの減点がしるされるのはたしかである。……事件が起って以来、日数がたつにつれて、何とはなしに皆から初年兵のことは忘れられかかっていたところだけに、班長にはまるで突発的な事故が、たったいま自分の身にだけふりかかってきたように思われたのだ。

まわりで見ていた加介たちには一層、何のことだかわからなくなった。……石川は、さっきから隅のうす暗い寝台に毛布にくるまって眠っているままだし、渡部はただ班長に殴られた頬をおさえて、

「おら、きれえだ。あんなやつ、ほんとうに、きれえなんだよ……」

と、泣きじゃくっているばかりだ。

それにしても石川は不思議な男だった。ほとんど誰にも理解されないように出来上っているとしか思えない……東京で彼が銃床のウルシにかぶれたとき、――そんなことになったのは、いくら九九式が粗悪なつくりでも入営した初年兵の中で彼一人だったが――目《ま》ぶたも頬も脹《は》れ上った彼は一人だけはなれた寝台にねころんで、たまに誰かから、「どんな具合だ?」と声をかけられると、かならず最初に、ズボンのボタンをひらいて、「こんなになってしまって……」と、その張れ上った陰部をとり出して示すのだ。そのため、まったくといっていいぐら

い彼のそばへ近よったり、話しかけたりする者はいなくなってしまった。……彼は別段ひとをイヤガラせる趣味があってそんなことをするのではないらしかった。おそらくは、そんなことになってしまったのが、あまりに怖ろしく、あまりに悲しく、あまりに恨みがましい気持になったために、そうしたのにちがいないのだが、その表明のしかたがズバぬけて端的すぎるので、誰もが不可解な、閉ざされたものにぶっつかったような気にさせられてしまう。孫呉へきてからも、同じ班に寝起きして、いつも病気がちだった彼のことを気づかうものは誰もなかった。どんなに口うるさい古兵でも、彼の姿をみると最初から拒絶されたような気になって、何も言い出せないのであった。……あんなにたびたび行われた内務検査のときにも、うす暗い隅の寝台に一人居残って、しめっぽい毛布から目ぶたの脹れあがった細い眼だけをチカチカ光らせている石川のそばに近よることは、内務係の准尉や榎本曹長にもタメラわれた。関根軍曹はそれでも一旦、手をのばして毛布を引っぱったが、シラミが一匹、石川の頤《おとがい》の下から這い出るのを発見すると、冷たいものが背筋を走るような気がしてそのまま引き下った。

実際それは、検査の方法が手ぬるかったとも、間がぬけていたともいえるだろう。だが、それにしても石川の性格はあまりに奇妙すぎたのだ。こんどのような場合、普通に考えられる動機は、部品をまちがって毀してしまったときに、それをコッソリ取りかえるためだ。しかしそれは小銃のように個人個人にわたされている兵器のときのことで、軽機関銃や擲弾筒のように何人かで一台の兵器の責任を負わされるときにはあんまりない。しかるに盗難にあった部品のなかには、それらのものも交じっていたのだから、これはもっと別のもの、たとえば無目的な蒐集癖のあるものの仕業と考えられた。兵隊たちに、何かしら無益なものを集めずにはいられなくなる傾向のあることは前にも述べたとおりだ。ところが石川の場合は、それともまた異なっていた。たしかに、時計の修理工見習だった彼は、鉄の光や、機械の組合せや、それがもっている律動的な外観などが好きだった。しかしいったん手に入れると彼は、どれもこれも兵器の機械には、すぐ倦きてしまった。そして、あきたらなくなると、たちまち何の未練もなく、他人の眼を盗みながら苦労してあつめたその蒐集を、片ぱしから便所のタメの中へすててしまったというのである。……

事件は、石川の自白で一段落した。中隊はひととおり、もとへもどったが、加介たちの班の初年兵だけは、それではすまされなかった。……浜田伍長は、ものごとを最後までアキラメきれない性質だった。彼ははじめて班長としてまかせられた内務班のなかで、このような事故が起った不運について、ほとんど一睡もできないほどに悩んだ。事故の発見がおくれた結果、嫌疑は部隊に出入する満人にまで及び、すでに憲兵隊にも通報されて、すっかり外部に知れわたってしまった以上、石川二等兵が兵器損壊の罪で軍法会議にかけられることは確実であろうし、そのため浜田伍長の考課表にも汚点のつくことになるのは決定的であろう。……そして、ついに彼は中隊の便所を全部掻い出してみることを決心したのである。さいわいにも石川の使用した便所がつねに一定して北側の右はずれにあることや、汲み取り人がまだ一度も取っていない事などが判明しているので、掻い出してしまいさえすれば、中には必ずあるはずだった。勿論、長いものは二十日間も底に沈んでいるのだから、きっと腐蝕してしまっているものもあるだろうけれど。

降りつづいた雨のせいで、便所の外にあるマンホールの蓋をあけると、中には黄色い汚水がいっぱい溜まっていた。……加介たちはバケツのリレーによって、それを兵舎からかなりはなれた地点に掘られたいくつかの穴に流しこむことになった。

軍隊でも、さすがにこんな行事は、そうたびたびは見られないことなので、朝食後、作業が開始されると、暇のある古兵たちは大勢見物に集まってきた。しかし、それは何という退屈な仕事だったろう。作業は昼食まで、ほぼ四時間、休みなく行われたが、汚水はやっといくらか減ったかと思われる程度にしか進まなかった。しかもその間、バケツを運ぶ加介たちが見たものは、ただ揺れ動く糞の連続だった。はじめのころは恐怖心と、ものめずらしさが手伝って、仕事はかなり活潑にすすめられていたが、ついにはほとんどの兵隊が糞ばかり見つづけて、ほかには何も眼にうつらないほど疲れてしまった。汲み出す方も運ぶ方も絶えず下を向いているのである。たまに眼を上げても、木立ちも、空の雲も、みんな黄色い紡錘型《ぼうすいけい》のものに見えてくるので、昼食後は一層の努力がはらわれたが、午後四時ごろになって、ようやく半分を汲み上げた程度であった。……すると、このときになって驚くべきことが起った。

「作業やめ！」

そのときまで、じっと腕組みをしたまま汚水の吃水《きっすい》を見つめていた浜田伍長は突然、そう命令したのだ。彼は何を思ったのか上衣を脱ぎはじめた。ついで軍袴の紐をといた。そうして、ついに下帯一つの姿となった。初年兵たちははじめ、ただアッケにとられていた。軍服をすっかり脱いだ班長は、思いの外に体の色が白く、急に子供っぽく見えたのである。……しかし加介たちが息をのんだのは、この若い伍長が、マンホールの縁に手をかけると、その中に爪先きから体を沈めはじめたからだ。あたりは、まったく静まりかえった。

「班長殿！」誰かが気をとりもどしたように声をかけた。しかし伍長は固く口を閉じたまま、腹のあたりまで汚水にひたすと、両手で糞や溶けかかった紙片をかきわけながら、ひと言、

「冷たい」と言ったかと思うと、どぶりと首まで水につけ、泳ぐように両肩を動かすと、手さぐりに底をさぐりはじめた。

「いいぞ、浜田班長！」

伍長とは同年兵である年長の上等兵が、兵舎の窓から首を出してひやかすように言った。それはいかにも感動的な一と齣《こま》だった。伍長は白い歯を見せながら笑って手を高く上げると、その手に弾倉バネが一つ握られていたのだ。拍手が起って、ぐるりをかこんだ兵隊たちは、「よう、よう」とか、「がんばれ」とか、はやし立てはじめた。……すると、そのときだった。兵舎のうらから鋭い呼び声がきこえた。

「班長どの石川がいなくなりました。逃亡です」

中隊は、表門と裏門との二た手に分れて、石川を追跡した。糞まみれになっている班長はそのままにして、加介は表門の一隊に加わったが、しばらく行くとバラバラになり、思い思いの方向に走ることになった。石川の姿はすでに、どこにも見当らなかったのである。

やがて夕刻になるとかならず降りだす雨がやってきた。加介は岡の中腹の横穴のくぼみに入って腰を下ろした。……彼はタバコをくわえて火を点けそうになっている自分に気がつき、

「こうして一人っきりになれたのは、何と半年ぶりのことじゃないか」と声に出してひとりごとを言った。

実際のところ、加介はこうやって一人だけでボンヤリできる機会がやってくるのを、どんな

に待ったかしれなかった。しかも、いまそれは偶然にもやってきたのだ。……だが、どうしたことだろう。彼は穴の中に一分間と落ち着いていられない。別に追いかけられたり、発見されたりするおそれがあるわけではない。引率者が別れ別れになってよいと言った以上、これは半分公然と許された状態なのである。何かしら、もっと異なった不安がある。それは自分が自分に対するおそれみたいなものだ。……草の上に投げ出された足や、脚や、腿や、それらは膝にツギのあたった、ぶくぶくした大きな軍袴につつまれ、足首で釘の飛び出した軍靴といっしょにくくりつけられてある。それはまるで血の通っていない義足のようだ。でなければ、もう少し奇怪な生き物のようだ。そいつが何だか訴える――どうして、こんなになってしまったのか、と。……

前の方を剣持がやっぱり歩いて行く。ときどき立ち止まって、草むらをちょっと覗《のぞ》き、そこらのものを蹴とばして、急に十メートルぐらい走ったかと思うと、またのろのろと歩いている。……一体、彼は何をやっているのか？

加介は声をかけて呼んでみようかと思ったが、やめた。そして道を反対の方へ、一目散に駈けてみた。こんどは勢いよく走れた。射撃場の手前の沼まで出た。……ふと見ると、沼をこえて射撃場の山へ、小さな兵隊が駈けて行く。石川だ。遠くはなれて、消しゴムほどにしか見えないが、背中の丸め方からみて、そうにちがいない。非常な速さだ。……あの寝てばかりいた石川の体の、どこにあれだけのエネルギーがたくわえられていたのだろう。彼は感動してつぶやいた。

——あいつ、まるでノロじゃないか。

それは、このあたり一帯にすむカモシカに似た動物で、よく射撃自慢の下士官が実弾をこめた狙撃銃《そげきじゅう》をもったりして追いまわすのだが、そして浜田班長なども「知っちゃいねえぞ、まちがってニイ公の一人や二人、ぶち殺したって隊長どのは何とも言いやしねえ。ともかく一頭仕とめれば中隊全部がスキ焼をタラフク食えるんだからな」と、すでに何十頭ものノロを射ちとったようなことを言うのだが、加介たちはこの獣が弾にあたって倒れるのを見たことは一度もない。彼等はいつも芦《あし》の葉かげを見え隠れしながら、凸凹《でこぼこ》のひどい湿地帯を真直ぐに駈け抜けて、けむりかマボロシのように消え去ってしまうのである……。それは見ていて一瞬、息のとまるような光景なのだ。

ちょうどそんな興奮におそわれて、思わず加介は石川の後を追うように芦におおわれた沼へ、二、三歩足を踏み入れた。……しかし、一体、石川はどこへ逃げるつもりなのか？　すでに憲兵隊にも通報が出されている以上、この兵舎ばかりの土地では民家にかくまわれる可能性は、ほとんどない。うまく行って、せいぜい一日二日のうちに病犬のように体を引きずりながら部隊へつれもどされるだけであろう。加介は一度、麻縄で体をカメノコ型に縛られた上等兵の襟章をつけた兵隊を見たことがある。それで重営倉に入れられただけではない。進路を北に、国境に向かって走ったものは奔敵罪にとわれて銃殺されることもあるということを、中隊長から教えられている。……しかし、万が一、一日二日で帰ってこなかった場合は、もうどこでどうなっているのか、さらに絶望的な状態に陥るとみてよいだろう。沼と湿地と赤土の山だけのこの地帯を、食糧もなしにさ迷い歩くことはただちに餓死を意味するだけであるし、もし奇蹟的な幸運にめぐまれて、国境まで無事にたどりついたとしても、そこには越えることのできない黒竜江が横たわっている。どの面からみても脱走兵には何の希望もありはしない。……それなのに駈け出して行く石川の姿は、加介をはげしく鼓舞するのだ。ほとんど自身のものとも思えないほど疲れきっている脚や手が、何かをしきりに訴える。しかしそれが何であるかは加介自身にもわからない。ただ彼は思うのだ。どうして自分のような者が、こんなところへやってきてしまったのか？　どんな意志をもって軍隊へ入ったのか？　もし本心から軍隊に入ることを嫌っていたのなら、どうしてそれを避けなかったのか？　たとい醬油をのんだり、絶食したりの方が、無鉄砲な危険なやり方だとしても、すくなくとも試みてみるだけの価値はあるはずではないか。自分はそれを試みるどころか、考えてみることさえしなかった。……と、すれば自分はむしろ、青木や浜田伍長と同じ側の人間に属しているのではないか。ただ自分に欠けているのは彼等の持っている積極性だ。同じ苦しみを味わうものならば、志願して出てきたとハッキリ自分で認めるべきだ。でなければ、石川のような盲滅法な脱走を、ただちにこれから行うべきだ。……しかし結局のところ加介は自分の意志を何とも計りかねた。彼はただ茫然《ぼうぜん》と、日の暮れかかる沼の岸にたたずみながら、泥に吸いこまれそうになる軍靴を足踏みさせるばかりであった。

中隊全員はソンピラ川の夜営の演習に出掛けた。ソンピラ川というのは連隊から二里ほどはなれた平地をゆっくり流れる、川幅五十メートルほどの川だ。そこでは魚が餌なしで釣れるほどのんびりと泳いでいる。その魚を飯盒の油でテンプラにして食べるのがどんなにウマいかということを、古い兵隊たちは何度となく語り合う。それは彼等が外出したときのほとんど唯一の慰安なのである。

中隊長は石川の逃亡以来、全員に今後一年間の外出を禁止したが、そのうめあわせと、ここのところつづいた面白くない事件を忘れて心機一転するために、川遊びを催そうというわけだった。

浜田班長は弱り目に祟りめのはずだったが、兵器係軍曹よりは気を腐らせていなかった。表面はかえって以前よりほがらかそうにしていた。初年兵たちと裸になって水モグリ競争をやったりしていた。

古兵たちはタバコを沢山もって、満人の部落へ卵や豚肉と交換に行った。加介たちのうちに本物のコックがいて、彼がいろいろのものをつくった。テンプラ、サシミ、ひたし、吸い物……。ところで、ひたしは黄色のユリの花をゆでてしぼっただけのものだし、吸い物の実はアカザだった。そしてサシミにいたっては、ただ生きた魚をナイフで切っただけのものだったから、変なかたちに曲っていて、おまけにうんと泥の臭いがした。

夕食は、まだ日の高いうちに川原に、それらの御馳走やら牛肉の罐詰やらを並べて、演芸大会をやりながら行った。そういうときになると浜田班長はかならず〝白頭山節〟を歌った。本当にそれだけしか知らないのであった。古兵たちは飯盒を叩いて八木節を歌ったり、食器を投げて曲芸や手品をやったりした。……そういうものを、中隊長は真中に坐って、川風に吹かれながら、眼をマブしそうに細めて、いかにもつまらなそうに眺めていた。

しかしともかく、その日一日は、中隊じゅうに不思議なやさしさが、温かな空気のようになって流れていた。兵隊たちは一人も殴られなかったし、三年兵が初年兵といっしょになって笑う声もきこえた。兵隊というものは元来、こんな風に朗らかで、陽気なのが当りまえで、ふだんあんなに陰気で、怒りっぽいのは、兵舎の暗い建物がいけないのではないか、と思われたほどだ。……しかし、そんな突然のやさしさが何か病気の人の弱気のように感じもした。

中隊は翌日、ひるすぎに天幕をたたんで帰営した。

その途《みち》を半分ぐらいきたころから加介は腹が痛み出した。兵営が近づいてくるにつれて、だんだんにまた重苦しい、険しい気分にもどってきた。それといっしょに加介の腹も一層いたみ出した。ひどく殴られるとき、整列ビンタをくわせられるようなときは、ある前兆がある。ハッキリした原因もないのに何とはなしに、こわばってくる空気。――それを大抵の初年兵は、もう肉体のカンでわかるようになっている。だるく、重く、関節がはずれるような気分になってきたら、もう確実にそれだ。――ちょうど加介のいまの気分が、そうなのだ。そして、それをおもうとますます胃が圧され、腹がねじれてくるようであった。

営門を入ると、中隊長は突然、「駈け足」を命じた。加介は尻の筋肉を十分に引きしめている必要があった。彼はただ一刻もはやく中隊へ帰りついて便所へとびこむことと、疲れて不機嫌になった古兵たちから横ツラにビンタを張られる覚悟をきめることだけしか考えなかった。だが、その不吉な前兆は実際に何を知らせようとしていたのであったか?

営門を入ったとき、いきなり中隊長は連隊本部からの指令にぶつかったのだ。「動員、出発準備せよ」

それからの中隊は毎日戦場そのもののような混乱と、底ぬけのお祭り騒ぎの連続だった。師団や、国境や、病院や、野戦貨物所や、その他各所の分遣先きからドヤドヤと帰ってくる古兵たち、被服庫や兵器庫や、陣営具倉庫から運びこまれる厖大《ぼうだい》な、そして細ごました器具や布地や荷物の山……。装具がひととおり行きわたると、あたえられた被服に姓名の縫いとりをする。中隊内の被服検査や兵器検査が行われる。その間にはまた倉庫や連隊本部や方々から使役兵が呼ばれて、引っぱり出されて行く。

その忙しいさなかに舎内では、もう配給の羊羹《ようかん》をあけて食べだす者、私物の例のタカラモノのようにしている手製の手袋や筆箱などの梱包《こんぽう》をこしらえる者、どこで酒をのんできたのか真赤な顔でワメきちらしながら廊下を往きつもどりつする者。そんな兵隊たちを突き飛ばすように内務係の准尉が兵舎の外に飛び出すと、どこかへ一直線に駈け出して行く。生れてからまだ一度も走ったことのないような准尉が……。

部隊の南方転属のウワサは、これまでにも何度となく言いふらされていた。教育をおわった兵隊はその過半数が野戦部隊要員として、シナ大陸の各地や仏印やグヮム島やに、つぎつぎと送りこまれており、そのたびに残された兵隊たちは安堵《あんど》と羨望《せんぼう》と自負心の入り交じった心持で見送ってきた。連隊の大部分の者が、世界中にこの孫呉ほど退屈でつまらない場所はないものと心得ており、ことに冬の寒さは言語に絶するものだから、生命の危険があるとしても、ともかくこの土地をはなれられるということだけで気分は沸き立ってくるのである。……けれども初年兵たちだけは事情がちがった。彼等はかねて野戦へ出されれば、自分たちは弾よけの人形になるほか途がないことを、古兵たちから言いきかされており、何よりも体でそういうものを体得していた。自分らの戦闘訓練の無経験はともかくとして、冬、ペーチカのそばへ近よることが出来ないように、弾の飛んでくるところでは限られた安全な場所から真先に危険な区域にほうり出されるのは自分たちだろうと覚悟させられていたのである。勿論そのようなことは口に出していうわけには行かなかった。ただ舎前に突然、食台が出され、その上に新しい夏服や軍靴や防毒面などがひろげられて日を浴びていたりすると、また何人かが引き抜かれて戦場へつれて行かれるという予感から、皆の間に暗然とした空気が流れ出すのである。……

動員が下って最初に加介をマゴつかせたのは、隊長の命令で、切り取った髪の毛や爪といっしょに遺書をかいて班長にあずけさせられることだった。

あいにく彼は、その二、三日前に内務班のバリカンで丸坊主に散髪したばかりだったから「遺髪」をとろうにも一分か二分ほどのゴミのようなものしかなく、それと爪とをハトロン紙の封筒に入れると、次には一枚のワラ半紙に「遺書」をしたためなくてはならないのだが、およそこれほど混み入って架空な文章を案じたことは、生涯に一度もないことだった。

拝啓

と、先ず書くべきや否やに迷ったあげく、省略して、いきなり、

御両親様

としてみたが、後がつづかない。死は目前にひかえているものにちがいないのだが、この手紙を書きおえると、すぐ炊事場へ飯の入った樽をかつぎに行かねばならず、それを班に持ちかえって二十人分にもり分ければ、こんどは隊長室や事務室の掃除が待っていることを思うと、たとい頭の中だけでも死を迎え入れ、それと対決する余裕はなかった。かといって命令である以上、遺書を白紙で出すわけには行かないのだ。あたえられた三十分間、考えつくすと、ようやく、

御両親様

加介はいよいよ名誉の戦死をとげることとなりました。どうかおよろこびください

天皇陛下　皇后陛下　万歳

安木加介

と、したためて、封筒の中にほうりこみ、開封のまま班長のもとに差し出した。

……しかし、隊長室の掃除をおわって、便所のマンホールの蓋に腰を下ろし、古兵の軍靴を四、五足もって歯ブラシの柄で泥を落していると加介は、突然のように、あの遺書のことが悔恨とも忿懣《ふんまん》ともつかぬ不愉快な気持で想い出された。

あの遺書に郵便切手が貼られて両親の手もとにとどけられる日のことを想うと、暗澹とした。

それに、その遺書が友人の手から手へ廻されることを想像すると、居たたまれぬような気恥ずかしさと、取りかえしのつかぬことをやってしまったという後悔に、うしろ足で自分の汚物を踏みつけたあとのような心持になるのであった。……しかし、そうかといって、あれ以外に隊長や班長に見せるための遺書をどう書くかという段になると、書きようがなかった。

出発の日は極秘にされていた。行き先が南方だということだけはわかっていたが、その他のことは全くハッキリしなかった。炊事や動員室の使役に出ている兵隊からも何等確実な情報らしいものは得られなかった。……何度も、「明日だ」とか「今晩の夜おそくだ」とかのデマが飛んだ。かと思うと一度支給した出陣のための一装用の軍服が回収されて、これ以上はないと思われるボロボロの服がわたされたり、また戦闘分隊単位に組みかえられた内務班がもう一度もとどおりにもどったりした。そしてそんなことがあるたびに中隊全員がイライラし、その余波をうけて、初年兵たちは整列させられたうえ理由なしに殴られた。それで初年兵たちは眼に見えて前途に対する不安と恐怖の色を濃くしはじめて行った。そうした感情はまた古兵の方へもどって行き、その結果ますます彼等は荒れ狂った。……やがて古兵たちはいうようになった。

「ダラシのねえ初年兵が一人いたおかげで、おれたちみんなが死にに行かされる」

こんどの動員は普通の転属ではない。逃亡した石川が国境の憲兵隊にあげられたため、中隊長の光尾中尉はその名誉を挽回《ばんかい》する任務を特に部隊長からあたえられたのだ、というのである。そういえば、中隊に配属されていた士官学校出身の村野少尉は、こんどの騒ぎがはじまる直前に転任になって他へうつって行った。同じ将校でも幹部候補生あがりの者が「空砲」と呼ばれるのに対して、陸士出は「実砲」と呼ばれて温存されるという噂が事実だとすれば、こんどの動員に懲罰的な意味があるというのも本当だということになりかねない。……不吉な予感はそればかりではなかった。加介たちの班の教育係助手である河西上等兵や小川上等兵は、この七月一日付で兵長に進級することになっていたのに、その命令はいつまでたっても発せられる気配もなかった。河西や小川だけではなく、下士勤のO兵長でさえ伍長に任官することができなかった。そうでなくても幹部が不足しているのに、動員に際して進級者がいないとは普通には考えられないことだったのだ。

一方、中隊長はこと動員に関しては何もいわなかった。命令のあった翌朝、点呼のあとで、「中隊は特にえらばれて、熱地演習に参加の目的で、ちかく南下の予定である」とシラケきった口調でいったほかにには。

ところで情況の如何にかかわりなく、加介の食欲は増大する一方だった。このごろでは、それはもう自分ながら狂気に達したかと思われるほどだった。

たしかに以前はこれほどではなかった。これまでなら満腹するということに、ある充実感をおぼえて、それが心を明るくした。しかし、いまでは逆に食べれば食べるほど食欲がつのってくるのだ。……どうして、おれはこんなことになってしまったのか? ときどき加介は、酒の害について嘆息しながら酒をのんでいる酔漢のように、食べながら考えこんだ。まったくそれは、体力の消耗に応ずるエネルギーの補給というものではない。はじめのころ、それは他人と一つの釜の食物を分けあうところからくる闘争心であったようだ。また、汽車の中での退屈しのぎのこともあった。しかし、そういったことでは、もはや現在の異常にたかぶった食欲を説明することはできない。現在では、むしろ古代ローマの吐いてはまた食うという美食家のそれに匹敵するほどになっている。……ことに動員が下ってからは、食餌の量はこれまでよりもグッと多くなり、おまけに使役や公用外出で班を留守にする兵隊のぶんがまわってくるので、誰でもが食い放題なのだ。ある日曜日、加介は朝食のあとで、公用で出て行く上等兵からあたえられた食パン一斤を食べ、十一時にはさらに二斤のパンを、そして正午には炊事場の使役につかわれた代償にスイトンとウドンをそれぞれ飯盒に二杯、午後四時には外出した古兵のぶんを合わせて二人前の夕食を食べている。さすがに、その日は胸苦しく、卵黄くさい噯《おくび》を立てつづけに発して悩んだが、こうなっては胸苦しいまでに食うこと、胃の皮が張りつめて痛むのを押して食うこと、それ自体に快感を味わっているとしか思えない。……たしかに、それは一種、復讐のよろこびに似た心持だ。しかし一体、何に対して復讐しようというのか？　自分の意志に反して下劣なイジマしい欲望を発する胃袋に対してだろうか？　そうかもしれない。まったく食物の味そのものには何のウマサもない。いくら食いなれてもそれは、えがらっぽく、塩からく、汗と革具の臭いのする食物とは思えないほど下等な味だ。しかし、ことによると、おれは食うことによって軍隊に対して復讐しようとしているのじゃなかろうか？――そう思いついたとき、さすがに彼は自分の滑稽さに耐えかねた。どうがんばったって、自分一人の胃袋に全陸軍の食糧倉庫では、荷が勝ちすぎるというものだ。――けれども、二六時中完全に束縛されたところで、自由に自分の意志だけで行動できるところといったら、自分自身の皮膚の内側の内臓の諸器官だけではないか。物を食い、消化し、糞にかえること、これだけが監視なしに行いうることのすべてではないか。

しかし、その結果は、加介の下痢はほとんど慢性のものになった。食うとすぐ便所へ駈けつけ、水のような便をし、するとその後からまた食いたくなる。……彼は以前ほどに便所へ行くことに気をつかわないでもすむようになっていた。もはや浜田班長は加介が下痢をしているとハッキリわかるようになっても絶食療法を命じたりはしなくなっていた。そのかわり、加介が大声に、

「安木加介、便所へ行ってまいります」と実行報告すると、班長は青い加介の顔をひと眼みて、

普通なら「よし」というところを「臭い！」とだけいって、横を向いてしまうのだった。

底ぬけの騒ぎと緊張のうちに、もう二週間もたっていた。この間に、兵隊たちは騒ぐだけ騒ぎ、怒るだけ怒り、もうすることもなくなって、あとはただ日の暮れるのを待ちわびるような毎日だった。……日中ははげしく照りつける太陽に、たいていの兵隊が上半身裸体ですごすが、日夕点呼のころから急に肌寒くなってグッと温度は下る。そうして、きわめて長いたそがれどきがやってくるのだ。それは何もすることのなくなった兵隊たちにとって、いいようもなくうっとうしく、耐えがたい時間だった。各中隊とも、それぞれ舎前で軍歌演習を行っているのだが、一日の労働に困憊《こんぱい》した初年兵のカスレ声や、下士官の太い調子はずれの声がバラバラに、重い靴音といっしょになって聞えてくるのだ。

——アーアー、あの顔で、あの声で、

手柄たのむと妻や子が、……

——アー、アー、……

「——アーアー、じゃない。——あアあア、あアあッだ。やりなおし！」

けれども、どんなに大きく叫んでも、どの声も、皆はてしないツワイライトの中に吸いとられて消えて行くようだ。

底光りする薄黄色い空を、ときとすると何百羽ともしれぬ鳥の大群が列をつくりながら幾組も飛び去って行く。

軍歌演習はまだ続く。「ポーランド懐古」「ブレドオ旅団の突撃」「昭和維新の歌」「八紘一宇節」……けれども、たそがれの方もまだ終らない。実際、この宵闇《よいやみ》は倦怠そのもののニュアンスを引きずりながら、営庭のあちこちに点在する白樺《しらかば》の幹や、空の雲を、澄み切ったうす水色に染め上げたまま、兵隊の声がどんなに涸《か》れはてようと、靴音がどんなに重く鈍くなろうと、一向に退く気配もみせないのだ。

そのくせ、消燈ラッパが鳴りおわり、ある時刻がやってくると突然、あたりを鼻をつままれてもわからない真暗闇にかえてしまう。それは待っている間じゅう、こちらの心をジラせながら、忘れるころを狙って姿を現すもののようだった。

中隊全部が、もう待ちくたびれていた。……戦闘訓練もときどきは行われていたが、それは思いつきみたいなもので、たとえば演習地で三時間もウタタネしてしまう隊長の目の覚めるのを待って、その間全員が無意味な休憩をさせられたりするのであった。古兵たちは、いったん梱包した包をひらいて、またそれぞれに得意の手芸にふけりはじめた。なにしろムダなやりなおしをさせられることには、もう慣れきっているのだ。

加介は、たいてい湯沸し場の椅子に坐っていた。湯沸し場は洗濯場の一隅に設けられてあり、便所の入口に当っているので、便所のバネつき扉が開閉するたびに、あたりの空気は甘酸っぱい糞尿の濃厚な臭いで満たされている。しかし人の出入りが多いわりには人目につかず気楽な場所だし、おまけにさまざまの余徳にあずかるチャンスがあった。ここは隊内で唯一の火のある場所なので、古兵たちは、炊事場から都合をつけてきたギョオザや豚肉入りの味噌汁を温めなおすために釜の焚《た》き口へつっこんで行ったが、その火加減を見ることで、いくらかずつの分け前にあずかるし、なかには釜へ入れたまま公用外出して、それっきり取りにこない場合もある。

加介は剣持と相棒で、交替にこの椅子に坐った。班内がヒマだと剣持は、下番しているときにも通信隊のそばで拾ったという伝書鳩のマメをもってきて、火に炒《あぶ》って、加介にも半分わけてくれたりしながら、

「おれたちは一体、どこへつれて行かれるだかなア。……シリピンなら、おらの兄貴がいるだがなア」

「そうだなア。フィリッピンといったって、ずいぶん広いんだから、兄さんに会えるとはかぎらんがな」などと話し合うのである。

加介は一日、釜の前に坐って、そんな受けこたえに時間をすごしながら、はじめて兵営の中に安住の地を見出したような気持になりかかっていた。……まったくのところ、それは入営以

前の生活をふくめても、この二、三年間でもっとも平安な日々であったかもしれない。そして、うかつにも彼は、そんな状態がほとんど永遠につづくもののように錯覚しはじめていたのである。

その晩も加介は、中隊の幹部と古兵をつれて夜間の斥候訓練に出掛けた隊長のために、大釜いっぱいの湯を沸すことに精出していた。……午前一時ごろになってかえってきた隊長のところへ、行水に使う湯を運んで、部屋を出ようとすると、隊長はふと想いついたように加介をよびとめた。

「きさま、このごろイヤによく働くな」

「はい」加介は機械的に返答しながら、ふと隊長の語調にある危険なものを感じた。……ふだん加介たち兵隊と隊長との間には、個人的な接触はほとんどない。兵隊たちにとっては下士官までが地上の人間である。それ以上の階級になると、手をのばしても触れることの出来ない、灰色にカスんだ抽象的な存在に思える。が、その光尾中尉が白いメリヤスのズボン下だけの裸体で、日焼けした首筋をタオルでこすっているのを見ると、不意に加介は学生時代の運動部の合宿を想い出した。平べったい額、うすい唇、ほそい眉、すこし上向き加減の鼻、それはいかにもスポーツマンによくある顔つきだった。おまけにその体軀は、加介の頭デッカチの体やO型に曲った脚などとくらべて、あらゆる点で対照的だ。……加介は相撲部や拳闘の選手たちの

顔を瞬間的に憶いうかべながら、

——こいつは苦が手だ。

と、心の中につぶやいた。すると隊長は、まるでそういう加介の心を読みとったかのように、ふとマブしそうな細い目をこちらに向けながら問いかけた。

「お前、こんどの動員に行きたいのか、行きたくないのか」

それは不自然にきこえるほど、静かな、ゆっくりした口調だった。

「行きたいであります」と、加介はふたたび機械的に答えた。

「なぜ行きたい？」

隊長は顔をのぞきこむように訊いた。……加介はいまさらのように自分が重大な喚問に立たされていることに気がついた。すでに戦闘部隊として編成されている現在、もし「行きたくない」とこたえていたら、戦線離脱の罪に問われないものでもない。隊長は、ほんの冗談だよ、といいたそうなウス笑いを口のまわりにうかべている。けれども、その顔にはもう運動選手らしいところも学生風なところもない。ひとが好いのか残忍なのかもわからない。軍人独特の微笑が、渋紙色に日焼けした皮膚にうかんでいるだけだ。……加介は他に答えようのないままに、

「戦友と別れるのが、つらいであります」

すると隊長は、

「まるで落語家のセリフだな」と、おおいかぶせるようにいうと、あらためて、

「それだけか？」と問いかえした。その顔にはもはや笑いは消えていた。……加介はどういう理由で自分一人がこんな質問を受けなくてはならないのかわからなかった。この間、班長のもとに差し出した「遺書」の書き方があれではやっぱりマズかったのだろうか？　それともふだんの自分の行状が何となしに疑られているのだろうか？　しかし一方では、この職業軍人ではない隊長が話のワカル話相手をもとめたがっている風にも見えないことはない。こんなとき唯一の逃げ路は「わかりません」ということだった。しかし、それには時間が（それはほんの数秒間のことかもしれなかったが）たちすぎているように思われた。すくなくとも、この際はあの「遺書」の場合のようにゴマ化しておることは許されそうもなかった。「天皇陛下」とか「国家」とか、そういったキマリ文句は、隊長の細い白眼がちの目で、あらかじめ封じられてしまっているようだった。そして考えれば考えるほど自分のいおうとすることはシラジラしい嘘のかたまりしか出てこないのだ。……もしここに内務係准尉があらわれて、

「おい安木、お前、野球できるか」

と、とぼけた質問を発してくれなかったら、加介の運命はどうなったかわからないところだった。

「あんまり得意ではありません」

「そうか。よし、行け」

准尉は不愉快そうに黙っている隊長を尻目にかけて、そういった。

加介には隊長にかけられた疑惑と同様、准尉のああした態度も、わけがわからなかった。ただ隊長はイラ立っており、准尉は落ちついている。それだけはたしかだった。……実際のところ、(戦地へ行きたいのか、行きたくないのか) は隊長にだって答えることの出来ない質問にちがいない。将校に志願したということは別段、軍人になりたくてなったということにはならないし、戦地へ行きたがっているということにもならないからである。その点、軍隊にいることで生活をまかなっている准尉とはまったく異なった立場にあるわけだ。おそらく隊長は避けられない運命として営門をくぐったことは加介と同様だったにちがいない。ただ、その運命の受入れ方が加介とちがって、より器用に、よりタクミであった。見習士官としてこの連隊に着任した最初の日、将校集会所で行われた会食の席上「葉隠」を要約した言葉を所信としてのべて、人の好い連隊長に感銘をあたえたのは彼だった。どんなことでも機械的に処理すること、相手の弱点を見抜いてアピールすること、これらのことを彼は映画会社の宣伝部員となる前から体得していた。

隊長に喚問を受けた翌朝、目を覚すと加介は左腕に不思議な痛みをおぼえた。筋肉を内側から引っぱられているような感じがした。そして全身が熱っぽいようだった。診断を受けようか、と彼は思った。しかし、その瞬間に痛みは消えて行くのである。……もし診断を受けたとき、軍医に「どこも悪くはない」と言われた場合、また隊長は訊くだろう。——お前、動員に行きたいのか、行きたくないのか？……もはや加介は彼自身でも、それをどっちとも決めることが出来ないような気持だった。同様に自分の体の内部にある痛みも、信用できなくなっていた。マキを割るために左手でそれを支えようとする。と、一本のマキが鉄の棒のように重く感じられるのだが、朝起きたときに感じたヒキツレるような痛みは、もう感じられないのである。

しかし、こういった傾向は多かれ少なかれ、おそらく中隊の全員について言える傾向だった。……希望というものは、どんなときにも失われないものだという。牛でさえもと殺所の門をくぐらされるときは抵抗の意志を示すという。それなのに二百人ちかくの兵隊が前線へ——それも多分は懲罰的な意味がふくまれているものとして——駆り出されようとするとき、中隊が平静でいられたのは、いつの間にか彼等がこういう事態に慣れさせられてしまった結果である。何度も何度もの出発のやりなおし、宙ぶらりんな毎日のあけくれ、そんな中で彼等は最初にうけたショックを飼いならして行った。だから行き先は、どうやら南方の孤島らしいというバクゼンとした知識しかあたえられていなかったにしろ、そのバクゼンたる場所は営門を一歩出ればいたるところに拡っている演習地か何かのように思われてくるのであった。……そして、それはいよいよ出発の本当の晩になっても変りなかった。

命令は、この前ソンピラ川へ川遊びに出掛けたときのように、ほんの一、二泊の夜営演習が行われるといったふうな出され方をした。

……無論、兵隊たちはそんな命令にはダマされはしない。誰だってそれが本物の出陣だということは知っている。けれども彼等の中に飼いならされたもう一つの心が、至極平静にそれを演習の命令として受けとってしまうのである。


午前一時、中隊は武装をととのえて舎前に集合した。最後の訓示があたえられる。

夜空には星が光っており、整列した兵隊たちは夏だというのに白い息を吐いていた。大隊長の検閲がおわると、もう舎前にはもどることなしに、その場で休憩が行われ、すでに黒い背中を並べているトラックによって、そのまま兵隊たちは駅まで輸送されてしまうのだ。……大隊長がやってくるのを待つ間、何度も番号がかけなおされ、隊伍がととのえられる。

その合間、合間に、浜田伍長は白い手袋をはめた手をふりながら、冗談ともつかず、「お前たちも、ついに孫呉の朝鮮ピイの味もしらずに戦場へ出るわけだな」と、初年兵たちにささやいた。

しかし、それも加介たちには最も架空なものにしか聞えなかった。……そんなことよりも彼等は携行品の重さに、いまさらのように驚かされていた。

カン詰、生米、その他の携行食料をつめこんだ背嚢は、防雨外套《がいとう》、天幕、円匙、飯盒、地下足袋《じかたび》、防蚊覆面、防蚊手套、などがくくりつけられ、そのほか雑嚢、水筒、防毒面、等、一切合財の世帯道具を身につけたうえ、さらに弾薬盒三個をつるした帯剣をおびると、それだけで体はガンジガラメに縛りつけられてカブトムシのような恰好になるが、それに小銃を担うと、その重味で足のウラが地べたに吸いつけられたようで、一歩あるくにも体ごとゆさぶらなくては脚が前に出ないのである。

やっとのことで大隊長は本部の方から足早にやってきた。

「気ヲ付ケ！」

中隊長が張り裂けるような号令をかける。――中隊長のそんなにカン高い声をきいたのは加介たちはこれがはじめてだった。……がそれよりももっと意外だったのは、大隊長の前に小走りに駈けよった中隊長の恰好だった。正式の歩兵の軍装、つまりふだんの長靴ではなく巻脚絆をつけ小型の背嚢を負った中隊長の姿は、奇妙に子供っぽく哀れにも見えたのである。

中隊長は大隊長に向き合って正面に位置すると、「頭《かしら》、中！」の号令を掛けるためにヒラリとサーベルを抜き放った。

（まるで兵隊ゴッコだな）加介は不意に吹き出したくなる衝動を感じた。と、これをこらえる拍子に一層困難な事態が生じた。何としたことか、彼は突然便意をもよおしてしまったのだ。……ふだん、さんざんに荒らされている加介の消化器官は、ひえびえとした夜気にあたって刺《し》戟《げき》を受けたのだろうか、腹の中では、夜食に出された豚のシチュウと茹《ゆで》アズキが煮えくりかえっているように思われた。

大隊長の訓示はきわめて長かった。もはや加介の耳には大隊長の訓示は一言も入らず、ロイド眼鏡と酒で赤くなった鼻の下にパクパクと動いている口もとだけを一心に見つめたが、それはいつまでも動きやめそうになかった。加介は勝手につぶやいた。——おれのなかではいま「希望」と「絶望」とが撃ち合い、ひしめき合っている。おれはいま何処《どこ》かわからないところへつれて行かれようとしている。それは、おれの運命であって希望も、絶望も、その運命のワクの外へは出られない。……ところでおれがさしあたって最大の望みというのはここらあたりが広大無辺の便所であって、そのままそこにしゃがみこんでしまいたいということだ。

訓示がおわって大隊長がいってしまうと、次は中隊長の番だったが、さいわいにもこれは省略された。……中隊長は、いまは、玩具の兵隊然とした恰好のまま、両手をズボンのポケットにつっこんだりしながら、ゆっくりと下を向いて、解散と休憩の命令をつたえた。加介は「捧げ銃《つつ》」の銃を引くがはやいか、目的のところへ走りこんだ。

間に合った。……下士官用、患者用、と貼り札のあるのを右に見て、三つ目の扉を引っぱった。扉は開いた。だが、なかに入ろうとすると入れない。そのはずで、彼の体には完全軍装のままの装具がまつわりついており、右手には歩兵が決して手放してはならないところの小銃が握りしめられてあるのだ。加介は追われて壁の中に飛びこもうとする人のように、体をできるだけ真直ぐに、両腕を垂直に前にのばして、ようやく中に入った。しかし、しゃがもうとすると背嚢の背に飯盒といっしょにくくりつけてあった鉄帽が、ゴツリと後の壁にぶつかり、前の壁へ押し倒されそうになると、こんどは胸に防毒面がつっかえる。剣ザヤは左の壁にひっかかる。……そうしてついに軍袴のヒモをほどく間なしに、生温かいものが袴下《こした》の中を、内股をすべり落ちて行った。加介は不快と安堵の入り交じったなかで、あきらめの心とともにつぶやいた。

——おれは、いままで胃袋や腸で軍隊に復讐しようとしていた。だが、その武器がいま返り打ちをくわせようとしている。

そのときだった。「敬礼」と呼ぶ声といっしょに、五、六人の足音が乱れながら入ってきた。加介は本能的な防禦心から、扉を内側からシッカリと押えた。すると、

「誰もおらんか、おらんだろうな」

と准尉の声がきこえて、足音はそのまま行ってしまった。それをきくと彼は、背嚢を下ろし帯剣をはずして、はじめて思いきり排泄《はいせつ》することができた。

……だが、どうしたことだろう。加介が用便をおわって汚したものを背嚢の中にまるめこんで、出てきてみると、すでに中隊の灯は消えていた。

舎前には、まるで嘘のように人かげ一つなかった。

営庭にかけつけると、もう一台のトラックもいない。

こんなときには、どうするべきだろう？　連隊本部へ行ってみるべきだろうか、衛兵所へ連絡するべきだろうか。……加介は月夜の営庭をしばらく、さ迷った。頭は到底解き難い難問題をあたえられたようで、熱をおびて悩んだ。

しかし、ふと気がつくと加介の足は自然に中隊の方へ向かっていた。すると急に、自分が何を悩んでいたのかわからなくなった。おれがこれから中隊のあとを追いかけて一体、どうなるのだ。ただ単に死にに行くだけではないか。……中隊兵舎へかえりつくと、彼はごろりと寝台に横たわった。そこはもう片づけられて、ワラ蒲団も毛布もない。それなのに、これは何という寝心地のよさだろう！　いままで便所の中にしかなかった「自由」の空気が、ここには満ちあふれて悠々とながれているようだった。

どこかでロバの鳴く声がきこえる。だが、それはいつものイラ立たしいワメくような声ではなく、何か誘われるような、なつかしい気分をかき立てる声だ。――仰向けにひっくりかえったまま、彼はふとその声を真似てみた。が、それっきり加介はこんこんと眠りに入った。

どのくらいたってからだろうか、加介はドナリ声に目をさました。

「馬鹿野郎。こいつは酒に酔っているんじゃないぞ。熱があるから、こんなに真赤な顔をしていやがるんだ。この臭いがわからねえのかよ、むんむんしているじゃねえか」

声をきいて加介は飛び起きようとした。が、体がうごかなかった。ふたたび、うつらうつらしながら、自分の額の上にいやに冷たい手がおかれたり、消毒薬の臭いがただよったりするのを感じた。もう一度、目をさましたとき、彼はかつぎ上げられて何処かへつれて行かれるところだった。

あれから、ほぼ二時間後、空き兵舎に寝込んでいた加介は巡察の衛兵に発見された。どんなにユスぶっても起きない加介を、出陣前の酒に泥酔したものと見做《みな》して衛兵は、医務室から衛生兵を呼んできた。

「この野郎、ふてえ野郎だ。こんな体をしていやがって何で診断を受けに来やがらねえんだ……」

衛生兵が、またドナった。勿論、加介は何を言われているのか、自分がどういうことになっているのかさえ知らなかった。彼はただ、ひょっとすると、この軽々とした眠いような気分が、死んで行くときの気持かもしれないと考えたりしていた。……彼は周囲から、軍医や衛生兵や衛兵やの顔が自分を見下ろしていることに気づくと、半ば無意識で口走っていた。

「うーん、キュル、キュル、キュル、……これがロバの鳴き声だぜ。皆、わかるかい」

加介は、まわりからのぞきこむ兵隊たちの顔を、家の者や友人たちの顔と混同しているのだった。

Ⅱ

安木加介は眼をさましながら夢をみているのではないかと思った。……檻《おり》の柵《さく》のように室内にいつも暗い影を落している銃架がない。寝ている頭上にぶら下っている鉄帽も、帯剣も、防毒面もない。……純白な壁、消毒薬の臭い、そして身体を柔らかくつつみながら適度の弾力で下から押し上げてくれるベッド。枕もとの棚《たな》に昨日食べたアイスクリームの汁がひからびて残っているアルミニュームの食器があった。たしかに、ここは病院だ。中隊の兵舎ではない。そうにちがいない。

「点呼準備！」

「気ヲツケ、敬礼！」

看護婦の号令がきこえてくる。つづいて廊下を踏みならす長靴《ちようか》の音。……号令の掛け声は兵隊とすこしも変りない。節度があり、力強く、とおくまで響きわたる。すっかり同じであるために唯一の相違点である声帯が、男性でなく、女性であることがハッキリと感じられる。……

病院のなかには十台あまりの鉄製のベッド。週番司令の軍医の見廻りにそなえて、室づき看護婦が眠っている患者の毛布をピンとのばして歩く。

陸軍二等兵安木加介　病名左湿性胸膜炎

枕もとの寝台の枠に、そう書かれた木の札と、護送患者の印である赤い球とがぶら下っている。……加介は、いま自分の置かれている状態が夢でなかったことをたしかめるために、その名札と赤い球とを一日に何度となく上眼《うわめ》づかいに眺めてみた。

——キイコ、キイコ、キイコ、キュルキュルキュル……

加介は、まだ自分がロバであった方が正しいような気がする。

中隊の出発してしまったあとの兵舎から、この病院へうつされるまでの間、暗いあなぐらのようなところの板敷の床に寝かされていたことや、荷馬車の上でゆられながらウスムラサキの服を着た満人の女にすれちがったことや、病院の入口で付き添いの下士官からタバコを全部かすめられてしまったことや、それらの継続した記憶の中で、加介は家族や友人の誰彼にロバの鳴き声を説明してきかせる夢をみていた。けれどもその夢で、あのどこから出てくるのかわからないような金属的な鳴き声を発しながら、彼自身がロバになって追い立てられる夢を、もう一度見ているのだった。

――キイコ、キイコ、……

そのたびに、

「畜生衛生兵をナメやがって。気ちがいの真似なんかするのはよせ。ポーラポーラ（放馬、脱柵の意）のあげくに、とっつかまりやがって、ふざけたマネをしていやがる。病院で電気にかけられてもいいっていうのか……」

そんなドナリ声に目を覚すのだが、怖ろしいと思いながら加介はまた底知れない疲労にひきずられて、そのまま睡《ねむ》り、睡るとまた自分はロバの恰好のまま、一緒に残飯桶《ざんぱんおけ》をかついだ青木や、鳩のマメを嚙みながら、

「おれたちは、どこへつれて行かれるだかなア……」といっている剣持に、こちらも何か言葉をかけようとしながら、口をひらくと、

――キュル、キュル、

妙な声になって、またしても衛生兵のイラ立った声に目を醒《さま》され、そうだおれはロバであったのだな、と夢の中で自覚するのである。

その間、連隊本部には「特別報告」として、次のような書類が呈出されていた。

陸軍二等兵　安木加介

重営倉七日

本人ハ昭和十九年八月十九日午前二時　本人ノ所属スル中隊ノ南方動員ニ出陣ノ際　将《マサ》ニ出発セントスル時ニ当ッテ　平素中隊長ノ訓戒ニ反シ暴飲暴食シアルタメ　遽《ニワ》カニ便意ヲ催シタル儘《ママ》　厠《カワヤ》ニ赴キタル処《トコロ》　用便ニ長時間ヲ費シテ遂ニ中隊ノ出発ヲ知ラズ　是《コレ》ヲ恥ジタル本人ハ狼狽《ロウバイ》周章　中隊追跡ノ任務ヲ忘レ　中隊兵舎ノ内部ヲ無為ニ徘徊《ハイカイ》シイタルヲ衛兵ニ発見セラレタルモノナリ　云々《ウンヌン》

本来なら、それは陸軍刑法による処断も考えられることなのだったが、それでは当然その直属上官の責任罰も免れず、これ以上光尾中隊長に汚名を着せるのは可哀そうだからという理由で、右のような隊内処罰が課せられることになったのだ。

これは寛大な上にも寛大な処置というべきだった。しかも、その当人の安木二等兵は何をいわれても板の間にタコのように正体なくうずくまっているばかりなのだ。衛生兵がやってきて体温を計ると、四十度をすこしこしていたが、この際かえってそれは不自然なものに思われた。二人の兵隊が両腕をかかえて無理矢理彼を立たせると軍医のところへつれて行った。すると軍医は、その胸に針を突き刺しながらいった。

「いかん、これはずいぶん上の方まで水が上っとるぞ」

……加介には、それが何のことだかサッパリわからなかった。食欲は一切なく、食餌のかわりにタバコを請求すると、週番上等兵がこんどは、

「何だってめえは肺病やみのくせにタバコを吸いたがるやつがあるか……」

とドナった。……そして、もう一度、眼をさましたとき、病院のベッドに加介はいた。

その孫県第一陸軍病院というのに、加介は入隊後間もなく、体格検査をうけにきたことがあった。そのとき窓から覗《のぞ》いた病室の中の、白衣をきてベッドの上でキャラメルを食べている連中を、彼は一種珍奇な動物でも眺めるような気持でみた。――それは、「白衣の勇士」とかいう偽善的な臭いの名称で呼ばれているものとも、また、子供のころ街で見かけたラッパを吹きながらクスリを売って歩く人ともちがって、尊敬する気持は勿論、あわれむ気持も怖れる気持も起らなかった。どちらかといえば羨《うらやま》しい気持に一番近かっただろうが、それにしては彼等の実際の生活がカケはなれすぎていて計りがたかった。(もし、こんなところにゴロゴロしている連中でなく、街をヴァイオリンやラッパで流して歩く連中を見たら、たしかにそれは羨むべきものだったろう。なにしろ彼等は「地方人」の中に自由に出入りできるのだから――)たとい羨むにしても、それは到底自分たちのところにはやってきそうもないものに思えたのだ。これは加介が自分の体力に自信をもっていたからではない。ここでは病人と病んでない者とは、その人間の体の具合で決められるのではなく、軍医の心境如何で決められるのだということを、これまでの短い体験でも十分に知っていたからである。小学校の講堂で行われた徴兵検査のときから、そうだった。赭《あか》い顔をした恰幅《かっぷく》のいい検査官は偶然にも、加介の行った中学校に以前配属されていたことのあるXという大佐だったが、加介の前に立つと、書類に落していた眼を上げ、いくらか顔をほころばせながら、

「学校の方の成績はあんまりかんばしくない方か」と訊いた。それはこの千人もの壮丁のなかで、とくに自分に「目をかけられた」という印象をあたえる態度だった。加介は無邪気らしい様子をととのえて

「ハイ」とこたえた。すると検査官はもう一度、書類を見なおしながら、頭をふりふり何かつぶやくように、しばらく一人ごとをいっていたかと思うと突然、大声をはり上げて、意外にも、

「よし! 甲種合格」

と宣告したのだ。……そのとき以来、加介は自分の体は自分のものではなく、組織の上に立つ者の意向でどうにでも書きかえられる記号なのだということを悟った。同時に、自分は決して上長から気に入られて即日帰郷その他の恩典に浴する気づかいはないものとアキラメをつけていたのだ。だから、その自分がいまこうして起床ラッパも実行報告もなく、点呼や不寝番は看護にまかせて眠っていられるということは、それだけでも信じられないぐらい幸福であり、運命が変ったような気さえした。けれども、この「幸運」がいつまでつづくものだろう。寝がえりを打つたびに、左側の胸が体とは別個の物質のように重くのしかかってくるのを、彼は後

生大事に抱きかかえた。そして猟師が近よると死んだフリをする動物のように、一日中ぐったりとベッドの上に横たわった。

実際のところ自分にはもう一つの幸運が加わっていたのを、まだ加介は知らなかった。病院の軍医が正式に彼の病名を決定してから、連隊では加介のことを、病をおして最後までよく軍務に精励したものとして当初の処罰を取消した。……入院して五日目、連隊本部の下士官が精勤章を五、六本腕につけた上等兵を一人つれて、そのことを知らせにやってきた。

「よかったな。しっかりやれ、……病気をなおすことも御奉公だ」

そういって下士官が帰りかけると、ついてきた上等兵が加介の軍衣や軍靴をまとめて風呂敷に包みなおしながら、

「てめえは、まったくいいタマだな。動員からはずされた上に、連隊長からほめられて、おまけにうまく行けば召集解除にもなろうっていうんだからな」……と、小声で下士官には聞えぬようにささやいて去った。

……加介は何を聞かされても、ただボンヤリするばかりだった。下士官たちの帰ったあと、はじめて彼は起き上って一人で便所に行った。長い廊下は遠泳から上った陸地のように感じられた。——隊長も去った、准尉も去った、浜田班長も去った、青木も剣持もみんな去った。われしらずそんなことをつぶやきながら放尿して、ふと見ると、窓から、直径が二尺ちかくもあ

りそうな花をつけた大きなヒマワリが一本、こちらを向いているのに気がついた。八月半ばで、もう秋めいている日射しの中のその花を、満州へ来てはじめて見る植物のように加介は思った。

加介たちの病室には、大体同じ種類の病気のものばかり集められていた。発病後間もない者も、ほとんど回復した者も交じっており、方々の病院を転々としてきた者もいた。加介のあとからも新しく何人かが入ってきた。また退院して行く者もいた。カーキ色の軍服は、そんな際にだけ見られるのであった。……ふだん階級は問題にされていなかったが、白衣の中にカーキ色が交じると、その部分にだけ軍隊や階級があるように思えた。

部屋の窓ぎわの隅に、マットレスを二段重ねにして寝ている人を、はじめ加介は室長にちがいないと思ったが、それはこの病院に勤務している石井という上等兵だった。彼の所には始終、菓子や果物《くだもの》や特別の料理が運ばれて、軍服のひとびとが見舞いにきた。石井は食べきれない食物を部屋中の人にくばって皆の尊敬をあつめ、音痴の声で流行歌をうたったり、初年兵の衛生兵を呼んで一人だけアンマさせたりしていた。病院以外の所でなら彼よりずっと顔のきく軍曹や兵長は、だまってそれを横目でみていた。……そんな「階級」の不信に輪をかけさせるものに看護婦があった。彼女らは全員上等兵以上に相当しており、婦長にいたっては准尉であった。だから兵隊は廊下に出ると彼女らに一々敬礼しなくてはならず、ことに婦長は欠礼するとたい対手《あいて》が下士官でも許さなかった。官等級氏名を訊いて、原隊に報告し帰隊すれば営倉に入れさせる、というのである。それで敬礼は行われはするものの、そのたびに誰しもニガニガしいような嘘のような気分を味わわされ、ふだんは「階級」を重んじたがる、兵長や軍曹までがそれを馬鹿げたものだと思いたくなるのである。それで、兵隊たちは部屋の中では上下の区別なく、おたがいに「さん」づけで呼び合った。

二週間とたたないうちに加介の健康は眼に見えて回復しはじめた。……朝、起きると、モウモウと湯気の立つ味噌汁と飯とを看護婦がはこんできてくれる。と、それを見ただけでも、そのにおいを嗅いだだけでも、もう彼の体は一人で「健康」の方へ向かいはじめるのだ。食いおわった食器を片づける必要はない。誰からも命令されず、何をするべきか自分できめる必要もなく、誰からも見られているという意識なしに、一日中ベッドの中で寝ていさえすればよろしい。無為に苦しむということも加介にはなかった。希望や期待があればこそ、焦燥や不安も起ってくるが、彼にあるのはいいようのないハカナサばかりだった。……外界のものでは彼の興味をひくものといったら、あの便所の窓から見えるヒマワリぐらいのものだった。一日たつごとに、その大きな花冠はすこしずつ弱りはじめ、いつの間にかグッタリ下を向いたきり、雨に打たれたりしているのだった。すると、それまで花弁や葉にかくれていた萼《がく》に接する茎が、裸の皮膚をおもわせるナマナマしさで露出し、呼吸に喘《あえ》ぐ動物のような表情を見せた。また彼は往きかえりの廊下で、はなやいだ女性の笑い声をきくことがあった。それは南方の戦線の情況が逼迫《ひっぱく》してくるのに呼応して、外出止めになる部隊が多くなったために、ますますガラ空きになった孫呉の町の朝鮮人の娼婦《しょうふ》たちの声だった。彼女らはしばらくの間、慰安所からかり出されて、病院で繃帯《ほうたい》巻《ま》きの勤労奉仕をしているのだった。

診断室へも歩いて行くことを許されるようになった頃（それまでは本当は用便も病室内で行うようにいわれていた）が、加介の幸福の絶頂だった。軍医は軍人であるよりは医者であったし、看護婦はやっぱり何といっても女であった。一日おきに行う栄養剤の注射のとき、「びくびくしないで。……あたしの顔を見たって、そんなに怖がらなくたって、いいじゃないの」と、色の黒い小柄な看護婦に叱咤《しった》され、そのたびに彼はふと情緒的な、たとえば手相を口実に婦人にたわむれているような気分になるのであった。病院付き衛生兵である石井上等兵のいうところでは、すべての看護婦に軍医か衛生士官のヒモがついているとのことだったが、彼女だけはそれらしい気配も感じられなかった。

ある日、加介は診断室で軍医の診断を受けて帰ろうとするとき、書類をひろげた婦長の机の上の、ページを開いた帳簿の間に一枚の用箋が挾んであるのが、ふと眼に入った。

　内還

　として、見知らぬ人の名前が書きつらねてあり、そのなかに自分の氏名に似た「安…加…」という字が入っているのをちらりと見た。その瞬間、彼は体から血が引くように感じ、途中の廊下をどんなふうに歩いたかも忘れるほど夢中で、病室にもどった。……その時から、彼の心は平静を失った。

　内地送還になるということは、同時にほとんど現役免除や召集解除を意味している。加介は連隊本部の下士官といっしょにやってきた上等兵の言葉を、いまになってやっと実感のあるものとして憶い出していた。あのとき、たしかに彼は憎しみと羨望《せんぼう》のこもった眼つきで加介を見すえながら（その上、うまく行けば召集解除になる）といった。……そんなことがあり得るだろうか？　それではおれは自分の体の一部分を引き換えに、いま内地行のキップを手に入れたことになるのだろうか。しかし、それは幸福と呼ぶには怖ろしいほどのものだった。……加介はベッドの中で、たったいま見た紙片の文字を自分の眼の錯覚であったと思い込もうと努力した。しかし努力すればするほど、あんなに遠くに思われていた内地が、すぐ近くに、ベッドをならべた隣の男の中にまで、感じられるようになった。

　加介にはもはや、まわり中の一切がつまらなく見えた。それまでは、あれほど快適だった病室の生活が、やりきれないほど味気ないものになった。朝、味噌汁をのみながら彼は、どうしてシナ人のつくる豆腐はこんなに油臭いのだろうと、いまさらのように思った。石井上等兵の調子はずれの流行歌や、夜中に聞える隣の男のイビキや歯ぎしりが、イラ立たしく耳につくようになった。……そんなときに小島上等兵、望月曹長、倉山一等兵、の三人が他の病棟から転入してきた。

加介たちを最初に驚かせたのは小島安治上等兵だった。この長身の痩《や》せた上等兵の第一の特徴は尖《とが》った頭部がすっかり禿《は》げていることだったが、食事の時間になって部屋の一隅から、「なんだ、これは」と怒声がきこえるのに皆がびっくりして、そちらを向くと、やってきたばかりの小島上等兵が禿げ上った頭の表皮まで赤くして、アルミニュームの食器を寝台から投げ棄てようとしているのだ。食器に塵《ちり》がついていたというのだが、怒りの本当の原因は誰もつかむことが出来なかった。……部屋の中では一番年よりの、四十歳で召集を受けた輜重兵《しちょうへい》のKが、「小島さん、まア若い者のやったことですから大目にみて――」と話しかけたが、それには返辞もしない。そして部屋中のものに向かって、

「おい、おれは現役の三年兵だぞ、おれをナメるなよ」といい放った。

それで皆は三度びっくりした。現役の三年兵なら数え年二十四歳だからだ。……じつは小島の顔をみるなり年より同志の話相手にしようとしたKが、わざわざ自分の隣のベッドをあけさせて小島を迎えたことが、こんなに彼を不機嫌にしてしまったのだった。Kはアテがはずれてガッカリするよりも恐惶《きようこう》をきたした。二年兵になったばかりのKにとって、現役の三年兵の小島は話相手どころか、おそろしい小姑《こじゆうと》なのだ。

倉山一等兵は通信兵の下士官候補者だった。W大学の国文科を出た学徒兵だが幹部候補生はワザと自分から落第し、一般の兵隊並みの下士候を志願したのだといっていたが、おそろしく抽象的な、架空な世界に自分一人で生きている男だった。食事のとき彼一人だけ壁の方を向いて食べているので、室長が「皆といっしょに前を向いて食べろ」と申し入れると、正面を向くには向いたが、こんどは御飯を前にしたまま掌を合わせてブツブツと何ごとか祈りながら、皆が食べおわるまで箸をとらない。……もし愛国者というものがいるとしたら、このような男にちがいない、と加介は思った。こんな男を、まだ彼は中隊でも病院でも見たことがない。たとえば中隊でもっとも軍務に積極的だった青木にしても、内村にしても、この男にくらべては単なるハリキッた初年兵であるにすぎない。いわば倉山は専門的な愛国者とでも呼ぶべきものだ。大抵の兵隊にとっては、国家とか、天皇陛下とかは実在のものであるよりは、心に気合を入れたり、緊張をうながしたりするための合図の号令のようなものだが、倉山にとってそれは飯やマンジュウと同じように一個の実体のあるものとして見えるらしかった。一日中ほとんど誰とも口をきかなかったが、ベッドの上に正坐したまま長いこと、ひとりごとをいっているので、そばへよってきいてみると、看護婦や病室の中の一人一人の悪口をいっているのだ。……フチュウモノ、フチュウモノ、倉山の唇からもれるその言葉は呪文か何かのように聞えるのだが、実は部屋中すべての人間が不忠者であると憤慨しているのだった。そうかと思うと突然、

「生命奉還。陛下からいただいたいのちを、もう一度おかえしするのです。明治維新の大業は大政奉還によって完成したが、いまや生命奉還のときではありませんか……」と、アッケラカンとしている室長に向かって話し出したりする。

望月章曹長は、この二人とちがって特別に風変りな点はなかった。変っているといえばクローム・イエローに染めた軍靴下をはき、馬鹿に大きな黒いトランクを下げていることぐらいだ。彼は寝台がきまると先ずそのトランクを開いて、部屋中の者に羊羹を一本ずつ配った。国境の野戦重砲隊にいて少尉になる試験の受験準備中に患ってしまったのだといっていたが、別段落胆した風にもみえず、顔色も赤味をした好い血色で、笑うと真白い一直線に並んだ歯がのぞく。……いわば彼の態度には最上級者(将校准士官以上の病室は別棟になっているので)にふさわしい風格があった。廊下へ出ても婦長をのぞいた他の看護婦には敬礼する必要がないので、彼の頭の中には階級章のイメージが崩れずに残っていた。砲兵独特のハレツする砲弾の中でも聞

えるカン高い声で、まわりにいる兵隊に闊達《かったつ》に話しかけるが、話しかけられた方ではそのキンキンひびく声に何か気づまりなものを感じないわけには行かなかった。

……この三人が病室の空気を一変してしまった。小島上等兵の怒声は内務班の古兵さながらに初年兵の心をおびえさせたし、倉山一等兵の態度は不気味であった。それにもまして望月曹長の存在は無言のままでも、まわり中に固苦しい雰囲気をつくり出した。最初に影響をうけたのは石井上等兵で彼は歌うのをまったく止めてしまった。また、ほとんど回復して、看護婦の白いスカートを洗ってやったりする代り、飯を山盛り二杯分もらっていた牛山という初年兵は、いままでどおり大っぴらにそれが出来なくなって、食器をかかえたまま廊下を途方に暮れたように歩いていた。……たとい石井の歌や牛山の大盛り飯がはたに好い感じをあたえないものだったにしろ、何かの圧力でそれが止められてしまったということは、部屋の感じを暗くした。

加介は、ふと自分の胸の快方に向かいつつある自覚が不安になった。いきを深く吸い込むと空気が胸いっぱいに入ってくるし、これまでは弱い声しか出なかったのが、気がつくと大きな太い声で話しているのである。するとそんな健康状態が自分を中隊へもどらせてしまったような気がする。そして、急に様子のかわり出した病室の空気がそのまま中隊になってしまいそうな錯覚が起る。……もはやこの病室でじっとしていることが不安だった。たとい内還にはならなくとも、せめてなるたけ長く病院生活を送るよう、どこかの療養所に転地させてもらいたい。

それだけが彼の願いだった。

四、五日たったある日、加介は廊下で、あの注射係りの看護婦から、

「安木さん、なごり惜しいわね、近いうちに転送よ」といわれた。

「へえ、どこへ」

「旅順。……たしか、あすこへ行く人は内還になる人よ」

そこまで聞いて彼はからかわれているのだと思った。しかし部屋にかえると、あらためて彼は、自分のすでに直感していたことが当ったような気になりはじめた。努力して、見間違いだと思い込むことにしていたあの「内還」と書いた紙片のことを思い出した。あのとき、やっぱり自分の名前が書いてあったのだ、と思った。……すると、旅順の軍港から自分を乗せた白い病院船が内地へ向かって出帆する様が眼に浮んだ。

その晩、加介はほとんど睡ることができなかった。内地というものが、これほどの魅力で胸にせまってくるものだとは、八か月前入営する以前には想像もつかないことだった。……おれにとって一体、内地とは何であろう。軍隊の模倣ばかりやっている学校、サッカリンの菓子を食わせる喫茶店、あらゆる物資の窮迫した家庭、にすぎなかったではないか。……けれども、いまは内地という言葉だけでも彼の胸をつき刺すようなひびきを持っていた。そこに何かがあ

ると期待するのではなかった。眼をつむると、実をつけたミカンの枝がゆれながら、その梢《こずえ》の合い間から青い海がみえる、実際には何処でみたという記憶もない風景。……そんなものが彼にとっての「内地」だった。それは空漠としていた。けれども、ある甘い、あたたかい臭いのようなものが、強く、ハッキリしたかたちで彼に伝わってくるのである。

特報は、いつの間にか病室全体につたわっていた。はっきりした命令がでるまでの間、誰もが落ちつきを失った。この部屋からは一体、誰と誰とが行くことになるのか、行く先きがどんなところか、情報がすこしずつ食いちがっているので、本当に安心できるものもいないし、誰もが希望をすこしずつはのこしていた。……命令は翌々日の日夕点呼の後につたえられた。この病室からは加介の他に六名の名が呼ばれた。ところで、そのなかに例の三人、望月曹長、倉山一等兵、そして小島上等兵の名も入っていた。

出発の日、予想に反して加介は一向に気分がわき立ってこなかった。実をいえば前夜から彼は隣のベッドに寝ている連中に、どうやって別れを告げようかと苦心していた。しかし、いざとなるとそんな心配が滑稽《こっけい》に思われたほど、何の感動もなかった。

「あの曹長がいっしょじゃ、お前たちも苦労するだろうが、しかし向こうへ行けばこっちのものだからな。……旅順の病院は立派だぞ。帝政ロシヤ時代の建築だ」病院の事情にくわしい石井上等兵が、そんなことをいいながらキャラメルの箱をわたしてくれたが、加介はただウワの空で返答するばかりだった。彼には別段、旅順のことなどはどうでもよかったし、望月曹長も怖ろしくは思えなかった。……そういえば例の三人も旅仕度をととのえはじめると急に気づまりな感じがとれてしまった。綿ネルの白い病衣の上に防水布の筒袖《つつそで》の外被を着せられて、大きな風呂敷包みやトランクをぶら下げると、もう完全に曹長も二等兵もなく、一様に遍路か巡礼の恰好になってしまったのだ。

「やっぱり、わしが号令をかけなきゃならんのかな」

望月曹長はまだ、あの准尉の婦長に敬礼したことがなかったのだが、出発の際には婦長の前に整列して挨拶の敬礼をしなければならない、そのことをいつになく心細そうに苦慮していた。

「それはそうでしょうな」と小島上等兵は意地悪くこたえた。

ちょうど、そんなとき、奇妙な突発事が起った。廊下を、事務室の看護婦が軍服の兵隊二名をつれて駈けつけてきたのだ。そして、「倉山一等兵、倉山一等兵は列外!」と叫んだ。……事務の手つづきの誤りで、倉山の旅順行きは取り消しだ。彼はすでに治癒しているから退院で、原隊から迎えがきている、という。

「おい、お前、何しとるんだ」出迎えの兵隊は倉山の病衣の袖をとって廊下へ引っぱり出しながら、「ふてえ野郎だ、こいつ。たかがウガイ薬なんかのみやがって、内地へズラかろうッたって、そうは行くものか」

倉山は実は、中隊の衛生兵の手違いでアスピリンの代りにウガイ薬をのまされた。原因不明の高熱を発したので軍医は何のことやらわからぬまま一応気管支炎の病名をつけて倉山を病院に送りこんだが、彼の転送されるということをきいた隊付きの衛生兵が、昨夜事実を軍医に自白した。というのだった。……「大体こいつが、ふてえんだ。仮病をつかったも同じだ。手間をとらせやがって」兵隊はまだ怒りながら、病衣を脱いで軍服に着かえる倉山の帯剣の吊りボタンをはめるのを手伝ってやっていた。

加介には何のことだかサッパリわけがわからなかった。ただ膝と肱《ひじ》にツギの当った軍服をつけた倉山は、誰よりも病人のように見え、彼が両腕を戦友にとられながら出て行く後姿をみると、不意に自分はこれから内地へ向かうのだという実感がわいてきた。

「気ヲ付ケ」

望月曹長もまた倉山の姿にショックをうけたのだろうか、あの非フェミニスト的なこだわりをすっかり棄てて、婦長の姿が廊下の向こうに現れると号令をかけた。彼女はふだんと違って膝頭でぴったりとめるズボン式スカートをはいて、整列した加介たちの正面に立った。

「婦長殿に敬礼、頭ア左」

砲兵独特のカン高い曹長の声がひびいた。

玄関を出ると駅へ行くためのバスが待っていた。小島上等兵と並んで歩いていた加介は、階級に対する礼儀から、彼のトランクを持とうと申し出た。すると小島は急に瞼《まぶた》を赤くしながら、「いいんだよ。……お前はたしか二十五歳だろう。おれより一つ年上じゃないか」と、老人が若者に礼をいう口調でこたえた。

バスが走り出すと加介は二か月半ぶりで野外を眺めた。十月の北満は、すでに冬枯れの景色《けしき》だった。

最初、それが病院であるとは誰も信じなかった。

旅順の一つ手前の駅で汽車がとまると、衛生兵が指揮して加介たち一行の患者を下車させた。……駅といってもプラットフォームさえあるのかないのかわからない小さな停車場だ。そこが水師営というところであった。

北満各地から集められて、ほぼ一個小隊ほどの人数になる患者は、下車するとリンゴ畑にかこまれた狭い一本道を歩かせられたが、どこまで行っても人の住む家らしいものさえなく、四方には小さな山や丘が、海の中の島のようにポッカリポッカリと独立してリンゴの樹の林の上に浮んでいた。

「あれが二〇三高地……」「あれが東鶏冠山《とうけいかんざん》……」と、誰からきくともなく、遍路のような恰好の一隊は、指さしながら教えあったが、かんじんの病院は眼前にそれが現れても、そうと気づくものはなかった。

うすネズミ色をしたその木造の建物は、まるで半分地面にうずまっていた。ゆるい斜面を上りつめたところに建っているにもかかわらず、それは上から押しつぶされたように見えたのである。……赤土に汚れた窓ガラス、そり返った板壁、それが辛うじてくッつき合っているだけの、投げやりというよりは悪意でつくられたような粗雑なバラックだった。有刺鉄線にかこまれた門を入りながら、加介はまだこのバラックに自分が入れられるのだとは考えられなかった。彼の頭の中には石井上等兵のいった「帝政ロシヤの建築」がしみ込んでいてはなれなかった。……港を見下ろす丘、白い大理石の円柱で飾られた建物、そんな勝手な想像が、どういうわけか眼前に見ているものより一層現実性にとんでいるように思われた。

アテがはずれたのは単に建物のことだけではなかった。中に這入《はい》ると誰もが、これが病院だろうかと、ふたたび疑った。いたるところめくれ上った板壁の合い間から病院がのぞかれたが、そこには寝台も何もなく、患者は七、八十メートルの長さのアンペラ敷の台の上に藁蒲団《わらぶとん》を並べて荷物のように寝かされていた。……(何かの間違いで行路を変更されたのだろうか?)加介は、来がけに倉山一等兵が不意に退院させられたことが、不吉の前兆のように思い出された。しかし一方、ここは病院船を待つ間の仮の収容所にちがいない、だからこんな粗末な扱い方をするのだろう、とそんな考え方に希望を託したりもした。

ところが間もなく、またまた前途の暗さをおもわせることが起った。雑然と廊下にたむろしていた加介たち一行のところへ、四、五名の衛生兵をつれた背の高い下士官が革のスリッパを鳴らしながらやってきた。……その下士官を加介は最初、憲兵かと思った。胸につけた山形の徽章が暗くて黒色にみえたせいもあるが、ひたいの抜け上った面長の青白い顔に眼が疑りぶかそうに光っていた。彼は一同を一列横隊に整列させると、荷物を前に置かせて私物検査を行った。所持品の内に、タバコ、薬品、アブナ絵、規定額以上の金銭などが入っていないかどうかをしらべるためのものだったが、加介を脅したのは検査の方法だった。それは中隊の内務検査ともちがった冷酷さをもっていた。下士官は自分の前にいる患者の風呂敷包みから紙の箱を一つとり出すと、いきなりそれを引き裂いてみせた。そして狂暴な調子でいった。

「こういうノリで貼って作ったものはすべて禁止だ」と紙と紙とを貼り合わせた間に何でも隠すことができるからというわけだった。また、「トランクその他、大きな荷物は、日常に必要なものだけ手もとに置いて、そのまま病院の倉庫に預けろ。そうすれば検査なしですませてやる」

そういって一同がアッケにとられているうちに、小島上等兵も望月曹長も、その大きなトランクを衛生兵に引き上げられてしまった。……加介は、歯ミガキ粉の粉のなかに百円紙幣一枚と十円紙幣二枚をかくしてあったが発見されず、別に被害はなかったが、同行者の荷物を取り上げられたことから、相当の期間この病院にとどめられるのではないか、という気がしてきた。

この病院も、病気の種類によって病棟や病室が分けられていたので、望月曹長以下六名の一行は、また孫呉のときと同じく一つの病室に入れられることになった。

病室? それは部屋というより、むしろ一種の長い大きな廊下であって、通路の両側にアンペラ敷の台があるだけのものなのだ。ガランとした部屋の片隅で一行は、旅の疲労と不安とをこもごもに感じながら、より合ってぼんやり坐っていた。……そうでなくとも隙間《すきま》だらけの建物だから、開放された両側の窓から赤土まじりの風が吹きとおして、戸外と同様の寒さだ。だが、加介たちの一行を何よりも驚かせたのは患者たちの風体だった。彼等は病人でもなく、兵隊でもなく、孤島に漂着した人のようであった。彼等のある者はシャツだけの上に帯をしめ、裾《すそ》からフンドシをのぞかせながら、軍帽だけはちゃんとかぶっており、胸にグリコの箱から作ったひどく大きな階級章を下げていたりするのだ。先刻、彼等は縛りつけられた荷物のように寝ていたが、いまはほとんど意味の聞きとれない叫びを上げながら、部屋中を狂ったように踊ったり追い駈けたりしている。……ここでの階級に対する不信は一層徹底しているらしく、曹長がいるのに敬礼しようとしないばかりか、種族のちがった動物どうしのような、無関心な眼でみて通るだけだ。

「こら、待てえ。……待てえちゃ」

一人の色の白い一等兵のあとを、背の低い四角な体の伍長が真赤な顔をして将棋盤を片手に、追い駈けながら、坐っている望月曹長の肩をドタンと蹴とばして行った。そうかと思うと枕もとからリンゴを取り出しては、ぶッつけ合っている者もある。……「どうも内務がだいぶ、でたらめらしいな」曹長は半ばウメくように小島上等兵にささやいたが、小島はアイマイな言葉に返事をにごしながら、そのためにますます老人のように見える顎の先の不精ヒゲを爪で引っぱってばかりいた。

室長と書いた大きな札を胸に下げた軍曹が望月曹長のところへやってきた。

「どうだね」と彼はやや意識したような横柄な口調できいた。

「そう……」曹長はいいかけたまま一旦だまったが、ふと顔を上げて、「大体、ここにいる連中は皆、内還の船を待っているわけか」ときいた。

こんなに多勢が頭につかえているのでは、順番が廻ってくるまでが大変だ、……一行の誰もがそう思った。しかし関心が大きければ大きいほど切り出すのに、ある勇気がいることだった。

皆は思わず軍曹の顔をみた。すると軍曹は一瞬顔をくもらせながら、うす笑いして、

「内還?……そんなものはこの半年、一度もねえや。皆ここで癒してまた北満へかえるのだ」

と吐き出すようにいった。そして、「そんなことより、まアお互いに仲よく行こうや。室長は別に命令が出ないかぎりおれがやっているからな。……これ、読んでくれ」そういって「患者心得」という紙を一枚おいて、肩をふりながら自分の寝台へかえって行った。

すると、こんどはまた頤の長い、ボロボロの病衣をきた男がやってきて、

「まアそんなにガッカリせん方がええですよ」といった。

その口のきき方の横柄さに、曹長はついにこらえかねて、

「お前は何年兵か」と訊いた。

「七年兵ですよ」と、男はあっさり答えて胸の上等兵の階級章を示した。けれども七年兵といえば、それは望月曹長と同年兵ということになるのだ。曹長は沈黙するより仕方がなかった。

上等兵の語るところでは実相はこうだった。——すくないときで四、五百人、多いときには千人ちかくの患者を収容するこの水師営療養所から内地送還の目的で転出されるのは、一度にせいぜい十人ばかりのものにすぎない。(それも先に軍曹がいったとおり、この半年ばかりは一度もないのだが)のこりの大多数の者は、病状もハッキリしないままに、一年も二年も療養所に置かれるか、でなければ大連や金州や錦州や、そのほか南満各地に散らばってある病院へ

順ぐりにタライ廻しに廻されている。彼自身、昭和十七年に発病して以来、各所の病院を転々としてきた。……では、そんなに大勢の患者のなかから一体どんな者が選ばれて転出になるのか、その基準はひどく不明瞭なので、たとえば十人のうち二人は担架ではこばれるほどの重症であるかとおもえば、なかには血色もいい、まるで健康そのもののような体つきの者が混じっていたり、さらにまたこれといった特色のない病室の中でも病人として平凡きわまる男が入っていたりする。在院日数の長い者から選ばれるのかというと、そうでもなく、要するに病棟の衛生兵班長の主観によって決められるとしか思えない。だから衛生兵の威張ること、班長は勿論のこと、初年兵の衛生兵でさえ患者の曹長よりも権力がある。……

そんなことを説明したあとで上等兵はつづけていった。

「しかし、そうはいってもね、結局のところ、おれたちには何が何だかわからんですよ。内還で転出になる連中は、みんな奉天へ行って朝鮮経由でかえされるんだが、とっくのむかしに内地に着いているはずだと思ったやつが、療養所を出てから二、三か月たったころに、熱河や北満の病院から、検閲済みの判を押したハガキで、『当方モタイヘン元気デヤッテオリマスカラゴ安心クダサイ』なんていってくることが、よくあるんだから……」

加介はその夜、粗相をした。小学校一年のとき一度あって以来のことで、まさかと思ったが、枕元の開放した大きな窓から吹きつけてくる風に眼をさまされ、気がつくと藁蒲団がもう冷たくなっていたのだ。彼は狼狽するよりも淋しい気がした。夢ではないか、ともう一度思おうとして、となり近所を見廻すと小島や曹長の頭が毛布の間からのぞいてみえ、なぜかそれが孤独な生き物を感じさせた。

……それにしても希望は、かたちを変えていろいろの現れ方をした。これまでとは全くちがった病室内の風習に接して心細くなればなるほど、自分たちの所にだけはいまに内還の命令がやってくる、とそんな気持もした。また食事のときに他の患者たちには牛乳やリンゴが配給され、加介たちにだけそれが配られなかったが、そんなことも自分たちはここに落ちつく人間ではないから配給がないのだろう、と考えられもした。ウマそうに食べている連中が羨《うらや》ましくないわけではなかったけれど……。

三日、四日と日がたつにつれて、とうとうこんな浅はかな期待はそのまま絶望に変った。まわり中の人間が寝台上に坐ったり、寝そべったりしながらリンゴを齧《かじ》っているのを、曹長と小島と加介とが並んで眺めていると、室長の軍曹がやってきて、すこし萎《しな》びたリンゴを一個ずつくれながらいった。

「もうしばらく我慢しろ。転入して一週間は、官給品も酒保品も渡らないことになっているんだ」

軍曹のいったこの言葉は、加介たちの最後のたのみの綱を切ってしまおうとしていた。望月曹長は渡されたリンゴを、そのまま加介にあたえた。

曹長は期するところがあった。来ると早々にあずけさせられた例のトランク、あの中には羊羹八十本、キャラメル百三十箱、パイナップルの罐詰、甘納豆、その他、兵営にいて酒保や炊事場から手に入るかぎりのあらゆる貴重な食料品がギッシリつまっているのだ。……あのトランクさえあれば、すくなくとも軍曹から馬鹿にされることはない。すでに孫呉の病室で、そのほんの一部を配ってやっただけで石井上等兵の威勢を一瞬のうちに失わせてしまった実績がある。どうせ郷里の山梨県へ持って帰ることが出来ないものなら、病院内の者全部に、配ってやろうと決心した。

「病院の規則がどうなっていようと、頂かったものを返すのがあたりまえだろう」

と、曹長は、赤らめた顔をいくらかハニかむようにほころばせながら、出掛けて行った。

ところが彼は、ほどなく手ぶらで帰ってきた。……厳重な鍵を下ろした倉庫の中で、トランクの中身は一物のこさず消え失せていたのであった。

看護婦のいないこの病院では衛生兵が絶対の権力をもっていた。しかもそれは看護婦のもっていた権力よりも一層強力なのであった。不思議なことに他の病院では女性がやっていることを男性である衛生兵がやっていると、元来女性だけがもっているはずの権力も彼等は兼ねそなえてしまうのである。衛生兵たちの猜疑心《さいぎしん》がつよく嫉妬《しっと》ぶかい点が女性的だとしたら、おしつけられるだけの責任をみんな患者におしつけてしまうことで一層女性的な特質をあらわしていた。検温——それは、どの病院でも毎日の日課の中で最も重要視されていた。というのは薬をのむことも手術をすることも大した効果のない病気なので、体温計の目盛りを読むことぐらいしか対応策がなかったからでもあるが、特に結果が数字で表わせるという点で、軍隊の好みに合っており、無条件で信じられたのだ。——ところで、その検温器を一本、加介たちの病室の係の初年兵の衛生兵が失くしてしまった。

「何とかしてくれよ」

年とった「一つ星」の衛生兵は、若い軍曹の室長の前に立つと、ダダッ子が甘えるような口調でいった。

「トボけるなよ」室長は笑いながらいった。

「おれたちが員数外の体温計をもっているというのか」

「…………」衛生兵は口ごもったまま、室長の顔を見下ろした。

「おれも何とかしてはやりてえが……。衛生兵さんにとっちゃ体温計は兵器で、おれたちの小銃と同じことだからな」室長はカラカウようにそういった。

それは当り前のことだ。勿論中隊では冗談にも下士官と初年兵がこんな口をききあえるものではなかったが、ここは病院なのだ。……しかし笑いながら室長は、彼の向かい側の寝台の痩せた色の黒い初年兵のところへ近づいて、かがみこんで何か小声でささやいた。加介は、はじめて驚いた。見るからに痩せっぽちのロイド眼鏡の初年兵に室長がたのみこんでいるのを聞いたからだ。

「お前が体温計を落して割ったことにしてくれ。あとはうまく取りはからうから……」

室長のいうところでは、体温計を衛生兵が失くした場合には悪くすれば重営倉だが、患者の場合ならせいぜい原隊復帰してからの罰が待っているぐらいで、それもここで衛生兵の心証を良くしておけば避けられるというのだ。

初年兵は承知して、衛生兵といっしょに病室を出て行ったが、帰ってきたときは顔をゴム人形のように膨らませていた。

望月曹長はトランクの中身の行方を探すことを諦《あきら》めなければならなかった。どんな手段も講じようがなかった。……一週間たって、加介たちにもキャラメルや、まんじゅうなどの酒保品が配給されると、一つぶ一つぶのキャラメルを大事そうにしゃぶっている加介の顔を曹長は悲しそうにながめて、頭から敷布をかぶって寝てしまった。その頃から加介は、となりに寝ているからという理由で曹長の当番を命ぜられていた。――孫呉では食事の仕度、その他一切のことを看護婦がやっていたが、ここではさまざまな当番や使役が患者に課せられていた。――ところで加介のような当番をつけられたことは、望月曹長の威信をますます傷つけることになった。加介は、いろいろの点で曹長に同情はしはじめたものの、当番になって、一体どういう奉仕をすればいいのかサッパリわからなかった。彼は毎朝、曹長の寝床をつくりなおし、食事の後で食器を洗ったが、それでは全く「当番」とはいえないほど不十分なものであることが後になってわかった。

加介や曹長が気をくさらせながら日を送っているのに反して小島上等兵はひとり元気だった。彼は絶望を知らない男のようにみえた。高等小学校を卒業するころから髪がうすくなりはじめたという彼は、あらゆる境遇にたえぬくことを幼少のときから学んだにちがいなかった。この病室でもやはり彼は老年の召集兵から真ッ先に話しかけられたが、こんどは決して孫呉のときのような態度はしめさなかった。逆に年とった兵隊とはうまくめぐり合えた古い友人のように、若い兵隊とは物わかりのいい小父さんのようにふるまって、忽《たちま》ち人気者になってしまったのだ。彼はまた衛生兵にもウケがよかった。どこでおぼえてくるのか血沈の測定法なども心得ていて、診断室で衛生兵にまじって血を吸いこんだガラスの管を器用な手つきで台の上に立てるのを手伝ったりしていた。

加介がまだ自分の病室の百人ほどいる患者の名前を五分の一もやっと憶えたかおぼえないうちに、小島はもう何十か月も前から住みついたような顔で、被服係という役目についていた。

ある日、加介は食器を洗いに洗面所へ行く途中で小島上等兵に呼びとめられた。

「おい、ちょっと」

加介は、ぎくりとした。なぜなら彼は大きな扉のかげにかくれようとしていたところだったからだ。

加介は曹長の当番について以来、ある忘れていたものを憶い出していた。それは食欲——何でも彼でも人より余計に口に入れたくなるあの衝動的、かつ持続的な情欲——を感じはじめたことだ。中隊を出てから何か月間かは、たしかに彼はその厄介きわまる欲望を忘れていたのだが、どうしたことかまたそれが萌《きざ》しはじめたのだ。それは自分たちの手で食餌を分配するために起るのだろうか。それとも孫呉にはいた看護婦がここにはいないためだろうか。……内還の希望がうすれて行くにつれて加介は、あの色の黒い小柄な看護婦の顔を何かにつけて憶い出すようになっていた。眼をつぶると、小さなダンゴ鼻や、黒い眼や、白い看護服の胸をふくらませている乳房の隆起や、が浮ぶ……。しかし、このごろではもう、そんなものさえ想い浮ばなくなった。白い服の下にみえる胸の隆起の幻影は、ただちにふかふかしたマンジュウのそれに変った。皮の白さといい、濡《ぬ》れたように光るアズキの餡《あん》の色合いといい、その幻影は胸苦しいまでに真に迫って強く訴えてくるのだ。けれどもそれは、あくまでも甘美な想いにすぎない。実際に彼を苦しませるのは、となりの曹長が食事を毎度、半分以上も食べ残してしまうことだ。きょうもまた砂糖で煮た豆がどっさりのこったままの皿を残飯桶の中に自分の手でぶちまけなくてはならない。……厚手の陶器の皿の上で、ふっくら煮えたウズラ豆の一粒一粒は何だか半殺しにされた動物のように、せつないものに見える。手でしゃくって口の中へ入れたら、こいつらは生き返るだろう。……残飯桶の位置からちょっと下ると、大きな防火扉がある。扉のかげに半分体を入れると同時に彼は素速く皿の中のものを口にほうり込んだ。そのときだった。

「安木。……ちょっと話があるんだ」

小島は加介の袖を引いて、小声で、用事がすんだらおれのところへこい、といった。……見つけられたにちがいない、殴られるだろうか？　その重苦しい予感も、しばらく彼が忘れていた感覚だった。呼ばれて行ってみると、しかし小島は残飯を食べたことについては何もいわず、曹長の病衣を洗濯しろというのだった。

「皆わらっているぞ。お前と曹長の病衣が部屋中で一番よごれているんだ」

そういって彼は小さな石鹸《せっけん》のかけらを渡した。……その拇指大《おやゆびだい》の石鹸が小島のくれた最初で最後の親切だったが、加介はかえって当惑した。曹長の白衣がネズミ色になっていることなら加介も気がついていた。しかし、それをどうやって洗うかという段になると雲をつかむような、理由のハッキリしない障害があるのだ。……石鹸の配給のないとき白い物を洗うには、歯ミガキ粉をとかした水によくつけて、しぼらずに乾かせばよい、ということを聞いていたので加介は、その通りにして洗ってみた。すると乾き上ったその着物は、黒いものの上に粉がふいて全体がカスミのように白くなったが、曹長がそれを着て歩くと、そのたびに白い粉がパッパッととび散って、まるで一匹の巨大な蛾《が》が飛んでいるような、奇怪な光景をていしてしまったのだ。一日で躯中《からだじゅう》がハミガキ粉だらけになった曹長は、以後いくら加介が、「曹長殿、病衣を洗濯させていただきます」といっても、「まだたいして汚れていないから」としかいわないのだ。……加介には曹長の気持がわかるし、曹長も加介の気持をくんでくれているものと思ったので、そのままにしていたのだが、いま拇指大の石鹸をあたえられると、そのような洗濯問答はもう許されない、どうあっても当り前の洗濯をして、曹長に着させなければならない。……しかし当り前に洗うためには、もっとマトモな石鹸が必要だ。

石鹸を病室の百人の患者の誰かから盗むことは、おそらく可能だったにちがいない。ただ加介は、そのことを思いつかなかった。彼はコンクリートの上に、水で濡らした病衣を置き、一本の棒で朝鮮人のようにそれを二時間あまりにわたって叩きつづけた。……すると、こんどは灰色の中に白いダンダラ縞《しま》模様をつけた病衣が出来上ってしまった。

さすがに、それを曹長のもとへ届けることは、ためらわれた。

ところが、加介は意外なことで、その窮地を脱することができた。これまでの室長だった軍曹が突然、北満に送りかえされることになり、望月曹長がそのあとをうけて室長になったが、同時に加介は当番を免ぜられたからだ。

望月曹長が室長になったことは加介に、ある期待をもたせた、これでこの病室もいくらかは住みよくなるだろうという。……しかし加介は、曹長がどういう気持で室長を引き受けたのか知らなかった。

曹長は命令が出るとその日の日夕点呼から、わざとのように汚れた病衣の胸に例のハガキ大の「室長」と大きく書いた札を下げはじめた。そんな恰好をすることによって、いままでの病室のしきたりを諷刺《ふうし》しようとする意図でもあったのだろうか。就任の挨拶にかえて彼は、「グリコの箱や赤チンを塗ってつくった階級章ははずすように」といいわたしたのである。しかし加介にとって何よりありがたかったのは当番をやめさせてくれたことだった。ニマメその他の残りものの余徳にあずかれないことだけは心のこりだったが、もう他人の面倒を見る必要がないという解放感は、それぐらいのものにはかえられないうれしさだった。……ところが、この交替した当番が加介に直接間接に、有形無形の圧迫をくわえることになった。

新しく曹長の当番についたのは、以前に軍曹の当番だったという初年兵の鎌田一等兵だが、彼について加介はこれまで芸者の真似をするのが得意な男だという印象しか得ていなかった。……この病室へ入った最初の日、顔の四角い伍長から奇声を発して追いまわされていたのも鎌田だが、笑うと赤い歯茎が丸く出て、そのために皮膚の白さが一層ナマナマしくなる。病衣の裾を引きずるように着て、内股に歩きながら、ひどくカスレた地声で、どういう意味か知らないが、「羽織りを買って……」と呼び掛けてまわる。……しかし、その鎌田の当番についてやったことは一から十まで加介とは反対だった。

まず曹長の病衣は見ちがえるほど真白くなった。アルミニュームの皿やドンブリもピカピカに磨かれて、まるで銀のように白く光った。それだけのことならば、まだ加介にも思い及ばぬというほどではなかったが、ふと曹長の寝床をみると、いつの間にか藁蒲団がいままでの三倍ぐらいに分厚く、その上に寝ると他の寝床より一尺ほど高くて周囲を見下すことができるように、やわらかな藁がふんだんに詰められているのだ。いったい、そんなに沢山の藁をどこから集めてきたのだろう。また、鎌田は曹長がどこへ行くときも、かならずつきしたがって、後から襟をなおしたり、チリをはらったり、たえず気をくばっている。——蒲団といい、病衣といい、これらのことは新しい室長に威厳を与えることに役立つ一方、安木加介がどんなに劣等なフテブテしい兵隊だったかを示すことにもなった。

曹長は被服係の小島が特別に調達してきた新しい階級章をつけ、糊のきいたピンとした白い病衣（鎌田は薬罐《やかん》の尻でアイロンをかけることまで知っていた）を着ると、これまでは寝てばかりいたのに起き上って、さまざまなことをやりはじめた。最初に部屋の壁や、枕元の棚のうらや、いたるところに書き散らされていたラクガキを丹念に消す作業を患者全員を動員して行った。次には私製の階級章をやめさせたかわり、胸に官等級氏名を書いた札を下げさせた。また、病舎の周囲につくられてあった稚拙な花壇や箱庭のようなものをこわし、平地にならして殊にすべての穴をよくうめさせた。……こんな具合に、作業の時間というものをもうけては、毎日一定の時間、病状のひどく悪いもの以外はみな働かせたのである。

こうして曹長の病衣は一日ごとに白さを増したが、病室の空気は加介の期待したことと反対に、固苦しく、居心地の悪いものになって行った。

ある日、とうとう曹長は加介の病衣の袖を不意に引ッぱって、

「お前は、ドウヤラコウヤラだな。……お前みたいなやつをドウヤラコウヤラ野郎というのだ」といった。つまり加介の病衣の洗い方が粗末であるというのであった。以前には曹長自身病衣のことなんか、あんなに無頓着だったくせに。……加介には合点がゆかなかった。

まったくのところ、望月曹長の変貌《へんぼう》ぶりは一体どうしたことだろう。……無論、こうした曹長の室長ぶりは病院の衛生兵にとっては悪いはずはない。けれども病院で好成績を上げることは、かならずしも原隊へ帰って成績がよくなるとはかぎらない。かえって逆に、軍医や衛生兵から良い点をつけられすぎると、兵科の隊では原隊復帰するのを嫌っているととられて成績を悪くするのである。こんな事情を知らない曹長ではないはずだ。……けれども彼が内還になることを完全にあきらめたことは加介にも推察できた。トランクを盗まれ、下級の下士官に踏みつけにされ、何をされても怒ることさえできなかったのが、いま内地へかえる夢を断念したことで、不意にそのときの怒りが、こんなやっても役には立たない仕事に対する情熱というかたちで現れたのだろうか。……してみると、おれを免職にしたことが曹長の怒りの最初のあらわれかな、と加介はやっとそのことに気がついた。

実際、曹長は目的を変えたのだ。そうすることによって彼は一夜にして、患者からもとの軍人になり変ったのである。

曹長の革新策は病室内の空気をだんだん変えて行ったが、それにつれて加介にこれまでわからなかった部屋の様子がわかってきた。

加介は、あの漂着民のような恰好の連中が枕元からリンゴをいくらでも取り出すのをかねてから不審に思っていた。加介には二日に一個の配給しかないのに、彼等は一個のリンゴを食べてしまったその後で、ふと見るとまた丸のままの新しいのを齧っている。……ところで彼等の方では加介を曹長のスパイとみなして警戒していた。室長当番というのは由来そういう役目も兼ねていたのだ。だが、加介がどうやら曹長の信任を得ていないことがわかるにつれて、だんだん加介の見ているところでも彼等は活躍しはじめた。夜になると、彼等はさまざまに変装して鉄条網の外にある満人のリンゴ畑に出掛けて行く。変装するにも白い病衣しかない連中はフンドシ一つの裸で行く。柵の内側には銃剣をもった巡察兵が、外側には棒をもった満人と番犬がいるが、防空壕や見せかけの花壇を掩蓋壕《えんがいごう》としてリンゴは運びこまれる。……藁蒲団の下は奈落のようなカラクリの、ちょっとした倉庫になっており、その中にリンゴの他にも公然と眼にふれてはならないもの、タバコや、薬品や、高粱酒《コウリヤンシユ》などがしまわれてあるのだ。

そんな連中とは別に、もっとも平和な生活をしている一派もある。彼等は、毛布の糸を抜いてそれで靴下や手袋を編んだり、窓の枠をはずして小刀でくりぬき、箸と箸箱をつくったり、軍事郵便のハガキを貼り合わせてシガレット・ケースや麻雀《マージヤン》の牌《パイ》をつくるのに余念がない。喫煙も遊戯も禁じられたことは一切やらないが、その道具をつくることが彼等の道楽であり、またそれはリンゴや菓子の交換物資にもなるのだ。

ところでまた、そのどちらにも属さない一派がある。彼等は賤民だ。食うことは誰にとっても最大の関心事だが、彼等はもうそれ以外には何等の興味も欲望ももたない。といって脱柵してリンゴを盗みに行くほどの機敏さもなく、いつも空罐を手にもって、よれよれの病衣をまとい、食事どきになるとスリッパをぱたぱたいわせながら、食事当番のあとを、「おねがいします。おねがいします」と追い駈けて行く。他のグループとちがって彼等はおたがいに孤立している。下士官や上等兵から、みっともないぞ、といわれると、うなだれて涙をながしたりするが、あとはまた「ええい、知っちゃいねえや」とつぶやいて、空罐の中に溜めた味噌汁のダシジャコを嚙んでいる。……

突然、前ぶれもなしに冬がやってきた。

煉瓦と赤土で組み上げられたペーチカに火を入れることになると、加介たち初年兵はにわかに忙しくなった。前の年までは全員がペーチカ焚きをしたのだが、曹長の意見で初年兵だけがペーチカ当番につくことになったからだ。かてて加えて、この冬は前年から持ちこした半分風化したような粗悪な石炭しかなく、それも病室から五、六百メートルはなれた貯炭場へ行って、赤土をかぶった上から掘り起してこなければならなかった。

室内にペーチカは十か所あり、それを三十人ばかりの初年兵が交替で焚くのだが、当番につくと加介はたちまち、あの曹長の着物を石鹼なしで洗わせられたとき以上の当惑を感じた。……零下十度ばかりの気温になる野外の貯炭場に、綿ネルのシャツと病衣を着ただけで出掛け、なるだけ大きそうなのを選んでカマスに一杯かついでくると、それは石炭ではなく単に黒い石なのであった。出掛けなおして、ようよう二時間もかかってバケツに一杯の石炭をさがしてくると、こんどは燃えるには燃えたが、けむりが煙突の方へ行かず焚き口へ逆流してくる燃え方しかしないのである。……こうして彼は一日で全身、煤《すす》と石炭の粉まみれになり、やがて着ているものは勿論、寝床や食器まで彼の触れているもの全部が黒く汚れた。

十箇のペーチカには、それぞれ担任の当番がつけられたが、そのことは自然に当番同士の競争心や義務感をあおるので、加介は一向に火のついてくれないペーチカが、まるで自分自身の腑甲斐《ふがい》ない姿のように情なく、火吹き竹で吹いたり手をつっこんだりするために、なおのこと鼻も口もわからないほど真黒に汚れるのであった。……慣れるにしたがって焚き方も上達しないわけではなかったが、その上達に並行して石炭の質も一層悪くなったから、焚くことの困難さには変りなかった。そして、こんな苦役が重なってくるにつれて加介は、いいようのないある不思議な心持にとらわれて行った。

……それは何か重苦しい夢に似たものだった。絶えず身体に煤の臭いがつきまとい、口の中にも耳の穴にも、臍《へそ》にも尻にもジャリジャリした石炭の粉がつまっているのを感じていると、全身が一どきに痒《かゆ》くなるような焦燥感がおそってくるが、やがてその感覚が極点に達したとき、ふいと自分の皮膚からもう一人の自分が脱け出すように感じるのだ。そして脱皮した蛇が自分のヌケガラをながめるように、石炭だらけになった自分と、その中から脱け出した自分とが、きわめて無感動に向かい合っているのである。

ある日、入浴のかえりに加介は、下駄箱の中に並んでいる同じような黒いゴムのスリッパのなかから特にはき心地のよさそうなのを選んではいて帰った。彼のスリッパはもう足をつっかける部分が切れて、仮に針金で結んで置いたが、ひきずるように歩かなければポロリと脱げるし、針金がさわって足が傷だらけになるのだ。……どうして、そんなことをしてしまったのか。そう気がついたのは、寝台の上で足の爪を切りながらふと顔を上げて、部屋の入口のところに赤い顔をした曹長と物いいたげに口をとがらせた当番の鎌田とが立っているのをみとめたときだ。

鎌田は加介の針金で結んだスリッパをはいている。そして曹長のはいているのはおそらく鎌田のスリッパであろう。孫呉の病院でもはいていた曹長のクローム・イエローの靴下が眼を射るようにとびこんできて、加介はおもわず面を伏せた。……鎌田はわざとのように足をひきずりながら、曹長といっしょに皆のスリッパをしらべている。

「おい、これはお前のか」

そういう曹長の声がきこえたかと思うと、次の瞬間にゴムのスリッパが風を切る音をたてながら加介の頰にとんできた。その一撃を彼は重苦しい夢のように感じた。つづいて左右の頰に連続的に衝撃がくるのを覚えながら、「……上官の命令は天皇陛下の命令じゃ。……上官にウソをつくことは陛下をだますことじゃ。……上官のものを盗むのは陛下のものを盗むことじゃ。……」そんな曹長のしばらくぶりできくカン高い声が耳にひびいて、あのやりきれない「退屈さ」がやってきた。……痛みは、それから数時間たって就寝の時刻になって感じられた。枕をひきよせると頰の皮を引き剝がされるように痛んだ。翌朝、洗面所の鏡にうつった自分の顔をのぞきこむと、紫色にふくれ上った頰に押し上げられて両眼が滑稽なほど細くなり、左右不均衡につり上りながら何の表情もなしにボンヤリあいているのであった。しかし、そんなことよりも彼を苦しめたのは、あとからあとからおしよせてくる屈辱感だった。それは兵隊としての加介にとっては、まったく新しい感情だった。何でいまごろになってそんなものを感じるのか？　自分でもそれが合点が行かないことだった。……ただ、彼は入営以来はじめて「盗み」という正常な理由で罰せられたのだった、はたして自分に盗む意志があったか、どうかは判然としないまでも。

けれども、その屈辱感もそう永くはつづかなかった。点呼後曹長は初年兵全員を集合させた上で、緊張をうながすための訓話を行ったが、そのキンキンした声をきいているうちに、もうあのマボロシのような分身が活躍しはじめ、鏡にうつった顔が無感動に自分の正面にうつってきた。……加介が食事当番に空罐をさしだして、おねがいします、というようになったのはその頃からである。

望月曹長の権力は、いまや不動のものとなった。出来上りつつあった革新の制度が、加介のうけたスリッパの制裁で画期的な完成をみたのであった。病室内は病院中随一をほこるほど清潔に整備され、内務のしつけは中隊同様に厳正に行われるようになった。

このころになって曹長は、小犬を一匹かいはじめる程の余裕さえみせはじめた。病舎の中で生き物をかうことは禁じられていたが、あまりに固苦しい規則ずくめは避けた方がいいというわけだった。

小犬は点呼の際は蒲団のかげや、誰かのフトコロのなかにかくされ、食事は皆が少しずつ自分の食物をさいてあたえた。……ところで、この犬は最初のうちは誰のところへもとんで行き、どんなオカズでもうまそうに食べてペロペロひとの手を舐《な》めたりしていたが、ほどなく特定の人間のところへしか行かなくなった。彼はいまや曹長の権力の象徴だった。ふだんは曹長が抱いているが、曹長のいないときは、五島伍長が、伍長もいないときは永井兵長が、というふうに順ぐりに、一つずつ権力の下のものへと抱きつがれて行くのであった。

栄養がいいのか小犬は一と月ほどの間に、おどろくほど成長した。ネズミを大きくした程度だったのが猫ほどの大きさになり、白と茶のブチの毛をむくむくさせて、無邪気とも横柄ともとれる大様な態度で権力者の腕におとなしく抱かれていた。

ペーチカを焚きはじめて以来、賤民階級に転落するものが続出した。その大部分は初年兵だったが、ペーチカ当番の初年兵に病勢の悪化するものが多くなって二年兵も当番がつきはじめると、彼等のなかからも転落するものが加わり、そうなるともう賤民の意識は次第にうすくなって、一種の快楽派ともいうべきものになった。彼等は空カンをもってペーチカのまわりに集まると、配給のマンジュウを水でとかしてシルコをつくるとか、卵のカラやリンゴの皮を集めて焼いたり乾したりしてフリカケ粉にするとか、いろいろに工夫しては、一定の限度しかあたえられることのない食料をすこしでも大きなものに見せかけて食うことに腐心した。……こうしたエピキュリアンの一方の大家に二年兵の古川一等兵がいた。彼はいつも奇抜な方法で我慢づよく材料をあつめては、正式な方法で料理をした。たとえば豚カツが食事にあがるたびに食罐の底に残る少量の油をたくわえて、翌朝はそれで卵の目玉焼きをつくるとか、牛罐がくばられると、いちはやく部屋中の者と契約して罐カラをもらい集め、湯で洗い流した汁を煮つめて濃厚なソースをつくるといった風だ。彼の前では誰も食い物の話をすることは出来ない。なぜなら彼はきっとアキムジナという奇妙な動物のことを持ち出すからだ。

「世の中で一番うまいのはアキムジナだ。アキムジナ食わねば、うまいもの食ったとはいわれない」といって近眼鏡の底から相手をにらむのだが、そういえば加介には色の黒い幅広の古川の顔がそのアキムジナであるような気もしてくるのだ。

また石丸という二年兵の一等兵は、古川とちがってはなはだ雑な料理しかしないが、質より量で、古川や加介たちの使いのこりの材料（というとこれはもう口へ入れるのもどうかというしろものだが）をカンの中へさらえこんで、うんと水増ししたやつを暇さえあれば食べている。石丸は、もと大阪のはずれの方のタイ焼き屋であって、それは彼がペーチカのまわりで、しょっ中、

「いま、おととが商売やっているのや。まだ学校へ上っているのに、毎朝しぇっしぇっと薪《まき》わってなア。……アンコの冷たいの、手ですくうて霜焼けだらけになってるで」

と、誰彼となく話しかけることから、皆が知っているのだ。……誰もこの男に弟があろうとなかろうと、そんなことに興味をもつ者はいなかったし、またその弟がどんなに苦労していようと同情すべきものもなかったが、相手の意嚮《いこう》はかまわず、彼は赤くなった鼻先から流れ落ち

る水バナを掌で受けとめたりしながら、ただ話すのである。

「冷たいアンコの中へ手えつっこんでなア。えらいもんやで」

「おい、よせよ。おれの食べているマンジュウまで塩っからくなる」

と、聞いている方も不遠慮にさえぎるが、石丸は委細かまわず、

「アンコの冷えたのとなア……」と、つづけるのである。


加介が一人貯炭場で、土と石コロの間から石炭をとりわけていると、後から白川一等兵が声をかけた。ふり向くと、白川は手に大きな直径二尺ほどのザルを持って、これで二人して赤土にまじっている石炭の粒をふるい出そうというわけだった。

加介は意外な気がした。というのは白川は、ついこの間まで彼一流の方法でこの病室の中で一種特別の地位を保っており、ペーチカ当番のような使役は免除されていたからだ。……白川はいつも大きな楽譜帳をもって伍長や軍曹に歌曲や俳句を教授したり、ドイツ語のアルファベットを読み上げたり、また誰に向かっても除隊したら東京の自分の家に遊びにこい、省線電車のエビスという駅からみればすぐわかる、大きな煙突のある家で、などといって、どこまでが本当だかわからないといわれながら、それでも誰もが彼のことを「白川さん」と「さん」付けで呼んで、当番にも使役にもつけられず毎日のんき気に暮していた。……このような人物がこん

なやり方で軍隊生活を送っていることについては加介でさえも、ある怒りを覚えずにはいられなかった。だから加介はきょうまで彼とは一度も口をきいたことがない。

その白川が、鼻と口とに石炭で真黒くなったタオルを巻きつけ、すこしでも暖かくしようと、手と足とに毛布のボロ布をくっつけて、何とも得体のしれない恰好をしている。いまはもう曹長以下何人かの権力者と、それに直接奉仕する者とをのぞいては、みんなこんな恰好なのだ。

白川の提案にしたがってザルで石炭をふるう方法は非常に能率的だった。二時間たらずで大きなカマスに二杯ぎっしりの石炭がとれた。しかし、そんなことよりも一しょに体を動かしていることに、これまでにない喜びがあった。

石炭をふるいながら白川はいった。

「君、どうしていつまでも二等兵の階章をつけているんだ？」

これは加介にとって最も苦手な問いだった。……兵隊は入営後半年たつと一等兵に進級するのがあたりまえだ。仮にそれに洩れることがあるとしても八か月目には必ず進級できることになっている。ところで加介はもうあと一と月あまりで二年兵になろうとするのに、まだ進級のしらせがない。……進級におくれること自体は加介にとっては何でもない。ただ、そのことにふれられると、発病のために免れたとはいえ、あのアナグラのような営倉の床や、鉄の格子や、が憶い出されるにつけて、中隊が出発したころの自分の行跡の一切合財を覗きこまれるような気がして、不意に背筋が冷たくなるのだ。

「………」加介は口ごもったまま、作業をつづけようとした。

　すると白川は、

「どうして星二つのやつをつけないんだ。……つくるのが面倒なら、おれが二つ持っているから、一つやるよ」と奇怪なことをいう。

「だって命令が……」

「命令なんか来なくても当り前だよ、ここは病院だもの、時間がくればサッサと一人で進級すればいいんだよ」

「じゃ、ニーデ（お前）も？」

「まアいいからさ、命令はどうでも。……ニーデもはやくつけろよ」

　加介は「私物」の進級を行う気にはならなかった。けれども白川のいってくれたことに親切心を感じた。

　それ以来、加介は白川とペーチカで、空罐料理を分け合って食べたりする間柄になった。白川も楽譜帳やドイツ語の本はいくらふりまわしても役に立たないと悟ったのか、それはしなくなったが、そのかわりこんどは「おれは秘密でM軍医から、酒保でマンジュウ百個買ってよろしいという許可をとっているのだが、百個のマンジュウを一どきには食えないし、かくす場所もないから困る」などと、あいかわらず途方もないことをいいふらしたりして、そんなときは興醒《きょうざ》めな気持にさせられたが、それでも楽譜やドイツ語にくらべればよほどマシなホラとして聞くことができた。ともかくこれで「戦友」という言葉が大形なら、「隣人」を一人もつことになったわけだ、と加介はおもった。つまり彼は、自分が食事当番についたときは白川の皿をおぼえていて、なるべく柄杓《ひしゃく》をバッカンの底から掻きまわして汁の実の多いところを入れることにしたし、一方、白川が当番のときには安心して自分の皿を彼にまかせておくようになった。

たとい一人でも、こうした仲間をもつということは実は大したことなのだ。いままでは小島上等兵のような権力者でさえ食事どきには落ちつきを失って、自分の皿と食事当番の手つきをジッと食い入るような眼つきで見つめている。おそらく曹長をのぞいた病室内の全員がそうなのだ。……食事の絶対量がすくないというのでは決してなかった。むしろ現状としては質も量も、のぞみうる範囲で最上のものがあたえられているといってもよかった。ただ毎日、三度三度一つの部屋にあつまった百人ばかりの人間が、同じ食べ物をキッチリ平等にあたえられるということで、おたがいに神経をすりへらし、他人のものと自分のものとの差が少ないということが原因で、おたがいに髪の根元が痒くなるほど疑り合い、嫉妬し合い、苦しみあっているのだ。

一日おきに朝の食事にナマ卵が一人に一個ずつ配給される。勿論、誰もが大きい方を欲する。が、なかにはたとえば小島上等兵のように、割ってみて、黄身の大きさを隣近所の者と比較してみなくては承知できない者もいるのである。

こんな中で、一人でも気を許せる者がいることは、それだけ他の面でも余裕を持つことができることになる。もはや加介は以前ほどには望月曹長も小島上等兵も怖れなくなった。……それに加介は曹長に殴られたことで、何か月か背負ってきた重荷を下したようなものだった。正当な理由で存分に殴られたことは、孫呉以来、曹長に対してもっていた理由のハッキリしない引け目をなくし、逆にそれが曹長の方に引っかかりはじめた。……殴られたあとの紫色に脹《ふく》れ上った加介の顔を、見るたびに病室のみんなは顔をそむけた。けれども脹れがひいた後も曹長はやっぱり加介の顔を見ようとしなかった。その顔に殴るだけの十分な理由があったにもかかわらず……。朝夕、曹長は加介と顔を合わせるとき、眼をそらせるか、でなければニッコリ笑うのであった。

めんどうな事件が起った。

曹長の小犬がどこかへ姿をくらました。慰問演芸団がやってくるので、曹長と伍長がその相談に出掛けた留守のことだった。

「チビ！　チビ」

　窓の外を鎌田一等兵が、半分泣いているような声で犬の名を呼ぶのが聞えたが、もうマルマルと肥って親犬になりかかっている「チビ」は、ときどき病棟の外を駈けまわったりすることもあるのだから、誰も別段、気にとめようとしなかった。けれども、その晩の食事時にもとうとう姿を現さなかったことから、部屋中の者が騒ぎだした。実際には犬のことなど気にかける余裕のある者は、曹長と鎌田をのぞいてほとんどいなかった。そうであればあるだけ心配そうなソブリを示さないわけには行かなかった。というのは、犬が姿を消したのは、翌日の昼ごろから「チビは逃げたのではなく、食われたのだ」というウワサが流れはじめたからだ。あの日、防空壕から煙の上るのがみえて肉の焼ける臭いがしたとか、配膳室でキャンと鳴き声がきこえ、あたりにも毛が散乱していたとかいう……。

　このウワサに最も恐慌をきたしたのはペーチカのまわりで空カン料理に熱中している連中だった。なかでも古川一等兵はふだんから「アキムジナの次にうまいものはネコだ」とイカモノ食いの権威を以って任じていたことから、犬を料理して食べたのは彼だという証判が、ほとんど確定的なものとされてしまったのだ。そのため古川は一所懸命、まるで子供をさらわれた父親のような顔つきをして一日中部屋の内外をうろつかなければならなくなった。「チビのやつ可哀そうになア。どこへ行ったのかなア」とつぶやきながら……。しかし加介にしても白川にしても、程度の差こそあれ、事情は同じだった。疑られていることには変りないのである。で、もう誰も空カンを持ってペーチカの囲りに近づくことはできなくなってしまった。病室の空気は以前にくらべて一層重苦しく、トゲトゲしたものに変っていった。

けれども小犬失踪の事件の意味は、もっと他のところにあった。仮に曹長の小犬が本当に誰かに食われたにせよ、食われなかったにせよ、そんなウワサが立ったということは、曹長の威信が表面だけでしか行われていないことを、みんなに認めさせることになったからだ。……まったくのところ、あの小犬が食事のたびにキャンキャン鳴きながら、あちらこちらの寝台を駈けめぐって、好き勝手なところから、兵隊たちがあれほど執着しているオカズを蹴ちらしたり、くわえて逃げ出したかと思うと、ぺっぺっと廊下のすみに吐き出してまた他の兵隊のオカズを狙って突進したりするところを見れば、誰だって一度は取っ摑《つか》まえて思いきりぶん殴ってみたい気にはなる。だが、それを実行にうつす段になると革命を起すだけの勇気と決断が必要である。何しろ相手は犬コロでも、すでにそれは権力の象徴なのだ。……それがいま殺されてしまった上に、食われたという。

もともと飼うことを表向き禁止された動物だから、曹長もあくまで追求するというわけには行かなかった。……時日がたつにつれて、犬そのものについては皆、忘れてしまった。けれども料理された犬のことは、ヤキトリのように串《くし》にさして食われたとか、シチューにされたとか、さまざまに取沙汰《とりざた》され、いつまでも兵隊たちの話題をにぎわせた。

これは望月曹長が、ふたたび権力を失墜する前兆だったのだろうか。それから間もなく、しばらくぶりで大規模な患者の内還が行われるという情報がつたわった。

病院長の武田少佐は日ごろ、ノモンハン事件に参加したことを誇っており、病院自動車に立ちふさがって、むらがり寄ってくる我が軍の負傷者を軍刀で斬り捨てながら、自動車を進行させたという武勇談を加介たちは訓話の際に聞かされてきた。病院をことさら「療養隊」と名をあらためたのも、この院長の発案にかかっていた。そして「この武田のいるかぎり、当療養隊からは絶対に患者の内地送還は行わない」とのことであった。……したがって軍医たちの前では、内還のウワサ話をすることさえ許されない。病院の庭——といっても赤土を平坦にならした地面にすぎないが——のあちこちには、病兵がヒマつぶしに石コロと雑草で作った花壇のような、箱庭のようなものがあるが、それにはきまって「北転園」とか「復帰山」とかいう名を書いた立て札がたてられてある。北転というのは北の国境へかえることであり、復帰というのは原隊復帰の意味である。しかし、便所や、壁のすき間や、整頓棚のかげや、そんな場所にはいたるところ、「アア早ク内地ヘカエリタイカエッテ早ク……シタイ」というような文句が稚拙な笑画とともに書きつけられてあり、検査のたびに何処も消されたり削られたりしながら、また何日間かたつうちには、きっとどこかに同じような文句と絵が発見される。最初それを見たとき加介は、いいようもない陰惨な不潔なものを感じた。しかし見慣れるにしたがってそれは何かしら滑稽なものに思われてきた。たしかに兵隊にとって「内地」という言葉は恥部なのだ。ちょうど、ものごころついてまだ女を知らない少年にとって、それが永遠に手のとどかぬものと思われるように。……だから実際に確実性のある内還の情報が流れはじめると、そうした落書も、「北転園」も、うっちゃらかしにされて、眼にふれても気にもとまらないほどツマらぬものになって行った。

これまで加介たちの病室にも、何度となく内還のウワサが立っては、いつの間にか消えて行った。しかし、こんどこそはそれの本物だという証拠に、部屋の空気がこれまでとはまるで変ってしまったのだ。……いままでは被服係りから事務室で衛生班長の事務の手伝いまでやっている小島上等兵から、内還の候補に上っている者の名がひそかに伝えられると、彼等は一様に不思議な変化をしめしはじめた。つまり彼等の顔には一種の気品と権威のようなものをおびてきたのだ。これはまったく奇妙なことで、彼等は周囲に気がねして肩身を狭くこそすれ、けっして威張ったりするはずもないのだが、それでも態度や物腰にいいようもない上品な雰囲気がただよいはじめるのは、どうしたことだろう。

第一の徴候として、彼等は食事に鷹揚《おうよう》になりだした。古川がそうだった。白川がそうだった。

彼等はもうペーチカのまわりを、空カンをかかえてうろつかなくなったばかりでなく、古川一等兵のごときは食事のたびに、どんぶりの飯を四分の一ほど、まわりの誰彼に与えるようにさえなった。白川はまたキャラメルや、いつ配給になったとも忘れるほどむかしの羊羹をもってきて、こっそりと加介に手渡した。

「どうしたんだ。これは、もらってもいいのか?」

「何をいっているんだ、いまさらへんな遠慮はよせよ。……ずっと前にM軍医にもらったのだが、うっかり食うのを忘れていた。手箱の中の整理ができなくなるからニーデに進上するよ」

こんなことをいう白川の言葉に偽善的なひびきさえもないのである。また洒落者《しやれもの》たちは身装《みなり》にかまわなくなってしまった。いつも糊のきいた真白な病衣に、どこでどうして手に入れたのか、もうそのころは病兵などに渡されるはずのない純毛のラシャ製の真新しい階級章を花のように胸につけ、真四角にピタリと巻いた帯を私物のニッケルのピカピカしたバックルでとめていた田中上等兵も、転出ときまった日からジュバン、袴下まですっかり他の兵隊に引き渡して、交換に病棟で一番汚れたネズミ色の病衣をまといだした。

そういうことが、どうして上品に見えるのか? それは勿論、彼等のふるまいが謙遜で美徳にあふれたものだからというわけではない。たとえば小島上等兵は被服係をしている間に、その特権をどういう風に利用したのか病院に出入りする満人からタバコを手に入れた、それを患者に売って三百円あまりの貯金をしているという評判だったが、事務室に自由に出入りできる関係から、いちはやく自分が内還の候補に入っているという情報をキャッチすると、「さア、おれは内地へかえるぞ。内地へかえるんだからすこしは小ざっぱりしたものを着せてもらわんと困るぞ」と、初年兵を動員して、コンクリートの床の上に一尺も水がたまっている洗濯場で上から下まで真白に洗濯させるやら、炊事場からひろってきたビール箱に、下着だのハラマキだのを何度も整頓して詰めなおすやらで、若禿《わかはげ》の頭をふりふりそんなことをしている様子は、まるで孫娘の嫁入仕度のようでもあるが、そんな小島上等兵の顔つきもまた上品に見えるのだ。……してみると、彼等が気品ありげに見えるのは、外見上の物腰態度の変化のせいではない。それはもっぱら彼等が背中に「内地」のおもかげを後光のように背負いはじめるためなのだ。

いまや誰にとっても「内地」は恥部ではない。反対に、すぐそばにあって光りかがやいているものだ。もはや兵隊たちにとっては世界は二つしかない、内地と外地と。それは天国と地獄のようにはっきりと区別される二つの世界なのだ。……そして、そういうことから逆に、転出、内還になるのは、どこかにもともと「上品」さのある者、それだけの徳のそなわった者、そういう人間だけが転出者にえらばれる資格があるのだという気持を、しらずしらず皆の心に抱かせるのである。だから、たとえば加介たちがこの病室へやってきた最初の日に、病院の事情や内還のことを説明してくれたあの頤の長い上等兵、鹿島七年兵のような男は、いくら人が善くて、ふだんから食事や洗濯のことについて文句ひとついわなくても、こういうときになるとただの人にしか見えない。

鹿島はただ一人、寝台の上に大の字にひっくりかえりながら、

「どうせおれは人間がお粗末に出来ている。こういうときはいつだって、おいてきぼりを食うにきまっているさ」と、うそぶいているが、それに対しては誰しも、

（そうでしょうな）としか答えようがない。

ウワサが立ちはじめてから命令が出るまでの一週間、病院は全体が浮き足だったようにあわただしく過ぎた。

ただ一人の仲間である白川がいなくなることについて、加介は別段さびしい気もしなかった。ペーチカをかこんで話し合っていても、二人がもう別々の世界にいることが、あまりに明らかだったからである。およそ病室内のすべての兵隊が、それぞれ同じような気持だったにちがいない。いまは、なぐさめられることも、なぐさめることもなかった。……ふだんの望月曹長なら、きっとこんなときには士気の沈滞していることをいましめて怒号するにちがいないのだが、曹長はまた別の意味で元気を失っていた。当番としていたれりつくせりの働きをした鎌田一等

兵が還送患者の中にふくまれていたからである。……小犬を探しながら眼の痛みを訴えていた鎌田は、病状を悪化させ、両眼とも結核性結膜炎の診断を下されて床についたままだった。

「ああ、おれも早よ、内還にしてもらわな、あかんな。……家で、おとどが一人で商売しているのに」

そういって嘆息をつくのは石丸だった。そんなことをいうのは彼一人なのだ。ところが、まわりにいる連中はそれを聞くと、ある奇妙なイラ立たしさに駆られてしまう。

「馬鹿をいうな。お前みたいな野郎が内還になってたまるものか!」

とドナリかえす者もいる。しかし実際のところ、石丸がとくに内還になる資格がないという理由はどこにもない。ただ、この男があの「天国」のそばへ行ける人間とは、誰にもどうしても考えられないのである。それは口にするさえ許しがたいことのように思われる……。にもかかわらず、石丸はペーチカの煤に汚れた黒い水バナをすすり上げながら、何べんでも繰りかえすのだ。

「ああ、早よ、かえりたいなア。おとどが暗いうちからチベタいあんこに手エつっこんでるのになア……」

ところが、いよいよその晩の日夕点呼後、室長の読み上げる命令回報で、

「右の者は明日、奉天陸軍病院へ転出を命ぜられたるにつき、午前八時出発の用意をととのえて、本部前に集合すべし」

と、一行二十名ばかりの姓名が呼ばれたなかに、石丸の名が入っているのを聞いて、しばらくは全員が耳をうたぐった。

「どうせ奴のことだ、奉天でストップを食って、悪くすれば北転だぜ」

まるで、出しぬかれたクヤシまぎれのように、みんなはそんなことをいいあった。……しかし、仮に行き先にどのようなことがあろうと、石丸が転出者の中にえらばれているということ自体が、何か腑に落ちない、いかにも道理に反した出来事のように思えるのだ。

命令の読みちがい？　あるいは書きちがいではないのか？

疑りっぽい連中は、わざわざ曹長の隙を狙って回報簿をのぞきさえした。しかし、そこにはやっぱり、小島や白川とならんで陸軍一等兵石丸重平の名が見られたのである。

加介は、その夜めずらしくなかなか眠れなかった。彼は石丸のいなくなることを他の誰ともちがった意味で、もっとも怖れていた。他の連中にとっては、石丸が転出になるかならないかは、彼等の自尊心の問題だったが、加介にとってはもっと直接的なことだった。この百人ばかりの兵隊の集まった中で、一番目立って劣等視されているのが石丸だとすると、次は自分だ、と彼は自ら考えていた。実際、加介は石丸のおかげで何度殴打をうけたり、ドナリつけられたりするのを救われたかしれなかった。彼の病衣は石丸に次いで汚れているし、彼の食器は石丸の次にくろく、そして彼の焚くペーチカは石丸の次にすぐ消えた。だから石丸がいなくなれば当然、石丸にあたえられていた殴打やドナリ声は加介がうけなくてはならないだろう。……だが、そんな恐怖の合間から、不意にある期待がわき上ってくる。

——ひょっとすると、おれも転出……。

孫呉の病院を出るときからずっと抱きつづけてきたこの期待、だがこの療養所に到着すると間もなく消えてしまった期待が、ふと頭をもたげはじめた。

——ひょっとしたら

——どうせだめさ

加介はその単純な問答をくりかえした、眠れぬままに、ほとんど際限なくくりかえした。もともと転出者の選定はどういう方針によっているのか、患者の側からはうかがい知ることができなかった。それでも石丸がえらばれるまではルーレットの上を転がる玉が、ある種の目には見えない法則にしたがって動いていたのが、いまはその法則さえやぶられて、まったく別種の玉が誰もが賭けたことのない奇妙な数字の上を狂ったように跳びはねている……。

「おい安木、安木」

いつの間に寝入ったのか、体をゆすぶられて、見ると白川だった。

「シルコをつくったんだ。飲まないか」

ねぼけた頭の耳に、そうささやかれて、加介は病室の一番すみの電燈のとどかぬペーチカへつれて行かれた。……寝しずまった病室は、真中の通路をはさんだ両側の寝台に、数十個の坊主頭ばかりが仄暗《ほのぐら》い電燈の光をうけてぐるぐると並び、何やら不気味な感じがした。

白川はあたりの寝息をうかがうと、赤く焼けたペーチカの鉄板から空カンを下ろし、茶碗にどぼどぼと得体のしれぬ黒い液体をついで差し出した。

「どう？」

ひと口のんで加介は返辞につまった。それがシルコでないことはたしかだが、といって何なのか、いままで味わったことのない液体だ。

「それはな、パイナップルの空罐に羊羹三本、キャラメル六十粒、入れたんだ」

得体がしれると同時に、加介はうまいと思いなおした。遠慮をせずに飲めといわれるままに、その一封度《ポンド》入りの罐を一人で全部のみほした。

「どうだ。よかったらもう一つこしらえようか。すぐ出来るぜ」

「いや、もういい。それ以上は入らんよ」

加介は実際にこの奇妙な液体の混合物に満腹した。ねばりつくような甘さが喉もとから口いっぱいに満ちあふれて、それはいいようもない満足感をもたらした。重い、どっしりした糖分が、腹の底から四肢のすみずみにまでジッとしみとおってくるような感じだ。……

「がっかりしないでいい。こんどの内還はこれでおわるわけじゃないんだ。どうせ君も近いうちにきっと内還だ。……向こうの病院でまた会おう」

そういう白川に、加介は無意識で、

「うん」

とこたえながら、はじめて彼は自分がまだ奇怪なシルコの甘さにひたって他の何者も考えていなかったことに気がついた。たしかに彼は、別段がっかりしているわけではなかった。かといって白川のいうとおりだとも勿論おもわなかった。それはこういう場面にふさわしい無意味なヤリトリにすぎなかった。気をとりなおして加介は挨拶をいった。

「途中、気をつけて行ってくれ」

「君こそだ」白川は笑いながらいうと、ペーチカの鉄板を開けて手早くキャラメルや羊羹の包紙らしいものを放りこんだ。一瞬、真赤な火がもえた。「それから、これなんだ。中にキャラメルが二十箱と羊羹が十三本入っている」と、白い布につつんだものを差し出した。……「近いうちに大掛りな内務検査があるから、かならずそれまでに食べてしまうか、処分するか、しなければいけない。他の人間にくれてやってはいけない。特に望月曹長には絶対に見つけられないようにしろ」

それだけいうと包みを加介の手にわたすなり、白川は暗い自分の寝床に吸い込まれる影のように去った。加介はいわれたとおり包みを手箱の裏側にかくして寝た。


翌日一日、加介は何とも不思議な心持だった。

加介は昨夜のことが夢のように思われるのだが、手箱のうらをしらべると白い包みが置いてあり、胃袋がひどく重苦しいのはやっぱりあの妙なシルコをむさぼり飲んだせいにちがいなかった。……それにしてもキャラメル二十箱と羊羹十三本、白川はいったいそんなに沢山の菓子をどこから手に入れたのか。疑ってみるまでもなく、それは彼の正規の配給の品を食べずに貯めたものではない。「特に望月曹長に気をつけろ」といっていたことと思い合わせると、曹長のトランクの中身を抜き取ったのは白川だったのだろうか。それならば、どうやって盗み、どうやって今日まで隠しおおせてきたのだろう。あのニセモノ一等兵白川とは、おどろくべき豪胆さと細心の用心深さをかねそなえたアルセーヌ・ルパンのごとき人物だろうか。しかし彼が衛生兵と気脈を通じ合っていたことも考えられる。衛生兵ならば倉庫の鍵もたやすく手に入るし、中の品物を出し入れすることも自由だ。白川は必要に応じてその衛生兵のところへ品物をとりに行けばいい。それならば白川が転出した直後に徹底的な内務検査を行うこともツジツマが合う……。してみると内還にえらばれる者というのも、衛生兵と何等かの取引きのある連中ばかりなのだろうか。小島上等兵は明らかにそうだし、白川もそうらしい。だが、それならば石丸重平はどういうことになるのか。彼はどんな点が気に入られて内還患者にえらばれたのか。その石丸は、けさほどやっぱり水バナに濡れた鼻の下を真黒にした顔のまま、

「ああ、早よ、かえりたいなア。おととが待ってるからなア」

と足踏みして声を上げながら、堂々と還送者一行の列に加わって奉天に向かって出発してしまった。……それを想うといまさらのように加介は、軍隊とはどういうところか、どう考えたらいいのか、まったくわからなくなってしまうのだ。ガンジガラメの規則と、それにともなうヌケアナと、それはいったい何のためにあるのか、何のための規則で、何のためのヌケアナか?

しかし、何はともあれ加介は一刻もはやく白川から贈られた菓子の処置をきめなくてはならなかった。食べるか、隠すか、棄ててしまうか、の三つのうち、棄てる気には先ず絶対になれなかった。……望月曹長はこの菓子を盗まれたのが動機になって、患者であることをやめて軍人にかえった。それがために自分は殴られなくてはならなかった。そう思うとこの菓子は、何としてでも自分の腹の中へ収めなくては気がすまなかった。隠匿することにも自信がなかった。

近々に大掛りな内務検査があるとすれば、自分一人のチエで何百人もの衛生兵や、何千人もの患者と競争しなければならなくなる。……だが、そんなことを考えながら、もう加介は毛布をかぶった寝台の中で羊羹の包み紙を破っていた。すでに昨夜から胃は重くもたれ気味だったが、食欲と胃袋とは別のものだ。

——もし、この毛布を誰かに剝がされてみろ、菓子を盗んだと思われる上に、犬を食ったのもおれだということになるのだ。

そう思いながら、恐怖心を押えるために、羊羹を二た口でのみ下した。

——白川のやつ、ひどい野郎だ、内務検査でおれに罪を背負わせるつもりか。

そんなことをツブやきながら、一と箱の半分のキャラメルを一度に口の中へおしこんだ。そうして、その日のうちに半分以上を腹の中に収めることができた。……あくる日に動かしつづけた舌が板のように固くなってしまったが、体じゅう搔きむしりたいような狂暴な食欲が起って、ついに夕方ちかくになって全部を食いおわった。

その夜、劇しい下痢におそわれた。いそいで寝台を下りたが、二、三歩あるくうちに、もう尻のあたりが生温かくなり、絶望感がやってくると同時に、身体の緊張がとけて、やがてその場にしゃがみこんで、動く気にもなれなくなった。ふと見ると思いがけなく目近なところに曹長の分厚い藁蒲団があり、曹長は毛布の端から刈り立ての円い頭を半分出して眠っている。……あちら、こちら、歯が抜けたように内還に出た患者の空ッぽのままの藁蒲団が一層、曹長の満月の影絵のような頭を目立たせており、それが加介をある感慨にふけらせてしまった。中隊が孫県の兵舎を出発するとき、やはりおれはいまと同じようなことになって、それがこの男と一緒にくらす機縁になったのだが、それからもう半年ちかくなる。

——おたがいに苦労しますなア。

しゃがんだ膝頭に両肱をついて加介は、何も知らずに眠っている曹長へ、何おもわずそんな言葉を呼びかけた。

Ⅲ

その冬も、もうおわりに近づいたが、へんにうすら寒い日ばかりであった。白川たち内還の患者が出て行ってから、もう一と月あまりたったが、新しく転入してくる患者もいなかった。もともと関東軍特別大演習のとき仮の野戦病院としてつくられたこの病棟は、もう命数がつきて、ちかく取毀《とりこわ》しになる予定ということだった。

病室内の人数がへって、望月曹長はかえって口うるさく吐言《こごと》をいうことがなくなった。小犬もいなくなり、鎌田一等兵もいなくなって、新しく当番についた大西二等兵には、鎌田の病状悪化に責任を感じたのか、病衣の洗濯もあまりいいつけないようであった。どうかするとペーチカのそばで一人で何か歌っているので、そばへよって聞いてみるとナニワ節なのであった。

加介はしかし、そんな曹長と顔を見合わせることが、何とはなしにタメラわれた。別段、白川から贈られた菓子のことで疑られているとは思わなかったが、眼と眼が合うと、恐怖心からではなく、視線をそらした。

貯炭場の石炭も、いよいよのこりすくなくなって、ペーチカ当番につくこともそれだけ少なくなったが、そのかわり便所の中でうず高くピラミッドのように凍りついている糞尿の氷塊を砕いて取片付ける作業があった。しかし加介はむしろ、この作業に好んで出た。便所は屋外の貯炭場ほど寒くはなかったし、糞尿も凍っている間は臭いはない。それに何よりも好いことは、そこでは公然と一人きりになれるからだ。……病室ではときに内還のウワサ話がきかれたが、いまではその言葉に加介は、ある胸苦しさをおぼえるばかりだった。裏切られた、というわけでもないのに、白川が去ってしまった前後のあの何日間かの混乱した心持は、日がたつにつれてかえってハッキリと不愉快なものとして憶い出されるのである。白川という人物のイカガワシサもだが、それよりもこれまでの自分自身が何をどういうつもりでやってきたのか、これからはどうやって行けばいいのか、さっぱりわからない気がしはじめた。……そんなとき、糞尿の山に向かってクワを打ち下ろすことは、かろうじて慰めになったのである。

その日も加介は、梯子《はしご》をつたって下りる地下室のような糞溜《くそだめ》の中で、クワを振り上げた瞬間、ふとあのころのことが頭をかすめ、イラ立たしさに叩きつけるようにクワを下ろすと、その拍子に足もとが滑り、あっと思う間もなく転倒して、足首に軽い捻挫を起した。……

それから一週間ばかりたってのことだ。加介は外科病棟の治療室から、うす黒く汚れたホウタイに包まれた足をひきずって、渡り廊下を自分の病棟へかえろうとしていた。うしろから革製のシッカリした上等の上靴《じようか》の音がひびいてきて、思わず自分の、ばたん、ばたん、と爪先に引っ掛けただけの上靴が不規則な音を、渡り廊下全部に反響するほど大きくたてていたことに気づき、(やられるな)と身を引き締めたとき、

「おい、安木」

と声を掛けられて、ふり向くと、新しく被服掛についた山沢四年兵だった。

「お前、転出だぞ」

「はア」

しばらくは不動の姿勢のままで、何をいわれたのか了解できずにいる加介に、山沢は、

「手箱の中身や、営内靴や、返納するものは全部整頓して、間違いのないように用意しておけ」

といいすてると、茫然と立っている加介を追いこして、肩をふりふり廊下を先に行ってしまった。

それから三日目に、加介は奉天陸軍病院に運ばれた。……運ばれた? まさにそれは、そういうより仕方のないことだった。仮に加介が水師営の便所にのこって糞尿の氷塊割りの作業を志願したところで、それは水師営から勝手によそへ転出できないと同様に不可能なことなのだ。

実際、彼は転出の命令をうけとると同時に、それまでは想ってもみなかった自分の物臭さな性質を発見した。……出発の前日、午後になってても加介はクワをもって糞溜の中へ下りて行った。どうしてそんなことをしようとするのか、彼は自分でもわからなかった。

周囲の眼からは、それは意固地なものにも、イヤ味なものにも見えるらしかった。鹿島上等兵はいった。

「キザな真似はよせ。いまさらクソ溜めの中でハリ切って、それがどうだっていうんだ」

そうかもしれない、と加介は思った。しかし、行きつけた場所に行かずにすますことが彼にはただ耐えがたいほど不安に思われるのだった。なじんだクセをやめること、習慣を変えなければならなくなること、それがいいようもないほどタヨリなく、また厄介なことに思われた。

……夕刻、彼は仕事をおわると、いつものようにクワとシャベルを倉庫に返納し、汚物のハネの点々とした病衣のまま廊下を病室へかえろうとしているとき、向こう側からやってくる望月曹長に出会した。

——まずいな。と、加介はツブやいた。

曹長の姿をみとめると彼は、なぜかいつもとちがって身体がこわばってくるのを感じた。曹長こそは、鹿島よりも誰よりも、おれがこんなときにワザとのようにこんな作業についているのを憎んでいるはずだ、と加介は直観的にそう考えた。そして曹長の距離が近づくにつれて、ますますその可能性が強くなってくるのを感じた。(あいつはきっと、おれを憎んでいるだろう。「転出」になるときいて、内心うれしくてたまらないのを、こうやってクソまみれになりながらゴマ化そうとしているのだと思うだろう……)加介はギゴチなく、こわばってくる姿勢で敬礼しながら、曹長の顔を注目した。けれども、

「おう、ご苦労」と、挨拶してとおりすぎる曹長の顔色がいつもとどうちがっているのか結局のところ、加介にはわからなかった。そして、その顔は何を考えているのかわからないままに、加介の心にウシロメタサとして焼きついた。

奉天陸軍病院の建物は、孫呉とも、水師営ともちがって、古びて黒ずんだ煉瓦づくりの二階建で、普通に病院とよばれている建物の概念に、もっともちかいものだった。

病院のすぐ前の道路を、毛皮のショールをした日本婦人が、赤い着物をきた女の児の手を引いて通っている。……中学生がスケート靴をぶら下げて通る。それは加介が一年ぶりで眼にする娑婆《しやば》の光景だった。

だが、そんなものに気を奪われているひまもなく、彼は病室の案内に立った大きな軍服姿の男に目をみはった。

「よう、お前も来たか」

そういって両手をひろげた軍服の男は、一と月半ばかり前に水師営を出た古川一等兵だったのだ。それにしても古川はこんなに体格のいい男だったのだろうか。

「いったい、どうしたんですか?」

「どうも、こうもない。藤井もおるぞ。田中もおるぞ。田中はあいかわらず上等兵風を吹かしてやがるよ。……おれたちは、ここで毎日、尻の穴に体温計をつっこまれながら、こんな服を着て衛生兵の手つだいをしているのさ」

「じゃア鎌田は?」

「あいつもおるぞ。あれは重症で個室に寝たきりだ。ことによったらスーラ(死了)だな……」

「じゃア石丸古兵殿は?」

「ははア、あいつか。あいつもおるよ。あいつは分院の方だがな」

古川の話に加介は驚くだけだった。古川たちは奉天に到着すると、いったん内還の組にまわされながら、いざ出発しようとすると別の命令が出て、小島上等兵と白川だけは内地へ向かったが、他の連中は全部ここで別に熱も出ないのに四十日間、毎日、体温の測定が行われているという。

「体温計でおれたちの熱を計るんじゃなくて、おれたちの熱で体温計の検査をしているらしいな……。だから、おれたちは気が立っているんだ。部屋へ入ったら気をつけろよ。おれたちは自分の病院から来たものはカバってやろうと思うんだが、よその病院から来ている連中がうるせえからな。小島なんかも、飯のことでちょっと余計な口出しをしたんで、顔から頭からひでえ目にあわされたぞ……」

しかし二階の病室へつれて行かれると、その混雑は古川の話以上だった。どこもここも患者が充満しているのは、すでに我が軍に制海権がないため、満州、シナ大陸の各地は勿論、マレー、シンガポール、仏印、ビルマなどの患者は、すべて鉄道によって輸送され、この奉天に集結するからだというが、じゅくじゅくした廊下を踏んで行くうちに、馬鹿に小さな兵隊ばかりが眼につくと思うと、それは女の患者が加介たちと同じ白衣を着せられているのだった。彼女らはみなタイピストその他の職業をもって働いていた軍属だというが、ネズミ色になった白衣の襟《えり》もとから出ている頬紅《ほおべに》や口紅でいろどられた顔が、彼女らの「性」をナマナマしいほど強くあらわしていた。……彼女たちの斜向かいに加介たちの病室があった。二十坪ばかりの部屋にギッシリ寝台を並べて、ここにもアジヤ全域の戦線から送られてきた兵隊が、一つの寝台に二人ずつ寝るように詰めこまれていた。窓を閉め切った部屋はタバコの煙がもうもうと立ちこめ、白やカーキ色の病衣の兵隊に、まちまちの服装の看護婦がゴッタがえしている中を、古川たちのように階級章をはずした軍服に赤十字のマークをつけた兵隊が飛びまわっている様は、まるで着物をきた賊軍、洋服をきた官軍が、入り混じって戦う白虎隊の乱闘を見るようだ。……古川は、自分と同じ病院から来た者は庇《かば》うといっていたのに、加介たち新米の部屋のわりあてを定められると、先頭に立って、

「お前たち、ここを素通りして内地へ行こうと思ったら、ふとい間違いだぞ」

と、手あたり次第に、腕時計、万年筆、毛糸の私物の腹巻き等を取り上げはじめた。捲き上げられるメボシいものを何も持っていないと思っていた加介も、古川に「軍隊内務令」を召し上げられた。そんなものが何の役に立つのかと思って訊いてみると、

「いや、このごろは地方でも書物が払底しているから……」と、古川はまじめ腐った顔つきでこたえた。

それが一と通りすむと、こんどは廊下にバケツを運ばせ、水をまいて、ワラ縄《なわ》で水洗いさせるのである。——廊下がじゅくじゅくと湿っぽいのはそのせいだった。——うしろからは鋲打《びょう》ちの上靴を片手にした藤井一等兵が、真白い磨いた歯を見せながら、「お前ら、これで文句があるか、あったらこの上靴で、飯の食えんほど叩き上げてやるぞ、いいか」と追い立てる。階級も服務年次も無視されていることは、かつての水師営よりもさらにはなはだしく上等兵や兵長も、藤井のいうままに病衣の裾《すそ》を水だらけにしながら廊下を洗っている。他の病室でも同じようなことが行われているらしく、あちらこちらから罵声《ばせい》や、ハメ板に重い

ものが倒れかかる音がひびく……。

しかし加介は、なぜかほとんど恐怖心らしいものを感じることがなかった。ここには軍隊としての組織も秩序もまるでなく、あるのはただの粗暴さだけだったからだ。この病院で彼を怖れさせたのは、もっと他のところにあった。

それは飯上げの合図に、食罐を受けとりに行ったとき、通路からのぞいた階下の外科病棟の光景だった。そこには手や脚のない患者ばかりが集められて、義手や義足の者だけで一つの食卓をかこみながら食事しているかとおもうと、両脚と片手を切断された患者たちが寝台を並べて、おたがいに片方だけのこった手を両方からのばしてタバコの火を貸し合っていたりしたのだ。

翌日、軍医の診断が行われるというので、新来の患者は近所の小学校の講堂に集められた。……ここで加介は、また二人の旧友にめぐり会うことになった。

そこには、およそ千人あまりの人数が集まっていただろうか。骸骨《がいこつ》に皮をかぶせたばかりのように痩せたものや、片膝ついてしか歩けないのや、大きなコブが片頰にくっついているのや、何と多種多様な人間の集まりだろう。それがみな破れ朽ちた病衣をまとって、毀れた窓ガラスから射しこむ西日にてらされながらひしめきあっていた。

加介たちが中に入ろうとすると、大勢の笑い声といっしょに、聞きおぼえのある声がした。

「申告いたします」

「ゴシンコクイタシマス」

講堂の中央に病衣の兵隊が一人立たされて、かたわらの軍服の兵隊から、口うつしにされた言葉を、せい一ぱい張り上げた声で復唱している。

「陸軍一等兵石丸重平は……」

「リクグンイットヘー、……」

加介は顔から血の引いて行くのを感じた。

立たされているのは、まさしく水師営にいた石丸だった、けれども、それは何と変りはてた姿だろう。水師営にいたときから、いつも誰かに追いまわされては殴打をうけていた石丸だが、いま見る石丸は顔がそのころの三倍ほどにもふくれ上り、全体が人間の皮膚とも思われないほど青黒いものでおおわれている。……かたわらに立っている男は、石丸が言い誤る一と言ごとに、

「イットヘーじゃない、はっきり一等兵といえ」

と、言葉尻を追いかけては踏みつけるように叫びながら、そのたびに手にした帯革を床板に打ちつけて鳴らすのだ。すると、そのあとから唸《うな》り声とも笑い声ともつかぬものが講堂全体を

ゆるがすように、わき上るのである。

「マンジュウの春風じゃない。満州の春風に吹かれて、だ」

病衣の兵隊も笑っている。亡者のように痩せた兵隊も笑っている。……加介もつられて笑い出しながら、ふと見ると石丸自身も笑っている。……私刑の裁判は、赤い顔をした背の低いゴムマリのように肥った軍医が診断にやってくるまでつづけられた。

診断、というよりそれは軍医が患者の顔と体とを見較べながら、ただそのときの気分にしたがって、残留させる者と、内地送還にする者とを別々にチェックして行くだけのことであった。

順番を待つ間に、満州在留の部隊出身の者は大部分、残留にチェックされるらしいことがわかった。……すでに加介は覚悟をきめていた。――もともと石丸やおれは水師営から転出を命ぜられるガラの人間ではなかったのだ。

診断は、ひどくアッサリと敏速に進んで行った。加介の番がきた。

「自覚症は?」

軍医のかたわらに立っている、胸の扁平な背の高い看護婦が訊いた。それは流れ作業の内罐詰工場のベルトの傍に立って、出来上った罐詰を勘定しているような態度だった。加介は間髪を置かず答えた。

「異状アリマセン」

「よし！」

こんどは軍医のふとい声がきこえて、背中を一つ叩かれた。それでおわりだった。——残留、ときまったな。……すると彼は、おもいがけず、まるで安心したような心持になるのであった。講堂から引き上げようとして、ふと隅の方に頭から毛布をかぶった三、四人、かたまりこんで坐っているのに眼をとめた。

「………」

咄嗟《とっさ》に加介は出かかった声がとまった。

「安木じゃないか」

半分は毛布に覆われた痩せこけた頰に、そこだけが生きているような眼をギョロリと向けた相手が先に声をかけた。内村であった。


内村の顔から以前のおもかげを探ろうとしたら、歯を食いしばったときに左右に飛び出している四角い顋骨《あごぼね》ぐらいのものだった。いったい彼はどうやってここへたどりついたのか、中隊はその後どうなっているのか？——加介の問いに、内村のこたえることはまるで要領を得なかった。彼の発する言葉の大部分は、

「寒い」ということと、

「タバコをくれ」ということだった。

以前はあれほど我慢強く勧めていたのが、どうしてこうなったのかわからないが、加介の名を呼んだのもタバコ欲しさのためだけらしかった。あいにく加介もタバコは一本も持っていなかったが、吸いがらを探して二、三本ひろい集めてきて渡すと、内村は焼け焦げのある竹筒にそれを詰めてセカセカとそれを吸いながら、二、三ぷくしてようやく落ちついたのか、ぽつりぽつり話しはじめた断片をつなぎ合わせてみると、こうだった。――中隊はあれから、途々、戦闘訓練を行いながら大陸を南下し、十月ごろ上海《シャンハイ》に到着した。そこにくるまでにも疲労で何人かの兵隊が脱落したが、内村はそこで特に許されて経理将校の集合教育をうけるために、中隊と別れてマレー半島から昭南へ向かった。しかし途中でマラリヤとアミーバー赤痢にかかって入院し、こころざしを果すことはできなかった。

「それで中隊はどうなったんだ」

「知らねえな。……ただ上海から出た船が途中でボカ沈を食ったことだけはたしからしいな。何でも兵器はみんな沈んじゃって、兵隊の方は若干たすかったらしいけれど、レイテ島に先遣隊で行ったという話を聞くから、それなら全滅だな」

「じゃ、青木も死んだか……」

「青木?……ああ、あいつか。あれはたしか上海へ着かないうちに、斥候の訓練のとき崖《がけ》から墜ちて死んだよ」

「じゃ、剣持や渡部は？」

「渡部？ うん、あれは傑作だった。犬が怖いといったばかりに隊長に叱られて、軍用犬の餌をやりに行かされたんだが、嚙みつかれて入院した」

「剣持は？」

「知らん」

「河西上等兵は？」

「知らん」

「浜田班長は？」

「班長も隊長も、准尉さんも、みんな知らん」

「船に乗ったのか」

「そうだ……」


その夜、加介は湿っぽい寝台のなかに足をのばしながら、自分の気持がしばらくぶりで落ちつくのを感じた。——なぜだろう？ その原因は自分にもよくわからなかった。古川や藤井や、その他の軍服を着て衛生兵の手伝いをやらされているという連中が、みんな向かいの女患（彼等は略してそう呼んでいた）を張りに出掛けたからだろうか。それとも昼間、講堂で出会った内村から中隊の始末をひととおり聞くことができたからだろうか。そうかもしれない。しかし本当の原因は、もっと別のところにありそうだ。いま彼の心をひたしているのは、いいしれない退屈さだった。内地へついたからといって、そこに待っているのはやっぱり、室長であり、当番であり、衛生兵であることにかわりなかろう。そのかわりに、北満へ送りかえされようと、ここへ残されようと、そこに自分なりの行き方をして、生きられるだけは生きて行けるだろう。仮に内地で娑婆にもどされたところで、そこに待っているのは……。

そのときだった。暗幕に電燈を覆った暗い病室に突然のように、ラジオが戦況のニュースをつたえてきた。——わが軍は南方の戦線で苦戦中であること、内地の都市が部分的に空襲を受けはじめていること……。

するとラジオは、そこで内線放送に切り変った。

「次に呼ぶ者は、内地送還になるにつき、ただちに荷物を携行して玄関前広場に集合……」

そして、おどろいたことに加介の名前は二度呼び上げられたのだ。……彼はもはや自分の名前が何のために呼ばれたのか考えることも出来なかった。ラジオの声の命ずるままに風呂敷包みを下げて、あわただしく玄関前まで駆け出しながら、何か重要なことを度忘れした心持だった。

玄関前には、すでに五十人ばかりの患者が集合していた。彼等はやはり度を失ったような顔つきで、うす暗がりの中にボンヤリと立ちつくしていた。やがて、ダイダイ色の灯《あか》りをつけたバスが二台やってきた。このバスに乗せられて一体、どこへつれて行かれるというのか？

バスが走りだすと、あたりは人かげ一つない幅の広い舗装道路だった。これが奉天の街なのだろうか？　それは、どこまでもつづくただの道路ではないのか。

いつの間にか黄いろい色をした霧がしずかに幕を引くように流れはじめ、ヘッドライトの二、三間先の視界を閉ざしはじめたのだ。

「ちくしょうめ、また黄塵《こうじん》になりやがった」

バスを運転していた兵隊がいった。

「黄塵？」

誰かがききかえした。

「黄塵をしらないのか、春先になると毎年やってきやがるんだ。こいつにこられると煙幕の中に入ったより始末が悪い。エンジンも何も動かなくなっちまうんだからな」

そういわれると、なるほどヘッドライトにも、フロント・グラスにも、うっすらと細かなほこりが、つもっているのが見えた。すると中の一人が、また、

「コージンて何や？」

ときかえすので、ふと見るとそれは石丸なのだ。

「おお、石丸」

石丸は加介を見ても、それが誰であるのか見忘れた様子だったが、話相手でありさえすれば誰だってかまわないという風に、

「よかったなア、内還やで。……おれのおとと、まだ学校へ上ってるのに、もう朝四時から起きて商売してなア」

ようやくそのころ、黄色い霧のように、しずかに舞い下り舞い上りしている塵《ちり》の層をとおして、行く手に高だかとそびえる城壁のような陸橋と、その上で、北へ行くのか南へ向かうのか、ふと玩具じみて見える機関車が、黒い列車をながながとひっぱりながら汽笛とともに煙を上げているのが見えはじめた。

たまたま一年前のその日、加介はその陸橋の上を北へ向って孫呉へ運ばれたのだが、彼はまだそんなことを思い出す余裕もなかった。

P+D BOOKS ラインアップ

居酒屋兆治　山口 瞳　●高倉健主演映画原作。居酒屋に集う人間愛憎劇

江分利満氏の優雅で華麗な生活
《江分利満氏》ベストセレクション　山口 瞳　●〝昭和サラリーマン〟を描いた名作アンソロジー

血涙十番勝負　山口 瞳　●将棋真剣勝負十番。将棋ファン必読の名著

続 血涙十番勝負　山口 瞳　●将棋真剣勝負十番の続編は何と〝角落ち〟

死刑囚 永山則夫　佐木隆三　●連続射殺魔の〝人間〟と事件の全貌を描く

単純な生活　阿部 昭　●静かに淡々と綴られる〝自然と人生〟の日々

P+D BOOKS ラインアップ

夢の浮橋　倉橋由美子　●両親たちの夫婦交換遊戯を知った二人は…

われら戦友たち　柴田 翔　●名著「されど われらが日々――」に続く青春小説

公園には誰もいない・密室の惨劇　結城昌治　●失踪した歌手の死の謎に挑む私立探偵を描く

山中鹿之助　松本清張　●松本清張、幻の作品が初単行本化！

白と黒の革命　松本清張　●ホメイニ革命直後　緊迫のテヘランを描く

花筐　檀 一雄　●大林監督が映画化、青春の記念碑作「花筐」

P+D BOOKS ラインアップ

人間滅亡の唄　深沢七郎　●〝異彩〟の作家が「独自の生」を語るエッセイ集

アニの夢 私のイノチ　津島佑子　●中上健次の盟友が模索し続けた〝文学の可能性〟

楊梅の熟れる頃　宮尾登美子　●土佐の13人の女たちから紡いだ13の物語

記憶の断片　宮尾登美子　●作家生活の機微や日常を綴った珠玉の随筆集

幼児狩り・蟹　河野多恵子　●芥川賞受賞作「蟹」など初期短篇6作収録

舌出し天使・遁走　安岡章太郎　●若き日の安岡が描く青春群像と戦争体験

P+D BOOKS ラインアップ

大世紀末サーカス　安岡章太郎　●幕末維新に米欧を巡業した曲芸一座の行状記

鞍馬天狗 1 鶴見俊輔セレクション
角兵衛獅子　大佛次郎　●〝絶体絶命〟新選組に取り囲まれた鞍馬天狗

鞍馬天狗 2 鶴見俊輔セレクション
地獄の門・宗十郎頭巾　大佛次郎　●鞍馬天狗に同志斬りの嫌疑！ 裏切り者は誰だ！

鞍馬天狗 3 鶴見俊輔セレクション
新東京絵図　大佛次郎　●江戸から東京へ時代に翻弄される人々を描く

鞍馬天狗 4 鶴見俊輔セレクション
雁のたより　大佛次郎　●〝鉄砲鍛冶失踪〟の裏に潜む陰謀を探る天狗

鞍馬天狗 5 鶴見俊輔セレクション
地獄太平記　大佛次郎　●天狗が追う脱獄囚は横浜から神戸へ上海へ

（お断り）

本書は１９７４年に中央公論社より発刊された文庫『舌出し天使』と、
１９７６年に角川書店から発刊された文庫『遁走』を底本としております。
あきらかに間違いと思われるものについては訂正いたしましたが、
基本的には底本にしたがっております。
また、底本にある人種・身分・職業・身体等に関する表現で、現在からみれば、
不当、不適切と思われる箇所がありますが、著者に差別的意図のないこと、
時代背景と作品価値とを鑑み、著者が故人でもあるため、原文のままにしております。

安岡章太郎（やすおか しょうたろう）

1920年（大正９年）５月30日―2013年（平成25年）１月26日、享年92。高知県出身。1953年「悪い仲間」・「陰気な愉しみ」で第29回芥川賞を受賞。「第三の新人」作家の一人。代表作に『海辺の光景』『流離譚』など。

P+D BOOKS

ピー プラス ディー ブックス

P+Dとはペーパーバックとデジタルの略称です。
後世に受け継がれるべき名作でありながら、現在入手困難となっている作品を、
B6判ペーパーバック書籍と電子書籍で、同時かつ同価格にて発売・配信する、
小学館のまったく新しいスタイルのブックレーベルです。

舌出し天使・遁走

２０１８年１月14日　初版第１刷発行

著者　安岡章太郎
発行人　清水芳郎
発行所　株式会社　小学館
〒１０１－８００１
東京都千代田区一ツ橋２－３－１
電話　編集　０３－３２３０－９３５５
販売　０３－５２８１－３５５５
印刷所　昭和図書株式会社
製本所　昭和図書株式会社
装丁　おおうちおさむ（ナノナノグラフィックス）

ISBN978-4-09-352326-4

P+D BOOKS